활
란

활란

—

오정희 짧은소설집

시공사

짧은 것의 의미

'짧은소설집'이라 이름 붙인 이 책에는 낮은 담장 안쪽, 일상이라는 이름으로 뭉뚱그린 소소하고 평범한 삶의 이야기들이 들어 있다. 무심결에 눈에 들어온 정경이나 당연하고 친숙한 나날 중의 어느 순간 느닷없이 맞닥뜨린 생의 낯선 얼굴, 감히 심연이라고까지는 말할 수 없는, 세상과 삶의 미세한 균열들이 이러한 글들을 짓게 한 빌미가 되었다. 긴 소설의 단초로 생각했던 것도 있고 소설 속의 에피소드 정도로 메모해두었던 것들도 있다. 내가 속한 작은 세상 중에서도 또 작은 귀퉁이에 깃들여 살아가면서 좌충우돌, 갈팡질팡하거나, 우두망찰, 어긋남에 삐걱대던 자신의 모습이 편편이 보여 혼자 웃음 짓기도 한다. 살아가는 일의 고단함이나 적막감, 외로움이 또한 힘이 되지 않았던가.

사람이든 사람의 손으로 지어진 것이든 존재하는 모든 것들은 때가 되면 스러지고 사라지게 마련인바 다시금 정리하여 내는 이 짧은소설집 역시 그러한 운명에서 결코 자유롭지 못할 것이다. 그러기에 작은 목소리, 가만한 손짓으로 이 책을 세상에 내놓는다.

시공사의 후의와 편집자분들의 노고로 이 작은 책이 다시 한번 숨을 받았다. 오직 감사할 뿐이다.

2022년 7월

오정희

차례

1

나
는
누
구
일
까

"하긴 궁합을 보나 안 보나 어차피 결혼은 도박이지 뭐."
"그래서 다음 세상에서 또 만나고 싶어?" […]
"한번 갔던 길을 벗어나 다른 길로, 다른 장소로 가보고
싶은 것과 같지. 당신 솔직히 말해봐요.
날 다시 만나고 싶어요?"

부부

|

"거 좀 제대로 잡지도 못해?"

고개를 뒤로 잔뜩 젖힌 채 한 손으로는 도배지의 한끝을 잡고 한 손으로는 빗자루로 썩썩 훑어 천장에 바르던 남편이 버럭 소리를 질렀다. 그 서슬에, 의자를 딛고 올라서서도 까치발을 하고 두 팔에 쥐가 날 정도로 도배지의 한끝을 받들고 섰던 나는 화들짝 놀라 팔을 내려뜨렸다. 그러자 풀을 잔뜩 먹은 도배지가 방바닥으로 맥없이 떨어졌다.

한 번 풀을 발랐던 종이는 다시 쓸 수 없다는, 또한 여분의 도배지가 없다는 순간적인 생각에 황급히 의자에서 내려서다 풀이 든 대야에 발이 덤벙 빠졌다. 풀 묻은 발이야 천천히 닦고 우선 종이가 마르기 전에 붙여야겠기에 그대로 의자 위에 올라섰다. 하는 꼴 좀 보자 하듯 잔뜩 못마땅한 눈길로 바라보던 남편은 그에 화가 폭발한 듯 발을 탕탕 구르며 악을 썼다.

"발부터 씻어, 발에 풀 묻었잖아."

"소리 좀 그만 질러요. 귀 안 먹었다구요."

나도 발칵 치미는 성미에, 질세라 맞대꾸를 하고는 부루퉁히 입을 내밀고 목욕탕으로 나왔다. 필경 이렇게 싸움으로 끝맺을 줄 알면서도 괜한 일을 왜 시작했던고, 내 발등을 찍어야지.

목욕탕으로 나온 나는 발 씻을 생각을 잊고 세면기 위의 거울만 바라보며 화를 누르노라 눈을 치떴다. 세수도 못 한 얼굴은 거칠고, 빗질이 안 가 새집처럼 헝클린 머리에는 희끗희끗 풀물이 튀어 있었다.

천반자 함께 붙이다가 안 싸우는 부부 없느니라, 하시던 친정어머니 말씀을 떠올려도 화가 나긴 마찬가지였다. 하기사 평균보다 훨씬 큰 키인 남편과, 나이 탓에 그럭저럭 중키 행세를 하지만 실은 평균치에 훨씬 못 미치는 작은 키의 내가, 즉 꺼꾸리와 장다리가 천장 도배를 함께하자니 서로 힘들고 손발이 안 맞을 게 당연한 이치가 아닌가. 그런데도 야멸차게 면박을 주는 남편의 소이가 여간 섭섭하고 노여운 게 아니었다.

목욕탕 창으로, 저무는 가을 햇살이 금빛으로 사위며 사라지는 것이 보였다. 소풍을 갔다 오는지 아이들을 앞세운 젊은 부부의 모습도 보였다. 이렇게 아름답고 화창한 가을 휴일을, 분명 이런 따위 다툼으로 마감할 것을 알면서도 긴치도 않은 일판을 벌여 망치다니.

그러나 아이들을 데리고 가까운 유원지에라도 가자는 남편의 말에, 바람 좋고 햇빛 좋으니 겨울 채비로 집단장을 하자고 주장한 것은 내 쪽이었다. 우리 부부는 오래전부터 집안일에 남의 손을 빌리지 않는 것을 수칙 중의 한 가지로 지켜왔다. 게다가 작년엔가 톱, 망치, 자키, 멍키스패너 따위 연장을 장만한 이후, 남편의 휴일은 자잘한 집 손질이나 고장난 곳을 찾아 죄고 닦고 기름 치는 일에 바쳐졌다. 서툰 솜씨는 꼼꼼한 성미가 보완했다.

이러한 남편의 눈에, 벌이기는 쉽게 벌이되 막상 일을 할 때면 덜렁대기만 하는 내가 못마땅할 게 당연했다. 까짓 도배지 무늬가 좀 덜 맞았다고 해서, 방바닥에 니스가 고루 칠해지지 않았다고 해서 하늘 무너질 일이라도 생기나, 나는 어수선하게 널린 방 안에서 애꿎은 담배만 픽픽 피우고 있을 남편을 향해 눈을 흘겼다. 솜씨로 치자면 전문가를 따를

려구. 일을 하면서 남편과 다툴 때마다 떠오르는 친구의 말이었다. 언젠가 부엌 아궁이를 고친다고 시멘트를 개고 있는 내게 그녀는 말했다.

"궁상떨지 말고 사람을 사서 해. 고기 두 근 값이면 하루 품을 살 수 있어. 그게 경제적이야. 우리 손으로 사흘 할 거 반나절이면 끝난다니까. 너 같은 사람들만 있으면 미장이가 밥 먹겠니? 나도 이제껏 알뜰히 살겠다고 내 손으로 다 했다만 일손 안 맞아서 남편과 싸우는 일이 지겨워 삯일을 줄란다."

그러나 그것은 반드시 내가 고기 두 근 값을 아낄 만큼 알뜰한 주부이기 때문만이 아니었다. 사글셋방에서부터 시작해서 '내 집 마련'에 이르기까지 우리도 물론 남들처럼 어려운 시절을 겪었고 그동안 두 장의 손수건, 두 켤레의 양말도 사치로 여기는 사고방식이 몸에 배어 있기는 했다. 하지만 집을 마련하고 남편도 큰 회사에서 차장급 대우를 받고 있는 현재로서 일꾼의 하루 품삯에 빈자리가 생길 살림 형편은 아니었다.

그럼에도 불구하고 담 안에서의 모든 일에 남의 손을 빌리지 않는다는 수칙을 고수하는 것은 그것이 밥을 짓는 일, 빨래를 하는 일처럼 무언가 삶을 살아가는 근본적인 정직성과 관계있는 듯이 여겨지기 때문이었다.

마루에서 전화벨이 몇 차례 숨넘어가게 울리는 것을 들으면서도 나는 세면기 위의 거울만 노려보고 있었다.

"응, 그러지 뭐, 곧 나갈게. 괜찮아."

전화를 끊은 남편은 목욕탕에 버텨선 내게 시위라도 하듯 마루에 내놓은 옷걸이에서 점퍼를 떼어 걸치고는 이렇다 할 만도 없이 후딱 나가버렸다. 건닌방 노배는 아직 반도 못 한 상태였다. 나는 부글부글 끓어오르는 화를 참지 못해, 그러면서도 깡통에 남아 있는 니스가 내일이면 굳어져 못 쓰게 될 게 아까워 깨끗이 니스가 마르는 안방의 장판지 위에 덧칠을 하기 시작했다. 그에게 욕설이라도 한바탕 퍼붓는 기분으로 손목이 아프도록 힘껏 붓을 놀렸다.

저녁 먹을 시간이 지나 깜깜해지도록 남편은 돌아오지 않았다. 흥, 핑계가 좋아, 술이나 잔뜩 마시고 돌아오겠지.

나는 두 아이를 이끌고 친정집으로 향했다. 두어 시간을 노닥거리며 하소연을 하고, 그예 친정어머니로부터 '김 서방이 사내치곤 대범하질 못해. 내가 뭐랬냐. 잘 생각해서 시집가랬더니'라는 위로 반 핀잔 반의 말까지 듣고 돌아올 즈음에는 남편에 대해 적이 미안한 마음이 들고 있었다.

뜻밖에도 남편은 먼저 돌아와 있었다. 그뿐만 아니라 그

사이 건넌방은 말끔히 도배가 끝나고 청소까지 되어 있었다. 걸레를 손에 든 채 남편이 멋쩍게 웃었다.

"술 한잔하자고 붙드는 걸 그냥 들어왔어. 아까 그러고 나간 게 여간 미안하고 마음에 걸려야지. 도배를 해놓으니 꼭 신방 같애. 안방은 니스 칠을 했으니 오늘은 이 방에서 잡시다."

분통처럼 눈부시게 환한 방 안에서 눈을 껌벅이던 나는 당황해서 더듬거렸다.

"이걸 어쩌나. 이불이 모두 안방 장롱 속에 있는데⋯⋯. 저녁때 니스 칠 다시 하면서 꺼내놓는 걸 깜박 잊었어요."

아직 엿물처럼 끈적거리는 니스는 내일이나 되어야 마를 것이었다. 순간 남편의 눈살이 꼿꼿이 일어섰다.

"어이구, 이 맹꽁이 같기는⋯⋯."

"그래요, 미안해요. 맹꽁이 같은 여편네라 천 번 만 번 미안하다구요."

당황하고 무안한 김에 나도 모르게 바락바락 쵯소리가 나왔다.

아내의 가을

"도대체 다 저녁에 어딜 간다는 거지? 네가 지금 친구 만나 밤거릴 쏘다닐 때냐? 지금이 어느 때냐구?"

아내의 목소리에 날이 섰다. 아내보다 머리 하나는 더 큰 아들은 현관에 버티고 서서 어미를 내려다보며 불만이 가득한 눈을 삐뚜름히 뜨고 느물거렸다.

"어느 때라니요? 인생의 봄이요, 푸르르고 희망찬 청소년기지요."

"놀기만 좋아하고……, 공부는 언제 하려고 그래. 그렇게 빈둥대면 대학문이 저절로 열린다던? 끼리끼리 어울려 전자오락실 같은 데나 다니다 불량배가 되고 건달패가 되어 끝내는 인생 낙오자가 되는 거야."

"왜 그렇게 앞질러 생각하세요? 잠깐 친구랑 약속이 있어 나가 인생 낙오자가 된다는 건 지나친 비약이 아니에요?"

"하나를 보면 열을 알아. 난 상상력이 풍부해서 네 언행 하나하나에서도 네가 앞으로 살아갈 길이 훤히 보인다. 장차 어떤 인간이 되려고 사사건건 부모 말을 어기느냐."

"소설 읽으세요? 제 일은 제가 알아서 하니 염려 마세요."

아들이 픽 웃었다. 아내가 아무리 처녀 시절 한때 소설가 지망생이었고 지금도 소설 읽기가 유일한 취미라곤 하지만 상상이나 비약은 지나친 바 있다.

"알긴 뭘 알아. 아무리 큰 척해도 이제 겨우 열여섯 살이야. 아직은 내가 너보다 정신 맑고 판단력이 있으니 내 말을 들어야 해. 훗날 내가 노망들어 분별력이 없어지면 그땐 네가 나를 가르치렴."

저녁 식사 전에는 들어오라는 좋은 말로 일러 아들을 내보내자 아내는 화살을 내게로 돌렸다.

"당신은 왜 애한테 따끔하게 야단을 못 쳐요? 엄친자모라는 말도 있잖아요? 저맘때는 화약고나 다름없어요. 내 자식이 설마, 하다간 큰코다친다구요. 성적은 자꾸 떨어지고 부모 말은 지긋지긋한 잔소리로나 여기고 지금부터 제멋대로 하려 하니 우리가 늙어 수족 없어지면 부모 대접이나 할까."

"너무 알려고 하는 게 병통이오. 옛날 같으면 장가를 들어 일가를 거느리기도 할 나이인데 사사건건 못 미더워 부모가 눈에 불을 켜고 간섭을 하려 드니 반발이 없겠어? 걔네들도 사생활이라는 게 있지. 자기 입안의 혀도 깨물 때가 있는데 아무리 제 속으로 낳은 자식이라 해도 맘대로 뜻대로 되겠어? 당신은 당신 말마따나 상상력이 풍부해서 지레 걱정으로 늙겠소. 늘그막에 사식에세 얹힐 걱정은 안 해도 돼. 퇴직금은 연금으로 해서 또박또박 받아 둘이 살면 되지. 그러니 잘 달래서 『논어』를 읽히도록 해. 『논어』를 읽히면 불효 걱정은 안 해도 될 테니까."

멀쩡한 아이를 두고 아내의 성화가 지나치다고 느끼면서도 모처럼의 편안하고 느긋한 일요일 오후를 망치고 싶지 않아 짐짓 농담조로 눙쳤다. 어느 쪽의 역성을 든대도 사태가 더 좋아질 게 없다는 계산속도 있었다. 안전한 중립 지대. 목소리가 점차 커지는 아내와 머리가 커지면서 반발 또한 만만치 않아진 아들 사이의 완충지대.

"에이, 지옥 같아."

"행복한 지옥이지 뭘."

몸이 불기 시작하면서부터 아침저녁으로 체중계에 올라가 심각한 낯빛을 짓는 아내는 천국과 지옥이 그리 멀리 있는 것이 아니라고, 불과 2킬로그램 사이라고 말하곤 했었다. 바늘이 가리키는 눈금에 따라 천국과 지옥이 갈린다는 것이었다. 하긴 몇 해 전까지만 해도 부부싸움의 냉전과 열전, 화해에 이르기까지가 천국과 지옥의 오르내림이었고 나이보다 젊어 보인다거나 늙어 보인다는 말을 듣는 것으로 천국과 지옥이 바뀐다고도 했었다. 그러나 올해 외둥이인 아들이 고등학교에 들어가자 아내의 천국과 지옥은 다달이 나오는 아들의 성적지수에 따라 갈리게 되었다. 본의 아니게 아들은 제 어미의 천국문을 열어주는 베드로가 되었다가 지옥으로 가는 아케론강의 뱃사공 카론이 되기도 하는 셈이었다.

"아이들은 우리의 기대를 채워주기 위해 태어난 것이 아니라 스스로의 삶을 살기 위해 태어난 것이오. 또 아이들은 우리의 실패를 보상받기 위해 주어진 두 번째 기회가 아니오. 자식에게 일등을 하라고 몰아대는 우리 자신의 숨은 동기에 대해 분석하고 반성하는 일도 필요할 것이오."

내가 신문이나 책에서 주워 읽은, 식자識者들의 그럴듯한 말들을 옮길라치면 아내는 '공자님 말씀!' 하며 핑 고개를 돌렸다. 당신의 말은 구구절절이 옳지만 이상과 관념일 뿐이라는 것이다.

"우리에게 물려줄 재산이 있어요? 가업이 있어요? 욕심이 아니에요. 제 앞가림은 해야 한다는 거지요. 현실을 인정해야 해요. 장래의 일은 볼 것도 없이 당장 공부를 못하면 학교에서 천덕꾸러기로 무시당하지요. 소외당하는 아이들끼리 작당을 해서 학교나 집 밖에서의 위안을 찾으려 들고 그러다 보면 불량배가 되기 십상이고……. 한창 감수성이 예민한 나이에 인정받지 못하고 자신감을 상실한다는 것은 기질 내지 인간성과 가치관에 결정적인 영향을 주게 되어 인생을 지배하게 된다구요."

들다 못한 아들이 '어서 커서 교육부 장관이 되어 입시 목표, 성적 위주로 치닫는 잘못된 교육제도를 고쳐놓겠다'라고 말하자 아내는,

"오냐 그래라. 그런 오기로 열심히 공부해서 일류대학 나와 장관 자리로 출세해라."

하고 한술 더 뜨는 것이었다.

절기의 변화에 반응하는 사람의 감각이란 간사하기 짝이 없었다. 며칠 전만 해도 퇴근해서 돌아오면 맨살을 등나무 돗자리에 일단 붙여야 땀이 가셨는데 이제 살에 닿는 돗자리의 차가움이 한기로 느껴지고 얇은 한 겹 망사 커튼이 썰렁하고 허전하게 보였다. 햇빛이 물러간 남향의 마루는 어느새

어둑신해졌다.

"해가 짧아졌어요."

찬거리를 사들고 온 아내가 마루의 전등 스위치를 올렸다. 아내의 장바구니를 보니 허기가 느껴졌다. 아내의 뒤를 따라 부엌으로 들어갔다. 아내는 주전부리를 좋아하는 내 몫으로 찐 옥수수나 순대 따위를 곧잘 사오곤 했었다. 아내는 장바구니를 식탁에 얹어놓은 채 우두커니 부엌 창문 앞에 서 있었다. 가까이 다가간 내 기척도 모르는가 보았다. 서향의 부엌 창가에는 사위어가는 밝은 금빛 햇살이 아직 남아 있었다. 우울하게, 생기 없이 처진 어깨가 안쓰러웠다. 아무래도 아들과의 일이 마음에 걸려 있는 모양이었다.

"너무 맘 쓰지 말아요. 긴 눈으로 보면 공부를 좀 잘하고 못하고가 무슨 상관이야. 그 애야말로 스트레스가 좀 많겠어? 성격 활달하고 인정 많고 건강하니 그만하면 됐지. 유비가 학식과 재능이 많아 제갈공명을 거느렸나? 덕이 있으면 사람들이 모이기 마련이고 사내자식은 그저 성격 좋고 친구 많으면……."

아내는 듣는지 마는지 대꾸가 없었다. 무엇에 그리 정신이 팔린 걸까. 머쓱해져 말을 끊은 나는 아내의 하염없는 눈길이 가 닿는 곳을 더듬었다. 부엌 창밖, 야트막한 야산 둔덕

시드는 잡풀더미 사이에 보랏빛 들국화 한 무더기가 애잔하게 피어 있었다.

"가을이네요. 어느새……."

아내가 추위 타듯 오소소한 얼굴을 내게 돌리며 웃었다. 엷은 웃음의 파장에 따라 화장기 없는 얼굴의 잔주름살이 숨김없이 드러났다. 나는 나도 모르게 황급히 아내의 눈길을 피하며 애꿎은 들국화 무더기를 노려보았다. 그랬다. 모양새가 좋거나 교육적 효과가 있는 것은 천만 아니지만 그래도 천국입네, 지옥입네 하며 아들과 사납게 싸워대는 편이 백배 나았다. 어쩔 수 없이 우리에게 다가오고 있는, 피할 수 없는 조락의 그림자에, 아 가을인가 봐 따위 추연하고 무력한 탄식을 내뱉는 것보다는.

아들이 좋은 것은

남편이 출근한 뒤 이어 두 아이가 학교로 떠나자 정임은 서둘러 집을 치우고 빨래를 해 널었다. 세 사람분의 두 끼 식사를 지어 보온밥통에 넣고 국도 한 냄비 넉넉히 끓이고 생선조림과 콩나물볶음 따위의 서너 가지 반찬 마련으로 한나절이 후딱 지나버렸다. 열두 시를 넘어가는 시계를 연신 바라보며 머리를 감고 드라이어 플러그를 콘센트에 꽂았다. 화장하고 옷 갈아입을 일만 남았다고 생각하면서도 가슴은 뭔가 할 일을 남겨둔 듯한 미진함과 조바심으로 콩 튀듯 뛰었다.

고작 하루 저녁 집을 비울 뿐인데도 왜 이렇게 해놓아야 할 일이 많고 바쁜가. 짜증이 날 지경이고 맡겨진 일의 부담

감으로 인해 모처럼 홀홀 홀가분하게 나서리라던 해방감마
저 팽개쳐버리고 주저앉고 싶은 심정이었다.

한 시 반이 되면 돌아올 아이들의 점심 식탁을 차린 뒤 정
임은 급히급히 갈겨썼다.

김치는 냉장고에 있고 국은 가스레인지 위에 얹어놓았으니
데우기만 하면 됩니다. 오늘 저녁과 내일 아침밥은 보온밥통
에 있어요. 나머지 반찬들은 쿠킹 호일을 덮어 식탁 위에 놓았
으니 벗겨 드세요. 내일 점심때까지는 돌아올게요.

남편에게 남기는 메모였다.

시계는 벌써 한 시 반을 가리키고 있었다. 서울행 열차의
발차 시각이 두 시 반이라고는 해도 토요일 오후였다. 넉넉
히 한 시간을 남기고 역에 도착한다 해도 좌석표는 사기 어
려울 만큼 붐빌 게 뻔했다. 입석표를 살 경우 꼬박 두 시간을
서서 가야 한다. 운 나쁘면 입석표조차 얻어걸리기 어려울
것이다.

지난여름 이후 근 서너 달 만의 친정 걸음이었다. 이렇다
하게 큰일도 없으면서 하루하루 일과에 매어 허둥지둥 살아
가는 정임이 모처럼 친정 나들이를 결행하게 된 것은, 덩그

러니 큰집에서 적막하게 살아가는, 칠순이 넘어 노환이 잦은 부모에 대한 죄책감도 작용했지만 무엇보다도 '고모, 한 번 다녀가. 괴롭고 힘들어 못살겠어'라던 경옥의 호소 때문이었다.

경옥은 젊은 나이에 세상을 뜬 큰오빠의 단 하나 혈육으로, 올케가 개가하면서 친정에 떨어뜨려놓고 간, 정임으로서는 그지없이 애틋한 조카였다. 물질적으로야 그다지 궁핍함이 없었지만 부모가 없는 탓에 초라하고 그늘지게 자란 경옥이 제 한몫 단단히 하는 건실한 청년을 만나 결혼을 하여 한시름 놓는가 했더니 4대 독자 집안에서 첫딸에 이어 이번에 또다시 딸 쌍둥이를 낳는 불운(?)을 겪게 된 것이다.

산후 한 달이 넘도록 고작 얼굴 한 번 내밀었던 남편은 발길도 안 하고 집으로 빨리 들어오라는 언질도 없이, 시집의 돌아가는 분위기나 호랑이 시어머니의 푸른 서슬에 지레 질린 경옥은 이제껏 친정의 방 한 칸을 차지하고 누운 채 눈물이나 찔끔대고 있을 터였다.

전화를 통해 경옥이의 하소연을 들으며 정임은 연신 요즘 세상에 무슨 대단한 아들 덕을 보겠다고 아들을 그리 밝히누, 아들 가진 사람은 고작 관광버스나 타지만 딸 가진 사람은 비행기 탄다는 말도 모르나, 시어머니란 사람도 그렇지

어른 행세가 고작 그것밖에 안 되나, 자기도 애 낳아본 여자면서 그럴 수 있어? 아들딸 정해지는 건 순전히 남자한테 달렸다는데, 어쩌고 하며 조카사위와 그 식구들을 싸잡아 욕을 해댔지만 딸 쌍둥이를 아들 쌍둥이로 바꿔놓을 힘이 없을 바에야, 그리고 기왕에 아들 형제를 두고 있는 자신의 입장에서야 어차피 강 건너 불구경일 수밖에 없었고 말짱 헛소리였다.

아들 낳는 것이 큰 벼슬하는 것도 아닐진대 4대 독자 내세우는 집안에 들어가 지레 주눅이 들었던 탓인가. 첫딸을 낳았다는 소식을 듣고 삼칠일이 지나 찾아간 정임의 눈에 경옥의 모습은 처참해 보였다. 첫아이 낳은 어미는 말 탄 낭군도 돌아본다는 옛말대로 곱고 애잔하건만 경옥은 다복솔처럼 탐스럽고 소담한 갓난아이의 머리털을 쓸며 연방 되뇌었다.

"아들이었으면 좀 좋아?"

태기가 있자 그날부터 시어머니가 정한수 떠놓고 열 달 내내 아들이기를 축수했었다는 말에 정임은 기가 막혔다. 두 번째 임신을 하자 경옥은 거의 노이로제에 걸린 듯했다. 생각이 많으니 꿈도 많을 수밖에. 눈을 감으면 기다렸다는 듯 잠보다 꿈이 먼저 달려들고, 경옥은 정임에게 이틀이 멀게 전화를 해대었다.

"……글쎄 고모, 어젯밤엔 맑은 호수에서 헤엄치는 꿈을 꾸었다우. 아들 꿈일까, 딸 꿈일까……. 뱀을 보았어. 구렁이면 아들이고 예쁜 작은 뱀이면 딸이라는데 어떡하지? …… 꽃이나 보석 꿈은 죽어도 안 꾸려고 해. 영희 때는 열 달 내내 그런 꿈만 꾸었거든……. 낮잠이 들었는데 꿈에 옥수수 한 자루를 다 먹었지 뭐야. 옥수수는 아들이라는데 껍데길 벗겨 먹었으니 딸일지도 몰라. ……요즘 영희가 뭐든지 목에 걸고 난리야. 남동생 보려나 봐……."

결국 딸 쌍둥이를 낳으려고 그토록 꿈이 요란했던 모양이었다.

옷을 다 차려입고 혹시 미비한 점이 없는가 꼿꼿한 눈길로 집 안을 휘둘러본 뒤 구두를 신으려는데 현관문이 열렸다. 들어선 것은 뜻밖에도 남편 순구였다. 도청 공무원으로 근무하는 남편이 토요일의 퇴근 시간을 지켜 제시간에 집에 돌아오는 일이란 좀체 없었기에 정임이 놀라 눈을 크게 떴다.

"어머, 당신 웬일이시우?"

"바지하고 와이셔츠 꺼내 다려주고 가. 내일 과장 딸 결혼식이 있대."

'그 말 하려고 서둘러 들어왔소?'라고 대꾸하는 대신 두 시를 가리키는 시계를 보며 정임은 이건 또 무슨 심술인가 기가 막혔다. 두 시 반 기차를 타야 한다는 걸 이미 알고 있는 그가 아닌가. 이럴 경우 차 시간이 다급하다거나 하는 대꾸로 맞서는 것은 시간 낭비라는 것을 경험으로 익히 알기에 정임은 말없이 구두를 벗고 들어가 다리미판을 펴고 바지와 와이셔츠를 꺼내 다림질을 시작했다. 순구의 요구가 자신의 친정 나들이를 훼방할 속셈에서 비롯된 것은 아니라는 것을, 단지 자기 본위로 길러진, 자신도 의식지 못하는 이기심의 발로라는 것을 알면서도 속에서 끓어오르는 울화로 손길이 거칠어졌다. 순구로서는 지극히 일상적이고 당연한 요구였다. 여러 날을 벼르고 잰 끝에 얻은 아내의 하루 저녁의 외출보다 결혼식에 줄 선 바지를 입고 참석해야 하는 것이 결국 더 중요한 것이다. 그러나 머리 허옇게 세어가는 이 마당에 새삼스레 당신도 한 번쯤 스스로 바지를 다릴 수 있지 않는가라는 말로 사고방식을 고쳐볼 것인가. 우선은 친정어머니 말씀대로 다홍치마 시절에 남편 길 못 들인 자신의 탓도 있으나 더 거슬러 오르면 아침마다 이불을 개어준다던 신혼의 남동생을 향해, 귀히 길렀더니 머슴 중에 상머슴 노릇 하는구나 하며 못마땅해하던 어머니, 아니 모든 아들 가진 어머니들에게 원인이 있을 것이다. 이래서 아들이 좋은가, 남자가 좋은가.

조카사위를 만나 멱살이라도 잡고 나무라려던 기운이 맥없이 사그라지며 정임이는 애꿎은 다리미만 탕탕 눌러대었다. 어느새 두 시 반, 기차가 뜰 시간이었다.

나는 누구일까

아욱국에 밥 한 공기를 두어 술 말아 후딱 먹어 치운 아들이 내게 물었다.

"물 있어요?"

냉장고 안에 물병이 있는 걸 모르지 않을 터였다.

'있다, 있어. 왜?'

성마르게 터져 나오려는 거친 대꾸를 누르며 나는 잠자코 물을 따라주었다. 오늘이 모의고사 보는 날이고, 시험 치는 날 아침 아이 기분을 상하게 해선 안 되기 때문이었다. 깨워 달라는 시간보다 십 분 늦게 깨웠다고 동동대던 딸은 이어폰을 귀에 꽂은 채 연신 머리와 발을 까닥거리며 밥알을 세고 있다. 빨리 먹으라는 채근도 듣지 못하는가 보았다. 나는 그

예 이어폰을 잡아 뺐다. 도깨비 북장단 같은 소리들이 쏟아
져 나왔다.

"그러고도 골이 터지지 않니?"

"오히려 잡념이 없어져요."

"빨리 먹고 가거라. 늦지 않게."

"후딱후딱 얼른얼른."

딸아이가 으레 이어질 내 말을 냉큼 되뇌며 이어폰을 다시
꽂고 허겁지겁 밥을 먹었다.

현관문을 나서는 아이를 몇 번이고 불러 세워 손수건, 신
발주머니, 도시락 가방을 건네주며 나무랐다.

"이렇게 칠칠맞고 정신이 없어 시집가서 살림하고 살겠
니?"

"전 시집 안 가요. 누구 고생시키려고?"

무쪽 자르듯 분명하고 당당한 대답에 나는 괜히 통쾌해졌
다. 좀 전 당당히 물을 요구하던 아들에게서 느꼈던 굴욕감
때문일지도 몰랐다. 나는 아이들과 남편에게 종종 어미를
종처럼 부리려 한다고 농담처럼 말하곤 했지만 그건 빈말이
아니었다. 커다랗고 뻣뻣한 운동화 짝을 한없이 문지르며
빨 때, 방마다 널린 이부자리를 갤 때, 특히나 텔레비전을 보
며 희희낙락하는 가족들 앞에서 엉덩이와 등허리를 보이며

엎드려 걸레질을 할 때면 설명하기 힘든 굴욕감을 느끼곤 했다.

그것은 아마 아이들이 내 키보다 더 자라면서부터였을 것이다. 어미를 수족처럼 부리려 드는, 이제 청년티가 나는 아들에게 때때로 성적性的인 모욕감마저 느끼면서도 남편의 그러한 요구는 당연시 여기는 것은 아마 내가 남편에게 경제적으로 종속되어 있다는 계산이서나 인습의 편안함 때문일 것이다. 아들에 대한 사랑이 결코 남편에 대한 그것에 뒤질 리 있겠는가.

아이들이 나가고 난 뒤 10시가 다 되어 남편이 잠옷 차림으로 방에서 나왔다. 출장지에서 어젯밤 늦게 돌아온 그는 오후 늦게 회사에 얼굴만 내밀면 된다고 했다. 거실로 나오면서 그는 라디오부터 눌러 껐다. 설거지를 하고 청소를 하며 켜놓은 〈FM 희망음악〉이었다. 내가 듣기 위해 켜놓았다는 것을 전혀 염두에 두지 않은 태도였지만 곡목도 모르고 멜로디를 따라가며 듣던 것도 아니어서 아쉽지 않았다.

아침 시간, 혼자 있는 시간에 들리는 가벼운 음악이란 벽에 걸린 그림처럼 관습적인 것이었다. 그는 집에 돌아오면 조용하고 편안하기만을, 방해받지 않기만을 바랐다. 꽹, 꽹, 꽤꽹 꽹 꽹……. 집 뒤편 대학 쪽에서 요란한 꽹과리 소리가 들렸다.

"에그 저놈의 소리. 시도 때도 없이 두들겨대네. 어젯밤 내
내 소란이더니……."

나는 거칠게 내뱉으며 눈을 흘겼다. 벌써 며칠째인가, 저
물기 전부터 시작된 꽹과리, 북소리는 자정 넘어서도 그치지
않았다. 굿을 하나? 처음에는 그렇게 생각했었다. 어릴 때 동
네 부자들이 안택굿이나 재수굿을 사흘, 닷새씩 쉴 짬 없이
하던 것을 보았기 때문이다. 엊그제 반상회 때 그예 '요즘도
굿을 하는 집이 있나 보지요?' 했다가 좌중의 웃음을 샀었다.

"굿치곤 아주 큰 굿이지요. 대학생들이 통일 대동굿을 하
는 거래요."

모인 주민들은 차례로 학교 측에 전화를 하고 쫓아 올라가
항의를 해도 소용없더라고 맥없이 웃었다. 깊은 밤의 북소리
는 얼마나 멀리 가고 크게 들리는지.

"세상에 즈이들만 사나. 자정이 넘도록 꽹과리 두들겨대
는 강심장이나 몰상식을 이해할 수 없어."

"축제 때인 모양인데 젊은 애들 기분도 이해하구려."

남편이 시큰둥하게 대꾸했다. 보리빵과 야채샐러드, 오렌
지주스로 아침 식사를 마친 그가 신문을 뒤적이며 쉬 일어날
기색을 보이지 않자 나는 가스레인지에 찻물을 얹었다. 물이

끓자 커피를 진하게 타고 녹차를 우렸다. 녹차 잔을 받은 그가 내 잔을 보고 마치 독약을 보듯 얼굴을 찡그렸다. 살금살금 늘어나는 허리 사이즈 때문에 설탕을 끊은 지는 오래였고, 크림도 좋지 않다고 해서 블랙으로 마신 것이 여러 달째였다. 커피 대신 녹차를 마시는 남편의 표정이 뭘 뜻하는지 알았다. 한때 일종의 지적 행위, 멋으로까지 보이던 흡연이, 금연 운동이 확산됨에 따라 야만적이고 무식한 작태로 보이게 되는 시각의 변화를 나 역시 경험하는 터였다. 가벼운 식사, 가벼운 운동, 가벼운 기분. 위장이든지 머리든지 자극이 강하고 무거운 것은 중년 이후 금물이라고 했다.

신문을 읽는 그와 마주 앉아 어제 읽다 둔 책을 펴들었으나 내용이 눈에 들어오지 않았다. 분명히 전날 읽은 앞면도 생소하긴 마찬가지였다. 형편없는 기억력과 집중력 탓만은 아니었다. 평일 오전 이렇게 느긋이 그와 마주 앉아 무언가 한다는 일에 익숙지 않기 때문이었다. 날씨가 좋은데 커튼이나 뜯어 빨까, 아니면 이불 홑청을 뜯을까.

두서없는 궁리로 집 안을 휘둘러보다가 식탁 위쪽 벽에 나란히 걸린 시부모의 사진에 눈이 멎었다. 퇴색한 흑백의 옛 사진 두 장이 벽에 걸리게 된 것은 몇 해 전부터였다. 충효의 가치가 강조되고 가훈 짓기 운동이 한창이었을 때 남편은 느닷없이 부모님의 사진을 걸어야겠다고 말했다. 옛날 분들이었고, 일생 동안 그날그날의 생존에 급급한 고달팠던 삶이었던지라 변변한 사진이 있을 리 없었다. 우정 큰댁 앨범을 뒤져 증명사진을 구해 확대한 것이었다. 아이들은 이제부터 우리 집에서 제사를 지내느냐고 물었다. 큰댁에서 지내는 제삿날에나 보던 조부모의 사진이었던 때문이었다.

남편이 효자가 못 되었듯이 나도 순종하는 며느리가 아니었다. 평생 생선함지 안고 시장바닥에서 살았지만 말끝마다 '내가 배웠으면 김활란 박사만큼 되었을 것이다' 하면서 학력만 높을 뿐인 며느리의 변변치 않은 배움과 성취를 빈정대던, 성정 사납고 대센 시어머니를 나는 좋아하지 않았다. 사십을 못 다 채우고 돌아가셨다는 시부와 일흔이 넘어 돌아가신 시모는 부부라기보단 모자간으로 보였다. 그 사진들에 다른 식구들은 별반 눈길도 주지 않게 되었지만 나는 식탁에 앉을 때마다 '새우젓도 잃는 아이 반찬'이라며 밀쳐놓던 시어머니의 눈길, 며느리의 규모 없고 헤픈 살림 손을 나무라던 생전의 사나운 눈길을 느끼곤 하였다.

남편이 손을 들어 파자마 왼쪽 가슴께를 더듬는 시늉을 하자 나는 그것이 무엇을 뜻하는가를 생각할 겨를도 없이 냉큼 일어나 담배와 라이터, 씻어놓은 재떨이를 가져와 그의 앞에 놓았다. 식구들의 몸짓과 표정, 눈빛에 따른 반사적 행동이었다.

늦은 아침, 햇살은 밝고 환했다. 뒷산에선 마냥 아득하게 뻐꾸기가 울고, 어느 집에선가 단조로운 피아노 소리가 들려왔다. 그리고 우리 앞에 놓여 식어가는 차의 향기. 일순 나는 우리가 은퇴한 노부부의 배역을 맡아 한가롭고 평화로운 노년을 연기하고 있는 것인가라는 착각에 빠졌다. 평화란 자연스러운 습관의 길들임에 다름 아닌가라는 생각도 스쳐 갔다.

그의 존재가 태산같이 앞을 막아 뭔가 나대로의 하루를 시작하지 못한다는 마음속의 조바심에도 불구하고 나는 그에게 물었다.

"차, 더 드려요?"

나는 그의 대답을 기다리지 않고 찻잔에 나머지 찻물을 다 부었다. 그러고는 여전히 신문에서 눈을 떼지 않는 그를 찬찬히 바라보았다. 안경을 쓰지 않은 그의 얼굴이 조금 낯설었다. 얼마 전부터 그는 잔글씨를 볼 때 안경을 벗어야 했다. 돋보기를 써야 하는 노안이 되었다고 우울하게 말했을 때 나는 '이젠 근시안에서 벗어나 사물을 멀리서 보라는 뜻이 아닌가?'라고 위로했었다. 시선을 느꼈던가, 그는 눈을 들어 '왜?' 하는 표정으로 나를 바라보았다.

"삼십 대까지는 말처럼 열심히 뛰고 그 뒤로 쉰 살까지는 소처럼 참고 육십오 세까지는 개처럼 천대받고 그다음부터 는 원숭이처럼 흉내 내면서 사는 거래."

나는 어디선가 주워들은 엉뚱한 말로 둘러댔다. 남편이 피 식 웃었다.

"참 영이 혼사는 어떻게 됐지?"

한가하고 무료한 늙은 부부들처럼 대화는 종작없고 두서 없었다. 영이란 큰댁 조카였다.

"궁합이 안 맞아서 형님이 꺼리세요. 하긴 궁합을 보나 안 보나 어차피 결혼은 도박이지 뭐."

"그런가? 당신은 도박을 해서 딴 셈인가, 잃은 셈인가?"

"글쎄, 본전치기나 될라는가 모르겠네."

"그래서 다음 세상에서 또 만나고 싶어?"

슬며시 장난기가 동한 듯 빙글빙글 웃으며 말하는 남편에 게 '아니'라고 강하게 도리질까지 해댄 것에 당황한 것은 오 히려 내 쪽이었다. 차생이 있다거나 윤회를 믿는 바 천만 아 니면서 마치 오래 생각해온 것처럼 반사적으로 튀어나온 말 은 나 자신에게도 뜻밖이었다.

감정 표현에 서툴고 수줍음이 많던 남편은 결혼 초 퇴근 때마다 루주를 사다가 주머니에 넣어주곤 했다. 싸구려 제

품들이어서 향은 독하고 촛농처럼 윤기 없이 찐득거렸다. 빨강, 주홍, 꽃자줏빛……. 색깔은 어찌 그리 진하고 화사했는지.

그의 애정과 행복감의 서툰 표현들. 그리고 아이들, 삶, 가팔랐던 현실들……. 매일 되풀이되는 일상이 지겹다는 생각에서 헤어나지 못하면서 그것이 또한 구원이 됨을—수렁과도 같이 끌어들이는 권태와 부의미와 우울에서— 모르지 않았다. 어딘가에 얼마든지 다르게 살아갈 수 있는 다른 삶, 자신에 내재된, 자신도 미처 모르고 있는 깜짝 놀랄 힘에 대한 기대와 환상은 버린 지 오래였다. 감사하다는 것과 행복하다는 것이 반드시 같은 건 아니라는 것을 알지만 감사하며 자족하고 살아온 날이었다. 인생이 우리에게 그다지 많은 것을 약속하는 것은 아니라는 것, 인생에는 얼마나 많이 원치 않는 복병들이 숨어 있는가를 알기 때문이었다. 독신자의 자유와 고독을 선망한 적도, 여자 됨에 크게 억울해한 적도, 가족으로 맺어진 관계들에 크게 실망하거나 절망한 적도 없었다. 아침이면 가족들이 다 나간 후에야 비로소 큰 숨을 쉬고 휴우, 해방감을 느끼는 것은 단지 습관일 뿐이었다. 누구라도 그러지 않겠는가.

웃음기가 슬며시 사라지고 뭔가 복잡한 빛이 어리는 그를 향해 역공을 폈다.

"한번 갔던 길을 벗어나 다른 길로, 다른 장소로 가보고 싶은 것과 같지. 당신 솔직히 말해봐요. 날 다시 만나고 싶어요? 부부로 살고 싶어?"

남편이 안경을 찾아 쓰며 대꾸 없이 큰 소리로 허허 웃었다. 마음을 감추는 데 능숙하지 못한 그는 곧잘 어색한 웃음으로 얼버무리는 버릇이 있었다.

간접화법의 사랑

현관문을 열고 집 안으로 들어서자 아내가 가만가만 발소리, 말소리를 죽이며 안방으로 따라 들어와 옷을 받아 걸었다. 할 말이 있다는 뜻이렷다. 비어 있을 것이 분명한 아들의 방을 공연히 흘긋거리는 품새로 보아 영재는 아내가 중대한 보고를 하려는 것임을 알았다.

이즈음 그들 부부의 중대 현안은 아들의 연애 건이었다.

"글쎄 일기장을 보니까 어제 날짜에 JP라고 쓰여 있던데 무슨 뜻일까요?"

"JP라면 김종필 씨 아냐? 걔가 김종필 씨 팬인가? 김종필 씨한테 편지를 썼다는 뜻인가?"

"요즘 애들이 김종필 씨 이름이나 알겠어요? 더구나 정치에 무슨 관심이 있다고…… 말도 안 되는 소리 하지 말아요. 무슨 암호란 말이에요. 연구 좀 해봐요."

아내가 눈살을 잔뜩 찡그리고 머리를 흔들었다.

JP? JP? 영재 역시 골똘히 생각해보았으나 그 알파벳 두 자의 조합이 뜻하는 바를 짐작할 수 없었다.

자식도 품안엣자식이라거니 애물단지라거니 하는 말들이 아내의 입에서 나오면서 한숨을 치쉬고 내리쉬는 모양을 보이기 시작한 것은 아들이 고등학교에 진학한 올봄부터였다. 사춘기적 증후군(공부를 하지 않는다거나 반항적이고 불량스러워지면서 부모의 말이라면 첫마디부터 격렬한 전신적 경련을 일으키는 알레르기 반응을 보인다는)이 남의 일이기만 한 듯 아들은 여전히 모범적이고 순종적인 소년이어서 대개의 부모들이 '그저 순하게만 넘겨다오'라고 빌게 되는 사춘기를 잘 넘기나 보다 싶었는데 그게 아닌 모양이었다.

"그때, 밸런타인데이에 말이에요. 초콜릿이랑 편지를 전해주는 게 아닌데…… 내가 무슨 이해심 많고 멋진 엄마라고…… 괜히 폼 잡고……."

아내는 몇 번이고 되풀이한 한탄과 후회를 또다시 풀어내었다. 그것은 영재에 대한 간접적인 비난일 수도 있었다.

지난 2월, 느닷없이 아들 앞으로 예쁘게 포장된 초콜릿 한 상자와 카드가 날아왔을 때 아내는 좀 걱정하는 빛을 보였지만 그는 걱정보다 은근히 흥분되었던 것이 사실이었다. 아들이 어느새 이렇게 자라 어엿한 남자로 여학생의 눈길과 관심을 끌게 되었다는 것이 대견하고 신기하기도 했다. 아내는 초콜릿 선물과 카드를 아들에게 전달하지 않을 작정이었다. 이런 식으로 여학생과의 교제가 시작될 수 있고 그것이 대학 입시를 치러야 하는 아이들에게 얼마나 지명적인 장애가 되는가를, 여러 가지 남의 예를 들어 강변했다. 그러나 영재는 생각이 달랐다. 아들도 이제 자기 세계를 가질 만큼 성장했다거나, 아무리 부모라 할지라도 자식의 편지를 함부로 가로채는 야만적 폭력을 써서는 안 된다는 근사한 언설을 늘어놓은 것은 분명 영재 자신이었다. 아들에게 선물과 카드를 건네주고, 아들은 초등학교 시절의 모습을 좋은 인상으로 간직하고 있다거나 공부 열심히 해서 원하는 대학에 가기를 바란다는 평범하고 간단한 내용이 적힌 카드를 부모에게 보여주며 함께 초콜릿을 맛있게 먹었다. 선물을 보낸 상대는 초등학교 동창생이었다.

영재는 자신의 신사적인 방법이 옳았다고 확신했다. 그러나 아내의 말대로, 아무리 크고 엄청난 일도 시작은 미미하고 사소한 것이다. 자신에게는, 이성으로부터 첫 편지를 받은 아들과 자신을 동일시한 흥분이, 그리고 멋있는 아비로 보이고 싶다는 허영심이 있었던 게 아닐까.

아내로부터, 아들의 낌새가 이상하다는 소리를 들은 것은 그로부터 얼마 지나지 않아서였다.

"분명히 우산을 썼다는데 들어올 때 보니까 글쎄 한쪽 어깨가 흠뻑 젖어 있지 않아요? 여느 때보다 한 시간이나 늦게 집에 왔다구요."

첫 봄비가 종일 촉촉하게 내려 왠지 젖어드는 마음에 술 한잔하고 얼근해져 들어온 그에게 아내가 다짜고짜 한 말이었다.

"바람이 불었거나 우산살이 망가졌거나 그랬을 거야."

"그게 아니라구요. 한쪽 어깨만 젖은 건 누굴 씌워줬다는 거예요. 제 몸 젖는 건 모르고 상대방이 비 맞을까 봐 거기에만 잔뜩 신경 쓰면서…… 분명히 여학생을 만나 같이 쏘다닌 거예요. 지금부터 여자를 사귀면 앞날이 불 보듯 뻔하지. 대학도 못 간다구요. 지금이 어느 땐데, 정신 빠진 자식."

아내가 아들의 메모장이나 쓰고 버린 연습장 따위를 샅샅이 살피기 시작한 것은 그때부터였다. 깊은 밤, 아들이 잠든 방에 도둑고양이처럼 살금살금 기어들어 가 두방망이질치는 가슴을 누르고 가방을 뒤져 꺼낸 다이어리에서 'JM', 'JL'

의 암호를 찾아내 내외가 머리 맞대고 연구하기도 했다.

대학 시절 언어학자로서 일가를 이루겠노라는 야무진 꿈을 가졌던 아내가 고작 아들의 다이어리에, 마치 그것이 고대 메소포타미아 문자 해독이나 되는 것처럼 혈안이 되어 매달리는 모양이 딱하고 한심스럽기도 했지만, 그 역시 자식의 장래, 아니 구체적 현실인 대학입시에 무심할 수도 태평할 수도 없어 이내와 더불어 노심초사할 수밖에 없었다. 아들을 불러 앉히고 직접 문초를 하는 게 어떠냐는 그의 말에 아내는 고개를 저었다.

"그 애도 이제 머리가 굵어졌는데 직접화법을 쓰면 자칫 긁어 부스럼이 될 수 있어요. 반항심만 충전해 있는 시기라구요. 간접화법 전략을 써야지요."

이십 년 가까운 세월을 함께 사는 동안 소 닭 보듯 덤덤하고 무심해진 그들 부부지만 자식의 문제에 있어서는 그럴 수 없었다. 공동의 책임 운운하지 않더라도 자식이란 누구에게나 가장 아픈 속살이 아닌가. 일생일대의 중대 사태에 직면한 듯한 아내는 그에게 되도록 일찍 귀가하도록 숙연하게 종용하고 시시때때로 근무 중인 그에게 전화를 걸어 아들의 시험성적이며 기분 상태, 동태 따위들을 보고했다. 전에 없이 식탁에서의 대화도 길게 이어졌다.

"JP가 대체 뭘까? 아, 알았어요. J에게 프레젠트? J에게 폰? JM은 J와 미팅, JL은 J에게 레터…… 우와, 이렇게 한 줄에 주르르 풀리네. 걔 사귀는 여학생 이름이 지원이나 지영이나 지혜쯤 될 거야."

옷을 갈아입고 거실로 나와 티브이를 보는 그의 옆에 꼭 붙어 앉아 골똘히 생각에 잠겨 있던 아내가 갑자기 환호작약하여 손뼉을 딱 쳤다. 그러한 아내의 얼굴을 물끄러미 바라보며 영재는 불쑥 말했다.

"연애는 우리가 하는구먼. 간접화법의 연애 말이야."

그랬다. 그들이 함께 살아온 세월 중 이즈음만큼 서로 가까이 얼굴을 대하며 많은 대화를 진지하게 나눠본 적은 없었을 것이다. 함께 나누는, 자식에 대한 소망과 걱정, 기쁨과 슬픔이라는 간접화법을 통해 이제야 비로소 서로의 모습에, 마음에 다가가고 있지 않은가.

복사꽃 그늘 아래서

절기로는 늦봄으로 접어들어 날이 꽤 더워졌지만 그래도 아직 불기 없는 방은 썰렁하고 눅눅하다. 간밤에 연탄불을 갈지 않아 꺼뜨린 걸 두고 뼈가 아프고 몸에 얼음이 든 것 같다고 궁시렁궁시렁 불평을 늘어놓는 영감에게, 늙어서 삭신이 쑤시는 건 당신이나 나나 매한가지라고 모질게 쏘아주고 나온 그녀는 과수나무 밭 사이사이에 옴팍옴팍 들어앉은 방마다 아궁이를 점검하고 연탄불을 갈았다. 아직 이른 탓인지 투숙객들이 들어 있는 방들도 기척 없이 조용하다. 연탄재를 버리러 쓰레기장이 있는 산 둔턱까지 오르자 허리와 무릎이 꺾어질 것처럼 아프다. 일어나면 석 달 열흘 매 맞고 난 뒤처럼 뼈마디가 우두둑거리고 쑤시지만 그래도 고마운 건 육신

뿐이란 생각이 든다. 칠십 평생을 쟁기 물린 소처럼 모질게 부려먹어 녹이 슬 대로 슬었을 텐데도 눈 뜨면 구순하게 움직여주는 것이 신통하고 대견하기만 하다.

허리를 두드리며 돌아서는데 솔숲 틈으로 장끼가 푸드득거리고 까치가 난다.

야산 턱에 자리 잡은 산장은 과수원도 겸하고 있어 제법 나무가 우거진 탓에 갖가지 새와 작은 짐승들이 찾아들기도 하는 것이다. 요즘에는 들고양이 떼까지 부쩍 극성을 부리고 밤마다 짝을 찾는 소리로 밤잠을 어지럽힌다. 꽃 피고 새 우는 봄이 되자 산과 들의 짐승들, 풀과 나무, 벌레들만 바빠진 게 아니다. 겨우내 조용했던 산장도 시끄럽고 소란해졌다. 어젯밤에도 중늙은이 축에 들 남자가 애젊은 처녀애를 억지로 끌고 들어가려는 것을 호통쳐 내쫓다가 주인아줌마한테 싫은 소리를 들었다. 말이 산장이지 허술한 여관에 지나지 않는 숙박업소의 종업원 처지인 자신으로서는 당치 않은 행동이고 주인이 못마땅해할 것은 뻔한 이치지만 늙어도 성질은 죽지 않는다. 온당치 못한 짓거리를 보면, 돈 생길 일도, 득 될 것도 없다는 것을 알면서도 멱살잡이 드잡이를 하면서까지 막지 않고는 견디지 못한다. 남다른 정의감에서라기보다 분이 많고 열이 많아서이다. 할머니 성질 좀 죽이라고 주인네는 누구이 말하지만 그녀는, 몸은 죽어도 성질은 안 죽을 거라고 그래서 자신의 무덤에 뗏장도 못 살 거라고 응수한다. 남의 걱정 세상 걱정 하느라 어떻게 죽겠느냐는 주인네의 말 속에는, 당신 앞가림도 못 하는 처지가 아니냐, 당신 앞날 걱정이나 하라는 비아냥거림이 들어 있다는 걸 모르는 바가 아니다.

그녀가 춘천 근교 과수원을 겸한 산장에서 산 세월이 꼭 삼 년이다. 이 년 동안 두 번씩이나 교통사고를 당해 다리를 절고 정신마저 흐린 남편과 산장의 허술한 방 한 칸을 얻어 사는 조건으로 일꾼이 되었으니 옛날식으로 하면 행랑살이인 셈이다. 말이 산장 종업원이지 허드레 일꾼이나 다를 바 없다. 손님 시중, 안내부터 청소, 빨래, 과일나무에 봉지 씌우기, 칭얼대는 주인집 아이 봐주기까지 모두 그녀의 몫이다. 평생 생산을 못 해본 탓인지 주인집 네 살배기 어린애가 마냥 예쁘고 신기해서 등에 달고 다니며 엉덩이를 두들기고 알아듣든 말든 중얼중얼 귀신 씻나락 까먹는 소리도 늘어놓는다. 한창 말 배우는 어린 것이 그녀의, 때 없이 내뱉는 혼잣소리를 배워 말끝마다 '웬수 놈의 인사'라고 토를 다는 통에 주인네에게 욕을 먹기도 했다. '웬수 놈의 인사' 이것은 그녀가 남편을 떠올릴 때마다 습관처럼 내뱉는 말이다. 족두리도 못 쓰고 얽힌 인연이 이러구러 오십 년이다. 꽃 같은 열아홉에 스물네 살의 해사한 면 서기와 정혼이 되었다. 잔칫날을 한 달 앞두고 이슥한 봄밤, 만발한 복사꽃 가지를 흔들어 꽃비를 뿌려주던 청년에게 그녀는 꿈꾸듯 안겨버렸다. 복사꽃 향기에 취해 두려움도 잊었다. 그런 후에야 그녀는 그가 이미 처자가 있는 몸이라는 것을 알았다. 어두운 세상, 어리석은 인간사였다. 그는 천연스레 두 집을 오가고, 정이 없어 살 수 없다던 본처의 몸에서는 자꾸 아이가 태어났다. 대신 그녀는 아기가 들어설 때마다 할미꽃 짓찧어 생즙을 마셨다. 사납고 모진 팔자는 자신만으로 끝낼 작정이었다. 그 독기로 아기집이 삭아버려 생산을 할 수 없는 몸이 되었다. 아기집을 없애버린 것은 할미꽃의 독즙이 아니라 그녀 마음의 서리서리 쌓인 독기인지도 모를 일이었다. 사모관대를 두 번 써야 하는 팔자라고 태연하게 말하던 남자는 이십 년 전 본처가 죽자 당연히 그녀에게 눌러앉아 기대 살았다. 본처 자식들은 뿔뿔이 흩어져 어디에 사는지 소식도 없다. 말이 좋아 남편이지 사십 줄에 일자리를 놓아버린 터이고 병치레가 잦아 평생 철 안 드는 자식 하나 거느린 셈 치는 수밖에 달리 무슨 도리가 있겠는가. 오십 년 세월에 정보다 미움과 원망이 깊어 그녀는 걸핏하면 훨훨 나가버리겠노라고 소리친다.

다 늙어 저승길이 보이는 나이에 가긴 어딜 가겠는가만 말귀도 어둡고 정신도 흐린 반거충이가 되어버린 남편은 지레 겁을 먹어 곡기를 끊고 누워버린다.

내려가는 대로 아침 땟거리 준비, 손님들이 비우고 간 방의 청소, 빨래 등 일거리가 산적해 있지만 그녀는 하염없이 눈 아래 펼쳐진 풍경을 바라본다. 아침 안개가 벗겨지는 과수원은 그야말로 선경이다. 때는 봄, 양지바른 산자락을 뒤덮으며 복숭아나무와 배나무, 앵두나무가 다투어 꽃구름을 피워 올리고 있다. 저만치 아래에서 눈부신 초록과 빨강의 빛 무늬가 움직이고 있다. 손을 잡고 언덕을 향해 올라오는 것은 어젯밤 늦게 든, 영월에서 혼례식을 치렀다는 신혼부부다. 밤빛에도 그녀는 신부가 입고 있는, 평생 자신은 걸쳐보지 못한 녹의홍상의 차림이 눈부셨었다.

서너 걸음 가까이까지 다가온 신부가 그녀를 불렀다. 카메라 셔터를 눌러달라는 것이다.

"이건 자동이에요. 그냥 여기서 이걸 누르시기만 하면 돼요."

자신 없이 머뭇거리는 그녀에게 일러주고는 신부는 복사꽃이 흐드러지게 핀 나무 아래 신랑과 나란히 섰다. 신랑이 장난스레 복숭아나무 가지를 흔들자 후르륵후르륵 꽃비가 떨어져 내리고 신부는 밝은 소리로 거침없이 웃음을 터뜨렸다. 그녀는 순간 가슴속에 뜨거운 것이 치솟으며 눈앞이 뿌옇게 흐려졌다. 까마득한 세월의 저쪽, 그 이윽한 봄밤 온몸으로 피멍들 듯, 아프게 떨어져 내리던 꽃비와 향내기 생생하게 되살아났던 것이다.

비 오는 날의 펜팔

'바람이 분다, 살아야겠다'라고 읊은 시인이 있고 지나간 어느 한때 나 역시 열심히 그 시를 외우며 초등학교 3학년 학생 같은 용기와 비장감을 북돋우기도 했었다. 앙드레 지드의 『지상의 양식』에서 읽은 '나다니엘이여, 비를 받아들여라'라는 구절에 심취되어 천둥과 번개와 폭우 속을 일부러 우산을 접고 맨몸으로 걸을라치면 온 세상을 고스란히 받아들이는 느낌이 아니었던가. 우주보다 더 무한히 열려 있는 미래를 담보한 젊음의 시절이었다. 퇴근길에 만난 폭우에 당황하여 허겁지겁 길가 노점상에서 우산을 사며 나는 잠깐 쓴웃음을 지었다.

일금 사천 원을 주고 산 우산은 내가 타야 할 좌석버스 정류장에 미처 닿기도 전, 사나운 바람과 빗줄기를 견디지 못해 뒤집히고 살대가 부러졌다. 형편없는 엉터리 물건을 만들어 파는 상혼과 그것이 통용되고 횡행하게끔 된 사회구조, 나아가 빗속에 고스란히 드러난 남루하고 초라한 내 삶에 이르기까지 짜증은 울화로, 다시 분노로 걷잡을 수 없이 끓어올랐다.

우산살이 거의 다 부러진 우산을 어쨌든 다시 펴보려고 안간힘을 쓰는 사이 물에 빠진 생쥐 꼴이 되어버렸다. 나는 우선 비를 그을 요량으로 바로 길옆의 빌딩으로 들어섰다. 1층에 제법 넓고 깨끗한 찻집이 있는 것을 알고 있었다. 화나는 푼수로는 우산을 쓰레기통에 던져 넣었어야 했지만 그래도 잘 손보면 다시 쓸 수 있지 않을까 하는 오랜 절약 생활의 습관으로 챙겨 들었다.

찻집 문을 밀고 들어서다가 나는 되돌아 나왔다. 물이 뚝뚝 흐르는 몸으로 흰 시트가 정갈한 의자에 앉을 염치가 없었기 때문이었다. 따뜻한 커피 한잔이 아쉬웠기에 나는 쉬이 문 앞을 떠나지 못하고 있는데 찻집 문이 열리고 서너 명의 여자들이 나왔다. 흘낏 스친 인상으로, 그중 엷은 보랏빛 투피스 차림인 여자의 얼굴이 어딘가 낯익다는 느낌이 들었다. 어디서 보았더라? 나는 먼 기억의 갈피짬을 헤집으며 고개를 갸우뚱했다. 그 여자 쪽도 마찬가지였던가, 빌딩 입구까지 갔던 걸음을 되돌려 다가오며 애매하게 웃음 띤 얼굴로 물었다.

"혹시 예전 통영에 살던…… 허영구 씨 아니신가요?"

"그렇습니다만……."

아, 그녀가 낮게 탄성을 질렀다.

"저를 모르겠어예? 하기사 이십 년이 지났으니…… 포항 N여고 다니던 강선희라꼬 기억 못 하시겠십니꺼? ……펜팔루다…….

그녀의 깍듯한 서울 말씨가 대번에 낭창낭창하고 울림이 높은 남녘 사투리로 바뀌었다. 나는 비로소 떠올릴 수 있었다. 둥근 얼굴에서 살점을 깎아내고 이십 년의 세월을 걷어낸다면 첫눈에 반해버렸던 수줍고 곱던 소녀의 얼굴이 그대로 드러날 듯도 싶었다. 산 사람은 어디서건 만나기 마련이라더니 이런 우연도 있나 싶었다. 옛사람을 만나니 환멸뿐이더라는 말도 맞는 말은 아닌가 보다. 이십 년 세월 저편 까까머리 소년의 연정과 설렘이 향수처럼 살아나는 것을 느끼며 나는 어느 결에 이것은 우연이 아니라 섭리다라고 자신에게 이르고 있었다. 가벼운 목례와 의례적인 인사말로 헤어질 수는 없다고 생각하면서도 멈칫대는 내게 그녀는 먼저 차나 한

잔 함께하자고 말했다. 차를 시키고 나서 비로소 나는 그녀를 찬찬히 보며 그녀의 상황이나 환경을 추리해보았다.

안정된 중산층 가정의 주부인 듯도 했으나 그러기엔 옷매무새나 화장이 지나치게 세련되었다. 스스럼없이 찻집으로 이끄는 태도나 젖은 머리 닦으라고 손수건을 건네주는 선선한 태도에는 직장여성의 당당함과 세파에 닳은 구석이 엿보였다. 그녀의 눈에 비친 나는 어떠할까. 세거든 빠지지나 말든가 빠지려거든 세지나 말든가 하지, 희끗희끗 세어가며 소갈머리 보이는 중년의 사내. 상사와 마누라의 억압에 찌든 익명의 사회인.

"언제든 만나면 꼭 한번 물어보려 했어예. 그날 왜 그렇게 가버렸는지. 저물 때까지 산에서 기다리다가 막차 타고 포항 오는데 그렇게 비참할 수 없었던 기라예. 일생 남자한테 그런 대접을 받은 기 그때뿐이라예."

그녀가 장난스럽게 웃으며 빤히 나를 바라보았다. 나는 그녀의 말에 마음속 깊이 감춘 부끄러움을 찔린 듯 목덜미부터 확 달아올랐다. 아무리 '옛날이야기'라지만 그때의 배반감과 수치심을 어찌 말할 수 있으랴.

우리는 이른바 펜팔 친구였다. 《학원》이란 잡지 펜팔난의 주소를 보고 편지를 쓰기 시작해서 사흘돌이로 '미지의 벗'

에게 밤새워 편지를 쓰고 답장을 애타게 기다리는 게 일이었다. 석 달 만에 사진 교환을 하고 일 년 만에야 만날 용기를 얻어 나는 포항에 사는 그녀에게 내가 사는 작은 항구의, 여수와 권태와 먼 바다로 나가고자 방랑하는 마음을 만나러 오라는 편지를 띄웠다.

여름이 시작되던 어느 일요일, 그녀는 기차와 버스를 갈아타며 나를 만나러 왔다. 그녀에게 들려줄 인생과 사랑과 예술의 이야기, 행여 불량배를 만나거나 풀숲의 뱀을 만났을 경우 내가 취할 태도까지 든 각본을 짜고 나는 그녀를 만났다. 그녀는 사진보다 더 예쁘고, 체격도 태도도 나무랄 데가 없었다. 나는 내 행운을 믿을 수가 없었다.

편지에 썼던 대로 바다가 보이는 야산 언덕으로 앞서 걸었다. 그러나 뜻밖의 복병은 불량배나 뱀 따위가 아니었다. 그녀와 나는 그늘이 무성하고 풀숲이 소담스러운 소나무 아래 나란히 앉았다. 조금이나마 서먹함과 어색함을 감추고 의젓함과 여유 있는 자세를 보이고자 어깨를 한껏 젖혀 손바닥으로 풀숲을 짚던 나는 물큰 잡히는 느낌에 진저리를 쳤다. 똥이라는 외마디 단어가 입에서 튀어나오는 대신 세차게 뇌리를 강타했다. 냄새라거나 더러움이라는 생각이 미처 들기 전 나를 엄습한 것은 지독한 수치심과 배반감이었다. 그녀에게 들려주기 위해 준비했던 고독과 절망과 방황, 사랑에 대한 잠언과 경구, 시구, 설익고 거짓말투성인 감상 따위가 다 '똥 같은 소리'들이라고 그것은 조소하고 있었다.

더러운 손을 주먹 쥔 채 나는 뒤도 안 돌아보고 언덕을 내려왔다. 선창의 기름 뜬 물에 손을 씻으며 낯선 언덕에 남겨진 그녀에게 돌아가지 않았다. 펜팔도 물론 끊어졌다. 그때 그 일이 없었더라면 우리 사이는 어떻게 발전했을까? 아니 지금부터 우리에겐 새로운 운명이 시작되는 건 아닐까. 부질없고 아련한 감상과 공상에 빠져드는 내 귓전에 어느 결에 깍듯한 서울 말씨로 바뀐 그녀의 음성이 들려왔다.

"허 선생님 보험 든 거 있으세요? 지금 사회는 세대교체가 빠르니 노후대책이 절실해요. 자녀들이 어리다면 교육문제도 생각해야 하구요. 사람 살아가는 데 뜻밖의 재난이란 남의 일이 아녜요. 그저 미리미리 대비를 해야…… 종류는 많아요."

그녀의 희고 날렵한 손이 어느새 커다란 손가방의 지퍼를 열고 있었다. 그 손놀림은 무위한 공상과 감상에 찬물을 끼얹어 나를 현실로 돌려놓고 그 옛날 똥을 만졌을 때의 그 부끄러움과 배반감을 불러일으켰다.

상봉기

먼짓발처럼 가늘게 내리던 눈발은 낮이 되면서부터 제법 송이가 굵어졌다.

외출을 해야 할 일이 난감했으나 올해 들어 처음 맞는 눈은 어린애처럼 마음을 들뜨게 했다.

방과 마루, 대문을 차례로 잠그고 절렁거리는 열쇠 뭉치를 핸드백에 넣으며 나는 혼자 사는 살림에 웬 열쇠는 이렇게 많담, 혀를 찼다. 그러고는 버릇처럼 찾아드는 적막감을 지우기 위해 바쁠 것도 없는 걸음을 재촉했다.

계모임은 시내 N동의 한식집이었다. 한 달에 한 번 얼굴이라도 보자는 취지로 모이게 된 여학교 동창끼리의 친목계였다. 늙으면 영감보다 친구가 좋다던가. 궂은 날인데도 모두 하얗게 눈을 뒤집어쓰고 모여들었다. 늙은 여자들의 화제라는 건 뻔했다. 흉인지 칭찬인지 구분이 애매한 영감 얘기, 자식 자랑, 눈이 침침하고 허리가 아프다는 타령 따위. 그리고 그네들은 말했다. 더 늙기 전에 양자라도 들여라. 노후를 생각해야지. 그러면 한쪽에서는 입에 거품을 물고 말렸다. 다 소용없다. 영감이 남긴 재산마저 빨리려고 그러느냐. 제 속으로 낳은 자식도 그러는 판인데. 돈 단단히 움켜쥐고 있다가 병들면 병원에 들어가는 거야. 늙으면 돈이 힘이야. 나로서는 쓸쓸하고 적막한 소리였다.

계모임을 마치고 나올 때 눈은 진눈깨비로 변해 있었다. 각기 방향이 다른 친구들과 길고 떠들썩한 작별을 하고 골목을 빠져나올 때 음식점 주방문으로 플라스틱 바케쓰를 들고 나오던 소년이 나를 향해 눈길을 모았다.

"저…… 아니세요?"

"누구더라?"

낯이 익은 듯도 하지만 전혀 기억이 나지 않아 나는 고개를 갸웃했다.

"저 윤식이예요."

아, 나는 속으로 짧게 외쳤다. 어느 해 겨울, 남편은 늦은 귀갓길에 낯선 어린아이의 손목을 잡고 들어왔다. 눈이 퍼붓는데 골목 어귀 전주 밑에서 떨고 있는 걸 데려왔으니 하룻밤 따뜻이 재워 보내라는 것이었다. 그러나 나는 하룻밤 지내고도 돌려보내지 않았다. 업이라는 생각이 들었던 것이다. 그 전해에, 중학생이던 아들이 바다에서 익사를 하고 남편이 간경화증의 진단을 받게 된 따위, 남의 일처럼만 생각되던 불운이 겹치게 된 차에 그 애를 업으로 받아들여 불행을 피해보자는 생각이 들었던 것이다. 열두어 실쯤 되었을까, 보육원의 기억밖에 없다는 윤식이는 제 나이도 정확히 몰랐다. 좀체 마음을 열지 않는 아이였지만 나는 그런대로 친절을 베풀고 정을 주었다. 때문에 일 년을 채 살지 못하고 그 애가 어느 날 흔적 없이 사라졌을 때 나는 업, 또는 액막이로 받아들였던 계산속에도 불구하고 심한 배반감과 실패감을 느껴야 했다. 고아들의 어쩔 수 없는 떠돌이 근성이야, 나는 자신에게 변명했다.

사오 년의 세월을, 또 그 애가 한창 자랄 나이라는 걸 생각하면 키는 그닥 크지 않았으나 눈을 치떠 바라보는 버릇 탓인지 이마 위로 주름이 가득 접혔다. 지난 세월이 어지간히 거칠고 고달팠겠구나, 짐작되어졌다.

윤식이는 교외에서 돼지 치는 목부 노릇을 하고 있다고 했다. 왜 나갔니, 고생스럽지 않니 따위를 나는 감히 물을 수가 없었다.

"데려다드릴게요. 아직 거기 사시죠?"

윤식이가 운전석 옆자리를 걸레로 문질렀다. 눈이 녹아 길은 엉망이었다.

나는 치맛자락을 걷어쥐고 거북스럽게 올라탔다. 보기보다 자리는 편했다.

내가 한때 아들이라고 불렀던 그 애의 익숙하게 핸들을 돌리는 손을 나는 신기하게 바라보았다. 택시나 버스를 탈 때마다 불안감을 느끼는 버릇이 있었으나 이상하게 편안했다. 그 애는 별말이 없었다. 드문드문 이어지는 짤막한 대화에서도 교묘히 어머니라는 호칭을 피했다. 그편이 내게도 다행스러웠다. 어머니라고 불렀다면 내게는 조소나 비난으로 들렸을 것이다.

"춥지 않으세요?"

그 애가 자꾸 김이 서리는 창을 장갑 낀 손으로 닦으며 물었다. 그리고 덧붙였다. 많이 늙으셨어요. 나는 쓸쓸히 웃으며 고개를 끄덕였다. 그 애가 물기를 닦느라 젖은 장갑을 벗었다. 내 눈이 손등의 커다란 흉터에 멎었다. 윤식이도 내 눈길을 느꼈음인지 씩 웃었다. 그것은 우리가 한 가족이었을 때 내 실수로 끓는 물에 덴 흉터였다. 그러자 매일매일 상처에 약을 바르고 붕대를 갈아주던—남편이 살아 있고 딸도 출가하기 전, 내가 가정을 가졌다고 생각되던— 시절이 떠올라 가슴속에 무언가 따뜻한 것이 고이기 시작했다. 한번 놀러 오너라. 내 말에 그 애는 대답 없이 씩 웃었다. 큰길에서 차를 세우고 나는 말했다.

"연락처라도 알려주겠니?"

"주인이 농장을 팔았어요. 곧 옮기게 될 거예요."

차에서 내려서도 나는 곧장 집을 향해 발길을 떼어놓지 못했다. 뭔가 뒤통수를 끌어당기고 있었다. 아니 내 속에서 치미는 힘인지도 몰랐다. 기다릴 사람이 없어 해가 지면서부터 무덤처럼 조용하게 어두워지는 집, 혼자만의 쓸쓸한 식탁 따위를 더 이상 견딜 수 있을 것 같지가 않았다. 내가 무언가 꼭 두고 온 듯한 기분으로 돌아섰을 때 윤식의 차는 아직 서 있었다. 나를 보자 윤식은 무언가 바닥에 떨어진 것을 찾는 시늉으로 고개를 숙였다.

"농장에서 나올 형편이라면, 달리 꼭 갈 데가 있는 게 아니라면 집에 다시 들어오렴. 네 방도 아직 그대로 있고……."

나는 다가가 짐짓 사무적인 어조로 말했다. 생각지도 않았던 말이었으나, 나는 마치 오래전부터 그러기로 작정했던 것처럼 느껴졌다.

"타세요. 집 앞까지 차가 들어갈 거예요."

그 애가 밝은 음성으로 말하자 나는 가볍게 차에 오르고
우리는 공범처럼 마주 보며 비밀스럽게 웃었다.

요즘 아이들

텔레비전에서는 뉴스를 방영하고 있었다. 여느 때라면 그날 치 신문을 샅샅이 읽고도 놓치지 않는 뉴스 시간이었으나 바뀌는 화면과 아나운서의 음성이 건성 스쳐 갈 뿐 내용이 눈과 귀로 들어오지 않았다. 석구 씨의 심사가 불편하고 어지럽게 흩어져 있기 때문이다.

"텔레비전 소리 좀 줄이세요. 애들 공부하는데."

저녁 세수를 마친 아내가 안방으로 들어오는 길로 텔레비전 볼륨을 줄이고 화장대 앞에 앉았다.

"방문을 닫으면 되잖아."

석구 씨가 버럭 고함을 지르며 비긋이 열린 방문을 거칠게 닫았다.

"리시버를 꽂고 들으시구려."

아내도 지지 않고 대꾸했다.

"어이구, 내 신세야. 언제나 이 시집살이가 끝나나. 내 집에서 내 맘대로 텔레비전도 못 보고 기죽어 살다니……."

아이들 공부에 방해된다고 거실의 텔레비전을 안방으로 들여놓은 건 딸아이가 중1 때이니 칠 년 전이고 집에 돌아오면 텔레비전 시청이 유일한 낙인 그가 안방 연금자가 된 것도 그때부터였다. 아이들은 제각기 방에 들어가 공부를 하는지 기척 없이 잠잠했다.

"우리 자랄 때는 단칸 셋방에서 일고여덟 식구가 시끌벅적 들끓으면서도 아무 불평 없이 공부를 했는데…… 원 누굴 위해 하는 공부인가. 왜 그렇게 공부 유세들을 하는지…… 쳇."

석구 씨는 잔뜩 못마땅한 표정을 지으며 팔베개를 하고 비스듬히 누웠다. 석구 씨의 기분이 이토록 언짢아진 것은 오늘 저녁 식사 때부터였다.

대학 1학년인 딸과 고교 2학년인 큰아들과 중3짜리 작은 아들은 등하교 시간이 제각각이어서 얼굴 맞대는 시간이 적었다. 온 식구가 모여 저녁 식사를 함께하는 일도 어려웠다. 딸은 연극 구경입네 동아리 활동입네 하며 귀가가 늦고 큰

65

아들은 보충 수업으로 밤늦게까지 학교에 잡혀 있고 작은아들은 그가 퇴근하기 전 이른 저녁을 대강 먹고 독서실로 직행했다. 아이들의 생활과 생각이 궁금하고 걱정스러웠으나 그가 알 수 있는 것은 기껏 아내를 통해 듣는 '성적지수의 변화' 정도였다. 대화는커녕, 저녁잠이 많은 그로서는 잠든 아이들 얼굴 보기도 힘들었다. 생각 끝에 그는 아이들의 일정표에 매이지 않는 일요일 저녁의 외식을 계획했다. 예나 지금이나 월급은 갈급이라는 말이 있는 것처럼 늘 모자란 듯하게 주기 마련이어서, 더군다나 세 아이 교육비가 무섭게 들어가는 터여서 석구 씨에게는 외식을 즐길 만한 여유가 없었다. 간혹 회사로 찾아오는 손님과 식사를 해야 할 때에도 설렁탕으로 할까 간단한 찌개백반으로 할까를 세 번쯤은 생각해보기 마련이었다. 그럼에도 불구하고 그로서는 과다한 지출을 요하는 뷔페식당으로 온 식구를 초대(?)한 데에는 집 밖에서의 자유롭고 색다른 분위기에서 아이들과 많은 대화를 나누고 가족 간의 화합을 다지며 그 의미를 되새겨보리라는 속셈이 있었던 것이다. 석구 씨는 입구에서부터 깍듯한 종업원의 인사와 안내를 받으며, 화려하고 넓은 식당 규모에 놀라는 기색인 가족들을 조금은 가슴이 에이는 듯 애잔한 심정으로 바라보았다.

"처음부터 많이 담지 말고 한 젓갈씩 골고루 담아라. 먹고 나서 얼마든지 더 갖다 먹어도 되니 집에서 늘 먹는 것 말고 영양가 높고 색다른 걸 먹어봐."

석구 씨는 일일이 아이들의 접시에서 햄 조각이나 닭다리, 돼지갈비 따위를 집어내고 대신 연어회니 해삼 등을 얹었다. 수북이 음식이 담긴 접시를 앞에 하고 큰아들이 문득 일인당 얼마짜리 음식인가 물었다. 얼마짜리라고, 석구 씨가 조금 생색내는 표정으로 대꾸하자 아들은 눈을 내리깔고 입술은 삐뚜름히 일그러뜨렸다.

"노동자들 반달 치 월급을 우리 가족이 한 끼에 먹고 있네요. 이래도 되는 건지 모르겠어요."

아버지가 버는 돈은 열심히 일한 대가로서 정당한 것이다, 내가 먹는 밥이 반드시 남의 것을 빼앗은 것이라든가 내가 잘살면 반드시 누군가 굶주리기 마련이라는 건 지나친 흑백 논리라고 석구 씨는 조금은 무참하고 화가 난 심사로 타일렀다. 그러나 아들은 고개를 숙인 채 귀 기울이는 기색이 없었다. 내키지 않는 표정으로 음식을 깨작거리며 씹는 동작 하나하나가 구제할 수 없는 기성세대, 썩은 중산층의 생활 방식, 사고, 가치관에 대한 비난과 경멸을 나타내는 듯했다. 세상모르는 아들이 그런 소리를 지껄일 수 있기까지 부모세대들이 겪은 지나간 세월과 설움, 굶주림을 얘기한다는 것은 이 자리에서 부질없는 노력이리라. 석구 씨는 한숨을 내쉬었다. 어색한 분위기를 무마하려는 듯 아내는 창가 장식용으로 늘어놓은 도자기들에 관심을 보이며 일본풍이라거니 중국풍이라거니 유약은 무엇을 쓰고 몇 도에서 구웠을 거라는 둥 그는 알아듣지 못할 이야기를 늘어놓았다. 아내는 일주일에 두 번, 아파드 단지 내의 도예방에 나가 노자기 만드는 것을 배우고 있었다. 집안 살림과 아이들 치다꺼리에 속절없이 시들어가는 아내가 안쓰러워 흙 값만 내면 된다는 도예방에 나가보기를 권한 것은 석구 씨 자신이었다.

"도자기 만드는 일이 재미있으세요?"

딸이 말끄러미 아내를 보며 물었다.

"글쎄. 이 나이에 뭐 새삼스럽게 취미생활이냐는 생각도 들고 워낙 솜씨가 무디어서 만든 그릇들을 실제 쓸 수 있을지도 모르겠고…… 그렇구나."

"그렇다면 엄마의 도자기 만드는 작업은 시간 죽이기군요. 본질에서 이탈되는 걸 소외라고 해요. 엄마가 하는 건 진정한 노동에서도 오락에서도 소외되는 거예요."

조금은 쑥스러워하며 대답하던 아내의 말이 채 끝나기도 전에 딸은 자못 당돌하게 내쏘는 것이 아닌가.

"요즘 많이 유행하는 말 같다만 난 그런 어려운 말 모른다, 애."

아내가 무안당한 소녀처럼 얼굴을 붉히며 손을 내저었다. 그러고는 버섯요리를 한 점 입에 넣고 씹으며 특유의 순발력을 발휘해 재빨리 말을 돌렸다.

"아, 이 맛이 묘하네. 쓴 듯하면서도 감칠맛 나는 떫은맛이 돌고. 쌉싸름하다고 말해야겠지. 우리말과 글의 절묘한 뉘앙스라니. 함초롬히, 가뭇없이…… 등등 외국어엔 아마 없는 말일걸."

"우리글이 세계에서 제일 과학적이고 훌륭하다고 그러던데 정말 그런가?"

왕성한 식욕으로 두 번째 접시를 비우던 작은아들이 끼어들었다.

"훈민정음이란 쿠데타로 고려 왕조를 뒤엎고 일어선 이씨 조선이 억지 정통성을 세우기 위해 만든 것이지. 맨 처음 『용비어천가』를 지은 것만 봐도 알잖아."

큰아들이 시건방진 어투로 단언했다.

"왜 매사를 그리 부정적으로만 보느냐. 부정적인 것과 비판적인 것은 다른 것이다."

석구 씨는 입맛이 써서 더 이상 식사를 하고 싶지 않았으나 모처럼의 자리, 비싼 음식값을 생각하며 말없이 접시를 비웠다.

"넌 기름기 있는 음식 좀 덜 먹어야겠다. 여드름 나는 것 좀 봐. 우리 자랄 땐 못 먹어서 버짐이 피었더랬는데 요즘 애들은 영양과잉 때문인가 여드름이 몹시 나더구나."

아내가 갈비찜을 들고 뜯는, 코밑이 거뭇거뭇하고 여드름이 울끈불끈 돋아나는 작은아들을 대견스레 바라보며 짐짓 나무라는 시늉을 했다.

"영양과잉이 아니라 스트레스 때문이래요. 의학박사가 텔레비전에서 말했어요."

녀석은 천연덕스럽게 대꾸했다.

이래저래 비싼 값과 시간을 들인 저녁 식사 자리였지만, 석구 씨는 '내 자식들이 어찌 이 지경이 되었을꼬' 하는 개탄과 불쾌감만 안고 집으로 돌아온 것이다. 가족의 의미며 사랑에 대해 피력하고 확인할 기회도 분위기도 잡지 못했다.

모기처럼 멀리서 앵앵대는 텔레비전 소리가 답답한 속을 더욱 답답하게 했다. 홧김에 원격 조정의 단추를 자꾸 눌러 대었다. 아앗싸 호랑나비……. 어느새 쇼 프로그램으로 바뀌어 콧수염의 사내가 곧 넘어질 듯 위태로운 몸을 용케 가누며 목청을 높이고 있었다. 방문이 조금 열리며 작은아들이 슬며시 들어섰다. 아비는 뵈지도 않는지, 시선을 텔레비전에 못 박고서였다. 석구 씨는 아들을 곁에 앉히고 목청을 가다듬어 물었다. 아무래도 뒤풀이를 해야 할 것 같았다.

"네 근본이 무엇이냐. 네가 누구냐?"

"단백질과 아미노산 합성에 DNA……."

아들은 말하다 말고 멋쩍은 듯 씩 웃으며 화면의 곧 고꾸라질 듯한 춤을 따라 흥얼거렸다. 아이쿠, 석구 씨는 도리 없이 이마를 치며 신음했다. 밀양 박씨 첨정공파의 15대손으로 태어나…….

그가 아이들에게 들려주려던 가문의 뿌리며 역사가 실로 『용비어천가』의 구절만큼이나 황당하게 느껴졌던 것이다.

해산

"당최 찍어 올릴 게 있어야지."

콩나물무침이며 북어조림 따위가 담긴 찬그릇을 젓가락으로 찍찍 당기고 밀치며 불평하는 시어머니 소리에 혜자는 배알이 뒤틀려 얼굴을 돌리며 숟가락을 놓았다.

상을 다 차려놓고, 몇 차례나 아이들을 시켜 할머니 진지 드시라고 전언을 했건만 밥과 국이 다 식을 지경이 되어서야 낙태한 고양이상을 하고 나타난 시어머니를 볼 때부터 진작 떨어져버린 입맛이었다. 배가 싸르르 싸르르 아팠다. 점심때부터 희미하게 간헐적으로 느껴지는 통증이었다. 연신 반찬 투정을 해대면서 쪼작쪼작 밥 한 공기를 다 비운 시어머니가 시위나 하듯 탁, 소리 나게 숟가락을 놓고 일어나자 혜자는 소시지가 없잖아, 소시지 줘, 하고 칭얼대는 큰아이와 입으로 들어가는 밥보다 흘리는 것이 더 많은 작은아이의 엉덩이를 한 차례씩 후려치며 쳇소리를 질렀다.

"반찬 투정은 어디서 배운 못된 버릇이니? 그리고 낟알 귀한 줄 알아야지. 옛날 나라님도 하늘이 무서워 음식 타박은 못 했단다."

졸지에 얻어맞은 아이들은 울음보를 터뜨리고 저녁 식탁은 아수라장이 되었다.

"시어미가 미우면 제 자식 팬다더라."

부엌과 터진 거실 의자에 앉아 텔레비전을 틀던 시어머니가 아이고 내 새끼들, 애먼 화풀이를 당하는구나 어쩌구 너스레를 떨며 아이들을 불러 품에 안았다.

"이리 와서 밥 마저 먹지 못하겠니?"

혜자가 사납게 으름장을 놓았으나 할머니 품으로 안전하게 피신한 아이들이 식탁으로 올 리 없었다. 시종 못 본 척 묵묵히 밥을 먹고 난 민수는 역시 쓰다 달다 한마디 없이 석간신문을 주워들고 방으로 들어가 버렸다. 이보오, 동무레, 기리니끼니 나 좀 잘 봐달라우요. 우습지도 않은 코미디언들의 짓거리로 텔레비전은 터질 듯 왕왕대고 아이들은 흉내를 내며 깔깔대고 웃었다.

아이들이 뭘 보고 배울꼬.

혜자는 수돗물을 세게 틀어 와락와락 소리 내어 그릇을 씻으며 밉살스러운 눈길로 시어머니를 바라보았다. 자신의 얼굴이 얼마나 흉하고 표독해 보일까를 알면서도 사나운 표정을 풀지 않았다.

생각 있는 사람들의 경고가 아니더라도 텔레비전에서 얻는 깃이 득보다는 해가 더 많다고 느끼고 있는 혜자는 어린이 시간 프로그램 외에는 아이들에게 텔레비전 시청을 금한다는 원칙을 세우고 있었다. 그러나 이 원칙은 애당초 지켜지지 않았다. 오후 다섯 시, 화면조정 시간부터 밤 열두 시 애국가로 마감할 때까지 텔레비전 앞을 지키는 시어머니의 치마폭에 싸여 시간대에 따른 프로그램이며 탤런트, 코미디언, 가수의 이름을 줄줄 읊어대는 아이들을 볼 때 혜자는 짜증이나 우려보다 바닥 모를 절망이나 깊은 우울감에 빠지곤했다. 일상생활의 작은 규칙들, 사소한 식사 습관에서부터 잠자는 버릇에 이르기까지 제대로 지켜지는 것은 하나도 없었다. 혜자가 생각해오던 가정, 그리고 육아育兒란 결코 이런 것이 아니었다. 습관은 제2의 천성, 나아가 습관은 폭군보다 무섭다는 것을 알기에 어릴 때부터 작은 생활 습관 하나하나를 바르게 들여 제 권리를 지키고 의무에 충실한 건강한 시민 의식을 훈련시켜야 하고 그러기 위해서 가정은 사랑에 충만하되 다소의 엄격성은 필요불가결의 것이라고 믿고 있었다. 그러나 현재 자신의 생활은 어떠한가. 한마디로 엉망진창이었다. 어머니와 아내 사이에 끼여 매사가 귀찮고 피곤하기만 한 남편 민수는 가장으로서의 의무, 권위 따위는 염두에 없이 다만 조용히 편안히 내버려두기만을 바라고 시어머니는 자신의 생활과 감정에 조금도 절제를 가할 능력이 없어 아이들을 망친다. 일곱 살과 다섯 살배기 아들이 밤이면 할머니의 빈 젖을 하나씩 물고서야 잠이 들고, 엄마가 매를 들면 할머니의 치마폭에 숨으며 용용 혀를 내미는 것을 보면 혜자는 가슴속으로 불덩어리가 치솟았다. 게다가 자신은 '국가가 인정하지 않는 아이'(남편이 교사 신분임에도 불구하고 세 번째 아이부터는 의료보험이나 교육비의 혜택이 전혀 없어 혜자 부부는 자조 투로 그렇게 말하곤 했다*)를 임신하고 만삭의 무거운 몸으로 심신이 고달파 매사에 짜증만 부리기 십상이었다. 일단 축에서 벗어난 바퀴는 제멋대로 구르기 마련이었다. 결국 원흉은 시어머니와 텔레비전인가, 아니면 시어머니에 대한 뿌리 깊은 미움인가.

---

* 가족계획 정책이 막바지에 달한 1990년대 초엔, 교육공무원 가정의 자녀에게 주던 의료보험과 교육비 혜택을 셋째 아이부터는 주지 않았다. 1960년대부터 실시된 산아제한 정책은 1996년에야 출산장려 정책으로 변경되었다. (편집자 주)

"차라리 텔레비전을 어머니 방에 들여놓는 게 어떨까요?"

생각 끝에 하는 혜자의 말에 민수가 고개를 저었었다.

"그건 안 돼. 어머니가 그래도 가족들과 어울려 앉아 계시는 건 텔레비전 보는 시간일 텐데 그걸 방에 들여놓는다면 어머니는 아마 텔레비전과 함께 골방에 유폐된 기분을 느끼실 거야. 어머닌 평생 외롭게 사신 양반이라 애들처럼 노여움이 많다는 길 당신도 알잖아."

민수의 말에도 일리가 있었다. 시어머니는 스물여섯 새파란 나이에 세 살 난 아들 하나 두고 홀어미가 되었다. 혼잣몸이 되었어도 나는 이제껏 손끝에 물 안 묻히고 살았다고 늘 상 자랑스럽게 말하는 것은 망부가 남긴 논 사십 마지기의 재산을 평생 알뜰히 까먹고 살았다는 뜻이었다. 그래서 혜자가 시집올 때쯤에는 제법 시골부자 소리 듣던 재산은 단칸방의 전셋거리로밖에 남아 있지 않았다. 자식을 앞에 둔 사람이 어떻게 삼십 년 동안을 있는 재산 야금야금 없애는 것으로 살 수가 있는지 혜자로서는 이해할 수가 없었다. 몸은 개똥밭에 있어도 마음은 용상에 앉았다고, 구차한 살림을 꾸려가는 지금도 시어머니는 말한다. 편모의 외아들이라는 조건에 주위에서는 모두 꺼림칙해했지만 딱히 청상과부의 한풀이라고 말하기에는 시어머니의 성미는 유난한 바 있었다. 사소한 거슬림에도 이불 쓰고 누워 시위요, 숟가락 탁 놓고 굶기 작전으로 들어가면 이틀도 좋고 사흘도 좋았다. 거기에 대한 대응책은 혜자로서는 묵비권일 수밖에 없었다. 한 자락 접자는 셈이었다. 시어머니를 위해 큰맘 먹고 닭고음을 하거나 간천엽 무침 따위를 해서 상에 올릴 때도 "앉은 자리가 편해야 먹어도 살로 가지" 하며 혀에 바늘이라도 돋은 양 말 마디마디에 가시를 넣었다. 당신이 참아야지, 워낙 성질이 그런 노인인데, 이제 와서 고칠 수가 있겠소. 민수의 말대로 참는 수밖에 없는가. 끓어오르는 성질대로 하자면 하루에도 열두 번 결단을 내리고도 남았다. 혜자는 거실의 시어머니를 보지 않기 위해 등을 지고 식탁 의자에 앉아 배를 움켜쥐었다. 배가 자꾸 아파왔던 것이다. 먹은 게 체했는가, 산통産痛인가. 출산 예정일까지는 스무 날이나 남았는데 이상한 일이었다.

혜자가 눈을 뜬 것은 종합병원 산과 병실에서였다. 창으로 들어오는 환한 햇살에, 천근처럼 무거운 눈을 껌벅이며 여기가 어딜까 하는 의아심과 함께 몸이 온통 비워진 듯 허전한 느낌이 찾아들었다. 오른쪽에도 왼쪽에도 침대가 놓였고 여자들이 누워 있었다. 그제야 혜자는 요가 흠뻑 젖도록 하혈을 했던 일, 남편의 등에 업혀 나오던 일, 그리고 혜자의 신

77

발을 찾아 들고 울며 뒤를 따라 뛰던 시어머니의 모습 등 지난밤의 일이 두서없이 떠올랐다. 도대체 어찌 된 일일까. 아이는 낳았는가. 눈을 떴지만 몸은 늪 속으로 끌려들듯 한없이 무겁게 가라앉았다. 자신이 온전치 못한 몸으로 병실에 누워 이대로 죽을지도 모른다는 생각이 불현듯 들자 혜자는 매달릴 가냘픈 끈이라도 붙들듯 필사적으로 아이들과 민수의 얼굴을 띠올렸다. 그때 밭지께에서 쇠잔하고 갈라 터진 시어머니의 말소리가 두런두런 들렸다.

……글쎄 십년감수했지 뭐유. 어찌나 놀랬는지, 갑자기 하혈을 그렇게 하고 눈이 허옇게 돌아가니 꼭 사람 잃는 줄 알았다오. 업혀 가는 며느리 신발을 찾아 들고 뒤쫓는데 어머니 잃은 자식 심정이 꼭 이럴 거란 생각이 듭디다. 배 속에 애가 가로걸려 있었대요. 수술을 해서 애를 낳았지만 조금만 늦어도 큰일 날 뻔했다나요. 딸이라서 더 잘됐지요. 여자는 그저 딸이 있어야……. 내 일찍 혼자되어 남편 없이 산 설움을 아들도 몰라라 하니 만고에 하소연할 데가 어딨소. 누울 자리 보고 뻗는다고 우리 며느리가 속이 무던해서 내가 딸 삼아 친구 삼아 에미한테 투정 부리듯 하소연도 하고 보일 속 안 보일 속 다 보이고 삽니다만…….

방생

날씨는 청명했다. 바람이 불고, 바람결에 어쩔 수 없이 이른 봄의 찌르는 듯한 찬 기운이 옷 속을 파고들었지만 그것은 오히려 묘지를 찾을 때마다의 한없이 표표하고 허허로운 마음의 닻이 되어주었다.

묘지 풍경은 일 년 전에 비해, 이 년 전에 비해 몰라보게 달라져 있었다. 구획 정리만 해놓은, 삭막한 민둥산에 빈자리가 거의 없게끔 들어찬 봉분과 잔디 때문이었다.

살고 죽음의 경계가 애매하고 대수롭지 않게 느껴지는 것이 나만의 감상은 아닌 듯, 뒤따라오는 어머니도 문득 발길을 멈추고 산등성이와 골짜기를 뒤덮고 빼곡히 솟은 봉분들을 바라보곤 했다.

산의 윗자락에 위치한 남편의 묘소 앞에 준비해간 술과 포, 과일로 간단한 제상을 차려놓고 향을 피운 뒤 술 따르고 두 번 절하는 것으로 성묘를 마칠 때까지 어머니는 나를 보지 않고 거의 돌아앉았다시피 하여 아득한 눈길로 산 아래 강을 내려다보고 있었다.

스물아홉, 젊으나 젊은 나이에 과부가 되어 한없이 길고 막막한 세월을 앞에 둔 딸의 꼴을, 역시 젊어 홀로된 어머니의 눈으로 차마 보기 싫은 탓이리라.

오늘은 남편의 기일이었다. 이 년 전 친구의 부친상을 당해 장지로 가다가 승용차가 낭떠러지로 굴러 목숨을 잃은 것이다. 죽기 전에는 결코 잊힐 듯싶지 않은 끔찍한 일이었고 형벌처럼 적막하고 무서운 날들이었건만 그가 없는 세상에도 나는 여전히 살아 있고 봄은 어김없이 돌아왔다. 성글던 봉분의 뗏장이 제법 뿌리를 내렸는가, 새삼스러이 푸릇푸릇한 빛으로 돋아났다. 묘지의 풀들만 무심히 푸르렀다.

"쑥이 많이도 나왔구나."

제물과 그릇들을 보자기에 다시 싸놓고 하릴없이 우두커니 앉았는데 어머니가 앉은걸음으로 둥싯대며 쑥을 캐기 시작했다.

"까짓 쑥은 캐서 뭘 해요? 쑥이 없어 걱정인가요? 어머니나 나나 남편이 없어 걱정이지."

내 대꾸에 어머니는 '미친 것' 하며 쓸쓸히 웃었다. 재빨리 손을 놀려 쑥을 캐어 비닐 주머니에 담는 어머니의 뒷모습을 나는 조금 밉살스러운 눈길로 바라보았다. 저렇게 남김없이 쑥을 뜯어 국을 끓여 먹을 건가, 떡을 해 먹을 건가. 이왕지사 죽은 사람은 죽은 사람이고 산 사람은 살아야 된다는 뜻이겠지. 시퍼렇게 젊은 나이에 비명횡사한 사위 무덤 앞에서 쑥을 캐는 것은, 어머니로서는 능히 함 직한 일이었다.

초등학교 4학년인 나를 맏이로 고만고만한 아이들 넷을 두고 아버지가 세상을 떠났을 때도 어머니는 그랬다. 산에서 삼우제 지내고 온 다음 날이 일요일이었다. 어머니는 옷장을 정리하여 아버지의 옷을 모조리 마루에 내놓고 엿장수를 불렀다. 옷뿐이 아니었다. 안경, 혁대, 책, 면도기 따위 아버지가 지니던 것이나 쓰던 것을 죄다 엿장수에게 넘겨 치우고 강냉이 한 자루와 흰 가래엿을 잔뜩 받았다. 그러고는 아이들을 둘러앉혀 강냉이를 먹이고 엿가락들을 쥐여주었다. 어머니 역시 강냉이를 한 줌씩 입에 넣고 와삭와삭 씹고 엿가락을 우두둑 깨물었다. 그때 비교적 조숙했던 탓에 아버지의 죽음과, 죽음의 의미를 나름대로 깊은 슬픔의 감상으로 받아들였던 내가 어머니에 대해 느꼈던 혐오와 증오의 감정은 지금도 생생하게 기억된다. 아버지가 살았던 흔적, 우리와 함께 지냈던 흔적은 앨범 속 몇 장의 사진, 그리고 아직 새것인 칫솔 하나뿐이었다.

칫솔은 솔이 다 빠져 못 쓰게 될 때까지 일 년 넘어 우리들의 운동화를 빠는 데 쓰였다. 아버지의 흔적을 삽시간에 치워버린 어머니가 그까짓, 쓰레기통에 던져 넣으면 그만일 칫솔 하나만은 유독 일 년 넘게 두고 썼던 것은 무슨 까닭에서였을까. 친척들은 어머니를 향해 모질고 독한 여자라고 머리를 흔들었다. 어머니는 그 후 아버지 이야기를 입에 올린 적도, 눈물을 보이거나 한숨을 쉰 적도 없었다. 워낙 정이 없는 부부였던가, 성격이 매몰찼던가, 아니면 사는 일에 급급해 망부亡夫에 대한 애련함은 제쳐놓을 수밖에 없었던가. 하긴 사는 일이 모질긴 모질었다. 나 역시 죽은 남편을 땅에 묻기도 전에 끼니때면 배고프고 밤이면 잠이 쏟아지고 먹고살 걱정으로 머릿속이 가득하니 미물이 다른 게 아니구나 싶었다.

비닐 주머니가 가득 차게 쑥을 캔 뒤에야 어머니는 산을 내려갈 채비를 했다. 산길을 삼십 분쯤 걸어 내려오면 강가에 이르고, 다리를 건너야 시외버스 정류장이었다. 강가에는 드문드문 낚싯대를 드리운 사람들이 있었다.

강을 가로지른 콘크리트 다리를 건널 때 어머니의 발길이

다릿목께, 플라스틱 함지를 앞에 놓고 앉은 아낙네 앞에 멈춰졌다. 제법 널따란 함지 속에는 비늘이 싯누런 커다란 잉어 세 마리가 물에 잠겨 있었다. 그것들은 좁은 함지 속이 답답해 못 견디겠다는 듯 가끔 지느러미를 흔들며 느릿느릿 굼뜨게 움직이곤 했다. 저 속에서 얼마나 버틸 수 있을까. 나는 이마를 찡그렸다.

"사 가시오. 잉어 배 속에 영계 한 마리 넣어 푹 고아 먹으면 부인네들한테야 그보다 더 좋은 보약이 없지요."

아낙네의 말에 물끄러미 함지 속을 들여다보던 어머니가 값을 물었다. 한 마리에 오천 원씩이라 했다. 비싼 값이었다. 결국 내가 끼어들 여지도 없이 만 원에 세 마리로 흥정이 되어 어머니는 돈을 치르고 아낙네는 투명한 비닐 주머니에 물을 채워 잉어를 넣었다.

나는 잔뜩 못마땅한 눈길로 지켜보는 수밖에 없었다.

"하나는 네가 들어라."

어머니는 잉어가 든 주머니를 하나 내게 건네고는 다리에서 내려서 강둑길로 발길을 돌렸다. 멀리서 먼지를 피우며 달려오는 버스를 가리키면서, 이 버스를 놓치면 두 시간을 기다려야 한다고 조바심치는 나를 흘깃 한번 돌아보고는 내처 강을 향해 앞장서 걸었다. 낚시꾼들이 앉아 있는 곳을 지나쳐서 인적 없는 곳에 이르러 어머니는 물가에 쭈그리고 앉았다. 어머니의 엉뚱한 행태 때문에 눈앞에서 버스를 보내버린 일로 나는 머리끝까지 짜증이 돋아 있었다. 어머니는 비닐 주머니를 물에 담근 채로, 마치 쓰다듬듯 부드럽고 조심스러운 손짓으로 열었다. 둔중한 잉어의 몸체가 굼뜨게 주머니를 빠져나갔다. 두 번째의 주머니도 열었다.

"어리석게 뉘시꾼의 미끼에 설려들지 말고 멀리멀리 가거라."

마치 산 사람에게 말하듯 중얼거리며 어머니는 내게 특별히 들으라는 빛도 없이 중얼거렸다. ……우리 같은 아낙네야 생사의 깊은 이치를 어찌 알겠느냐만 돌아간 네 아버지 생각이 견딜 수 없이 간절해질 때마다 이렇게 죽을 목숨 살리는 일로 마음을 달래왔지. 단지 자기 마음의 위안이겠지만 사실 산 사람이 죽은 사람을 위해 할 수 있는 일이란 게 이런 것밖에 더 있겠니…….

고장 난 브레이크

'제36회 한빛여고 동창회원 수첩'이 우송되어 온 것은 뜻밖의 일이었다. 여고를 졸업한 이래 25년이 되는 지금까지 동창회에 나가본 적도 없거니와 교분이 이어지는 동창 그룹도 없던 터, 게다가 결혼과 그 후의 잦았던 이사까지 꼽아본다면 주소 변경 횟수를 자신도 다 기억하지 못하는바, 그 긴 세월을 추적하여 행방을 알아낸 동창회 조직의 정보망이 거대한 탐지기처럼 경이롭게 느껴지는 명옥이었다. 하긴 명옥 자신은 기억하지 못한다 해도 혹시 우연히 마주친 동창에게 주소와 전화번호를 준 적이 있는지도 모를 일이긴 했다. 제법 명문으로 이름난 사립 여학교이니 동창회 모임도 의당 활발하련만 명옥은 한 번도 동창회 모임의 연락을 받은 적이 없었다. 설혹 받았다 해도 관심 밖의 일이었을 것이다.

사는 일이 바쁘고 연년생의 세 아이를 낳아 키우는 일에도 숨이 가빠 뒤돌아보거나 옛 친구들을 그리워하며 찾을 겨를이 없었다는 건 한갓 구실일지도 몰랐다. 흔히들 '꿈 많은 시절'이니 '인생의 봄'이니 하고 상찬하는 여고 시절이란, 그녀에게 있어서 돌이켜 생각해보기도 싫은 '쓰라림'이었고 '참담하고 초라한 공간'이었다. '상처 없는 영혼이 어디 있으랴'고 시인은 비통하게 절규했지만 명옥에게는 명문의 이름에 걸맞게 우수하고 부유한 아이들 틈에서 자신을 드러낼 수 있는 화려한 재능도 미모도 뛰어난 두뇌도 갖추지 못한 열등감, 초라함, 쓸쓸함 따위의 수식이 없이는 설명될 수 없는 시간들이었다. 요즘 아이들이야 행복은 성적순이 아니잖냐고 당당히 따지고 든다지만, 그 시절 감색 제복이 상징하는바 평가와 판단의 기준 역시 성적이었고 당연히 인생살이의 우열은 성적순으로 매겨지는 듯했다. 지금의 이 자리—평균치의 상식과 조건을 갖춘 남편과 특출하진 않아도 탈 없이 자라나는 아이들, 조금 옹색하다 싶은 아파트와 고기 한 근을 사는 데에도 신중을 기해야 하는 빠듯한 생활 규모—가 자신이 도달할 수 있는 최상의 지점이라 여기며 불만 없이 자족할 수 있는 것도 그 시절 성적표에 매겨진 점수에 은연중 자신의 크기를 한정시키고 있기 때문이 아닐까. 학과 평균 점수 65점이면 인생의 점수도 65점을 넘을 수 없으리라는. 분홍 물감은 어느 물에 풀어도 분홍색이고 검은 물감은 검은색일 뿐이라던가.

25년 전으로 되돌아가 다시 살아보느니 차라리 25년 후로 멀찍이 물러앉아 팍 늙어버리는 게 나으리라고 '여고 시절'에 진저리를 치면서도, 수첩에서 장형숙의 집 전화번호를 찾아 전화를 걸게 된 것은 세월이 약인 탓도 있을 것이다.

고2 때 짝꿍, 눈이 크고 목소리가 커서 왕방울, 입바른 소리 잘해서 칼침, 떠버리…… 또 하나는 뭐였더라. 아주 꼭 들어맞는 것이었는데……. 하여튼 별명이 많았던 친구였다. 수업 시간이면 교과서 안에 전혜린이며 헤르만 헤세의 책들을 숨겨 읽고, 시험공부에 여념이 없는 아이들을 향해 '점수벌레, 단세포 동물들', 선생들을 향해선 '지식상인, 속물들'이라고 함께 비웃던 관계였다. 다른 아이들이 과외를 받고, 학원 강의를 듣는 방과 후에 둘이 할 일 없이 명동, 충무로 거리를 쏘다니며 수의囚衣—감색 제복—를 벗게 될 해방의 날을 손꼽아보던 기억도 있었다.

전화기의 번호판을 하나씩 누르며 명옥은 손끝이 떨리는 긴장과 흥분을 느꼈다. 신호음이 떨어지고 착 가라앉은 중년 여자의 목소리가 들려왔다.

"장형숙 씨 댁인가요? 한빛여고 나오신……. 기집애, 니가 형숙이니? 나, 명옥이야. 2학년 때 짝이었잖니."

전화 받는 형숙의 목소리가 대번에 한 옥타브 올라갔다.

"어머머머, 니가 웬일이니? 기막혀라. 이게 25년 만이지? 집이 어디야? 뭐라구? 지척에 살면서 이렇게 몰랐다니. 당장 만나자. 이세부터 연지곤지 찍고 분단장해도 한 시간 후면 도착할 수 있어. 참 너 화장 예쁘게 하고 있어라. 친구의 늙은 얼굴 보면 꼭 내 얼굴 보는 것 같아서 서글퍼지더라."

전화를 끊고 명옥은 급히 집 안을 치우고 화장을 하고, 일하기에 불편해서 평소에는 입지 않는 보랏빛 홈드레스를 꺼내 채 다림질도 못 하고 입었다.

한 시간 후 형숙은 파운드케이크와 수레국화꽃 한 다발을 들고 나타났다. 현관에서 그녀들은 얼싸안을 듯 수선스럽게 인사를 나누었다. 어머나, 넌 옛날 그대로구나, 하나도 안 변했다, 어쩌고 하면서도 내심 몰라보게 늙고 변해버린 서로의 모습에 놀랐다.

차를 끓이고 과일을 깎는 내내 그네들은 서로의 근황 소개에 바빴다. 형숙의 남편은 시중 은행의 과장으로 딸만 둘이고 34평짜리 주공 아파트에 산다고 했다. 남편이 교사로 재직하고 있다고 명옥이 말하자 형숙은 깔깔 웃었다.

"너 미술 선생님 짝사랑하더니 결국 선생 부인이 되었구
나. 그때 넌 짝사랑이야말로 진정한 사랑이라고, 평생 그 선
생님 생각만 하면서 독신으로 살겠다고 했지? 아침마다 교
무실의 그 선생님 책상 위에 몰래 꽃 꽂아놓고 도망 나오고,
선생님이 끝내 반마다 다니면서 누가 이따위 짓 하느냐고 호
통 쳐대고……."

"내가 언제 그랬니?"

명옥은 온몸이 스멀거리는 듯한 부끄러움과 면구스러움
에 얼굴을 붉히며 궁색하게 부인했다.

"얘는, 시치미 떼긴. 그 사건의 주인공이 너라는 건 우리
동창들 중 모르는 애가 없는데……. 그뿐이니? 네가 선생님
의 열렬한 독자예요, 하며 줄기차게 편지 써 보내던 소설가
는 어찌 되었니? 한 번이라도 답장은 받아보았니? 또 서른
살이 되면 자살하겠다고 그랬지? 그리고……."

형숙의 기억력은 놀랄 만큼 무섭고 집요했다. 명옥이 자신
도 기억하지 못하는, 특히나 수치스러운 일들을 시시콜콜히
들추어내어 그 편린들을 모아 맞추면 결코 되살리고 싶지 않
은 그 시절 그녀의 모습이 아득한 망각의 세월을 헤치고 현
실로 걸어 나오는 것만 같았다.

명옥은 마치 때 묻은 속옷을 보이고 있는 듯한 부끄러움을 느끼며 순간적으로 형숙을 부른 자신의 실책을 나무랐다. 결국 그녀가 알고 있는 것은 그들이 공유했던 공간 속에서의 자신의 모습일 뿐인 것이다. 옛 얘기를 한바탕 끝낸 뒤 잠시 침묵이 흘렀다. 그것은 다음 말을 잇기 위한 휴지(休止)의 시간이 아닌, 그들이 서로 알지 못하는, 세월에 부닥치고 침몰하고 변모되어온 25년간의 공백이었다.

점심때가 되어 중3짜리 딸아이가 돌아왔다. 시험기간이어서 단축 수업이 된 것이다.

"어머, 아주 날씬하고 예쁘구나. 아빠가 미남이신가 보다. 엄마 모습은 하나도 없네. 공부하기 힘들지? 느이 엄마가 오죽 안달을 부릴까. 원래 공부가 신통치 않던 사람들이 자식들에겐 극성을 부리는 법이야. 도둑놈들이 제 자식 손버릇 심하게 감독하는 것과 같애."

인사를 하는 딸아이를 보자 형숙이 호들갑스럽게 감탄사를 늘어놓았다.

"사람들은 절더러 엄마를 쏙 뺐다고 하는데요? 엄마는 공부도 잘하셨다던데요."

딸이 생글생글 웃으며 대답했다.

"천만에. 학교 다닐 때의 네 엄마는 내가 잘 알지. 키는 지금도 작지만 뚱뚱하고 오종종하고 뭐 볼품 있었게? 엄마 별명이 주근깨 박사에다 땅콩이었단다. 공부를 잘했다는 것도 낭설이다, 얘. 공부가 인생의 전부냐고 하면서 연애소설이나 읽고 시험 땐 연필 굴려 맞히고…….”

말릴 엄두도 내지 못하고, 속사포처럼 쉴 새 없이 쏘아대는 형숙을 넋 없이 바라보며 명옥은 비로소 끝내 생각나지 않던 그녀의 또 한 가지 별명을 기억해낼 수 있었다.

고장 난 브레이크.

2

건
망
증

.

내가 기억해야 할 게 당신 양복뿐이냐. […]
당신 눈엔 내가 잊어버리기 대장,
무용지물로 보일 테지만
만약 하루라도 내가 없어봐라.

506호 여자

계단을 마주한 앞집인 506호의 주인 남자가 병을 앓다 젊은 나이로 세상을 뜬 후 그의 아내는 두 아이를 데리고 미국으로 이민을 떠났다. 그리고 한 달이나 지났을까, 어느 일요일 나는 한껏 늦잠을 자고 일어나 아침 겸 점심을 먹고는 베란다에 나와 바람을 쐬고 있었다. 그때 우리 쪽 층계의 출입문 앞에 1톤짜리 용달차가 와서 섰다. 차가 닿는 일이야 새삼스러울 게 있을까만 거기에 달랑 실린, 트렁크 두 개뿐인 짐이 눈길을 끌었다. 차는 젊은 여자와 트렁크 두 개를 내려놓고 금세 떠났다. 그 여자는 잠깐 고개를 들어 506호와 그 언저리를 눈으로 더듬었는데 반짝 시선이 마주치는 순간 나는 퍼뜩 고개를 돌렸다. 정말이지 나는 그토록 간절한 눈빛을 본 적이 없었다.

"앞집에 이사 오네."

어느새 베란다에 나와 선 아내가 말했다.

"방 한 칸을 세든 모양이지?"

"아니요. 그 집을 사서 왔대요. 아마 혼잣몸이라나 봐요. 꼭대기 층인 데다 맨 가장자리 집이고 또 썩은 유월에 도대체 집 매매가 될 게 뭐예요. 그래서 인범이 엄마가 꽤나 걱정을 했는데 용케 임자가 나섰대요. 게다가 이민을 가니 살림 처분도 큰 문제 아녜요? 그런데 집과 함께 세간을 모두 그대로 넘겼대요. 값도 제대로 쳐서 받고……. 그 식구들 몸만 빠져나간 거죠. 하여튼 서둘러 집을 팔았어도 인범이 엄마는 손해 본 게 하나도 없어요. 그런데 새로 온 여자는 아파트 사정을 통 모르나 봐. 이 동만 해도 팔려고 내놓은 집이 지천인데 왜 하필 꼭대기 층 가장자리 집을 샀을까. 특별히 값이 싼 것도 아닌데……."

"그래서 이삿짐이 없는 모양이지?"

"아무리 그렇더라도 어떻게 부모형제도 아닌 생판 남이 쓰던 물건을 꺼림칙해서 그대로 써요? 더구나 사람이 죽어나간 집 물건을……."

아내가 입을 비쭉였다. 몇 달 전부터 집을 내놓고 팔지 못

해 안달이 난 아내의, 인범이 엄마에 대한 시샘이었다.

"이사 오는 사람이 알 게 뭐야. 사람이 죽어 나갔는지 미쳐 나갔는지……."

아침마다 나는 그 여자를 보았다. 허둥지둥 넥타이를 훔쳐 매고 아이들의 빠이빠이를 등 뒤로 건성 들으며 나올 때면 영락없이 아래층 계단을 꺾어지는 그 여자의 후릿한 뒷모습을 볼 수 있었다. 때로는 아파트 길 건너에서 H건설의 빨간 마크가 찍힌 통근 버스에 올라타는 모습을 보기도 했다. 그 여자는 서른을 한둘 넘긴 나이로 보였다. 키가 크고, 미인은 아니었지만 맑은 인상이었다. 건설 회사에서 여자들이 하는 일이란 경리 일이거나 비서 일일 것이다. 노처녀일까, 과부일까, 이혼녀일까. 나는 그 여자를 볼 때마다 매양 아내의 말을 떠올렸다.

"아무래도 이상해요. 남이 몰라야 할 사정이 있는 것 같아요."

도대체 한 달이 넘도록 아내는 그 여자와 인사를 트지 못한 모양이었다. H건설이라면 내가 다니는 회사에서 꽤 가까운 거리였다. 나는 가끔 회사 부근에서 그 여자를 우연히 만나 차를 함께 마신다거나 억수로 퍼붓는 빗속을 함께 우산을 쓰고 아파트까지 걸어온다거나 하는 따위 공상을 하곤 했다. 마침 때 없이 비가 질금거리는 눅눅한 장마철이고 나 자신 직장이나 가정, 아니 삶 자체의 진득한 권태감에 빠져 있었기에 이런 따위 소년 같은 유치한 공상이 가능한 것인지도 몰랐다. 일요일의 늦은 아침, 산책을 나가자는 성화에 아이들 손을 잡고 아파트 앞길을 어슬렁거릴 때 그녀의 집 열린 창으로 흘러나오는 음악 소리, 베란다에 빨래를 너는, 맨살을 드러낸 건강한 팔과 다리를 보면, 나는 까닭 없이 마음이 실레곤 했다.

어느 날 밤인가, 열 시가 넘은 시각이었다. 벨소리가 다급하게 서너 차례 울렸다. 문을 열어보니 그 여자가 서 있었다. 어딘가 몹시 당황하고 흐트러진 모습이었다. 게다가 술에 취한 듯 눈자위가 조금 불그레했다. 나는 너무 놀라 문을 막고 선 채 웬일이냐고 묻지도 못하고 빤히 그 여자를 보았다. 그녀는 겁에 질린 음성으로 말했다.

"늦은 밤에 죄송합니다. 쥐, 쥐 때문에……."

아이들을 재우고 있던 아내가 내달아 나왔다. 그러고는 익히 안다는 표정을 굳이 지우지 않으며 시치미를 떼고 딴청을 피웠다.

"누구시죠?"

"앞집이에요."

"오호, 그래요? 이웃끼리 통 인사도 없이 사니……."

가시 돋친 말이었지만 그녀는 황망한 중에 전혀 말속의 가시를 발라낼 정신도 없는 것 같았다.

"쥐가 돌아다녀요. 무서워 죽겠어요."

아내가 딱하다는 표정으로 그녀를 바라보았다. 그녀는 형광등 불빛 아래, 화장을 지운 탓인지 나이가 더 들어 보였다. 확실히 삼십 대 중반일 것이다.

"무서워요. 어쩌면 좋을지……."

그 여자는 똑같은 말을 되풀이했다. 아내는 낯을 찡그렸다. 예민한 후각이 술내를 맡았음이 틀림없었다.

"그럼 같이 쫓아봅시다. 내가 간다고 도움이 될지 모르지만."

아내는 잠옷 차림인 채로 먼지떨이를 찾아 들고 여자를 앞세웠다. 하룻밤 우리 집에 피신해 있으라고 해도 마다하지 않을 그 여자의 태도였지만 아내는 강한 호기심에도 불구하고 술내를 풍기는, 정체불명의 여자를 집 안에 잠시도 들이고 싶지 않은 모양이었다.

얼마 후 되돌아온 아내는 섬뜩하다는 표정으로 고개를 저었다.

"아무리 세간까지 다 샀다고 해도 어떻게 그대로 놓고 살

수 있어요? 꼭 인범이네 식구들이 아직 살고 있는 것 같더라구요."

커튼, 장롱, 침대의 위치도 그대로이고 인범이 엄마가 두고 간 듯한 인범이 아빠 면도기까지 욕실 정리장에 그대로 놓여 있더라는 것이다.

"난 정말이지 인범이네 식구들, 죽은 인범이 아빠까지 불쑥 나타날 것 같아 등골이 다 서늘하더라구요. 인색한 여편네, 어쩌면 면도기까지 팔아먹었담."

"쥐는 잡았어?"

"쥐가 그렇게 쉽게 잡혀요? 쥐가 아니라 유령이 나올 것 같아 얼른 나왔어요."

아내는 무언가에 단단히 홀린 표정으로 진저리를 쳤다.

이틀 후 나는 그 여자와 우연히 택시 합승을 하게 되었다. 통근 버스를 놓쳤다고 했다. 화제를 찾아, 쥐는 잡았느냐고 물으려다 나는 입을 다물었다. 씻긴 듯 맑은 옆얼굴을 훔쳐보며 엊그제 저녁의 쥐 소동은 엉뚱한 트릭이 아니었을까 하는 생각이 퍼뜩 들었던 것이다. 그녀를 술에 취하게 하고 밖으로 내몬 공포는 쥐로 인한 것이 아닐 게다. 외로움일까, 택시를 함께 타고 가는 삼십 분 동안 나는, 낯선 거리를 그녀와 둘이 나란히 앉아 한없이 가고 있다는 공상을 즐겼다. 그러나 나는 내가 내릴 곳을 정확히 알았고 간단한 목례로 그녀와 작별했다. 쥐의 출현은 되풀이되지 않았고 매일 아침 나는 한발 앞서 층계를 꺾어지는 그녀의 뒷모습을 보았다.

여름이 다 갈 무렵이었다. 퇴근해서 돌아오니, 그날따라 어쩐 일로 층계 출입문까지 나와 있던 아내가 506호를 가리키며 소곤거렸다.

"세상, 글쎄 이런 일도……. 조금 전에 가족들이 와서 데려갔어요. 인범이 아빠하고 예전에 좋아 지내던 사이래요. 그런데 남자 쪽 집안의 반대로 헤어졌대요. 인범이 아빠 결혼해서 애 낳고 사는 걸 보면서도 잊지를 못해 노처녀로 늙더니 끝내 인범이 아빠 죽은 집엘 든 거래요. 살림살이꺼정 그대로 산 게 다 그런 이유라나요. 시묘侍墓살이 한 거지 뭐예요. 아유, 끔찍해라."

나는 퍼뜩, 한 줌 볕도 힘겨워 지난봄 내내 차양을 드리운 베란다에 긴 의자를 놓고 누워 지내던 인범이 아빠의 창백한 얼굴을 떠올렸다. 가슴에 서늘한 바람이 지나가는 것 같았다.

506호는 오랫동안 비어 있었다. 술 취해 늦게 귀가하는 날이면, 나는 습관적으로 불기 없이 동굴처럼 시커먼 창을 올려다보았다. 술에 몹시 취했을 때면, 어쩌면 어두운 창의 안

쪽에서 들리는 나직한 말소리와 웃음소리, 오랜 병으로 핼쑥한 사내와 그 여자가 나란히 창밖을 보고 있는 듯한 느낌에 흠칫 어깨를 떨었다. 그러고는 술 탓만은 아니게 새삼 인생에 대한 쓸쓸함이나 비감 따위 안가한 감상에 자신을 맡겨버리게 되는 것이었다.

건망증

남편은 한바탕 화를 내며 큰소리로 집안을 뒤집고, 차려놓은 식사에는 손도 안 대고 출근했다. 십여 년을 함께 살아 낡은 옷처럼 길든 부부 사이에 뭐 그리 새삼스러운 싸움의 주제와 소재가 있겠는가. 예의 그 유별난 나의 건망증이 또 사단이 되었던 것이다. 겨울 양복으로 갈아입어야겠다는 남편의 요구에, 당연히 있으려니 하는 생각으로 옷장 안을 더듬던 나는 그만 당황하기 시작했다. 아무리 뒤적거려도 철 따라 한 벌씩, 서너 벌뿐인 양복인데 짙은 밤색의 동복이 보이지 않는 것이다. 그게 어딜 갔을까. 이상하네…… 어쩌고 하며 허둥대자 출근을 서두르던 남편은 그럴 줄 알았다는 듯 맹꽁이 멍청이 하며 고함을 질렀다.

"뭐 하나 제대로 챙기는 게 없어. 정신은 어디다 팔아먹었어? 당신 같은 여자와 사는 내 앞날이 훤하지 훤해."

겨울을 지나면서 세탁소에 맡긴 뒤 까맣게 잊고 있었다는 걸 깨달은 것은 그가 붉으락푸르락 현관을 꽝 메다붙이고 나간 후였다. 그는 마치 헌 가구나 집기, 자기 소유의 허접쓰레기에다 대고 발길질하듯 함부로 입에서 나오는 대로 능멸하고 모욕하고 나가버렸지만 고스란히 당할 수밖에 없었던 내게 준 모욕감과 수치심은 그에 대한 미움과 원망으로 생생하게 살아났다.

"내가 기억해야 할 게 당신 양복뿐이냐. 당신은 내 건망증이 마치 타고난 장애인 것처럼 타매하지만 선천성 건망증 환자가 어디 있겠는가. 천지 분별 없이 들뛰는 세 아이 기르느라, 구차한 살림 꾸려가느라, 또 성미 급하고 변덕이 죽 끓듯 하는 남편 비위 맞추느라 전전긍긍, 갈가리 흩어진 신경으로 살아오면서 맑은 정신도 기력도 다 도둑맞은 게 아닌가. 신문에서 보니 주부가 기억해야 할 것이 이천 가지도 넘는다더라. 당신은 컴퓨터하고나 살아야 할 사람이다. 나도 지쳤다. 당신 눈엔 내가 잊어버리기 대장, 무용지물로 보일 테지만 만약 하루라도 내가 없어봐라. 나날의 생활이 축이 빠진 바퀴처럼 제멋대로 궤도 이탈하고 흩어져서 볼만할 것이다. 밖에 나가 돈 벌어오는, 먹여 살린다는 유세가 어찌 그리 장한가."

나는 듣는 이도 없는 빈집에서 목청을 돋우고 허공에 주먹질을 해대며 씩씩하게 청소를 하고 공들여 화장했다. 생생한 미움이 활력이 되기도 했지만 여느 때처럼 무기력한 비감에 빠지지 않는 건 이 년 남짓 힘겹게 부어온 곗돈을 타는 닐인 탓도 있었다. 무거운 돈주머니는 마음을 가볍게 한다지 않는가.

천만 원이란 거금을 손에 쥐게 된 나는 궁리가 많았다. 하긴 궁리가 많기로야 첫 곗돈 붓기 전부터라는 게 맞을 것이다. 손바닥처럼 빤한 교사의 월급으로 살림 꾸려간다는 게 다달이 윗돌 빼어 아랫구멍 막고, 아랫돌 빼어 윗구멍 막는 형색이니 다달이 곗돈 빼내는 일도 힘에 겨웠고, 돈 쓸 일이야 늘상 숨 가쁘게 달려들기 마련이니까.

천만 원을 네댓 번은 곱세며 나는 스스로 치사하다고 생각하면서도 감격 비슷한 것을 느꼈다. 천만 원이란 우리 형편에 엄청난 큰돈이긴 해도, 그것이 남편이 모르는, 오로지 내 몫의 것이라는 데 뿌듯함이 배가하는지도 몰랐다. 이 년 남짓 계를 부어오는 동안 남편의 후줄근한 형색을 볼 때, 새 차를 장만한 동료를 은근히 부러워하는 눈치를 보일 때, 결혼

적령기에 든 막내 시누이의 혼수 걱정을 할 때 나는 얼마나 남편에게 '곧 탈 예정'인 천만 원 얘기를 하여 낯을 펴게 하고 싶었던가. 그러면서도 끝내 독하게 입 다물고 지낸 나 자신이 장하고 놀라웠다. 왜 그랬을까. 아이들 밑으로 들어가는 살인적인 교육비며 집안의 대소사를 치를 비용을 생각해야 하고, 평생 백묵 가루 먹어가며 학생들을 가르쳐서 버는 것 외에는 달리 돈 벌 재주도 관심도 없는 남편에게 기대할 수 없기 때문이기도 했지만, 솔직히 말하면 나도 남들처럼 '딴 주머니'라는 것을 차고 싶었다. 남편이나 자식, 그 밖의 인간관계보다 돈에 대한 나의 심리적 의존도가 더 높다는 (나이들어간다는 보편적 징후) 것이 아닐까 하는 씁쓸한 인식이 들기도 했지만, 세태 탓인지 어느 결에 나 역시 돈이 힘이고 자유라거나, 경제적 예속이 인격적 예속을 부른다는 생각에 꽤 깊이 젖어 있는 모양이었다. 주식을 사라느니, 사채를 놓으라느니, 눈 딱 감고 이번 겨울 남편과 동남아 여행을 가라느니, 조언을 하던 계 친구들은 돈다발을 앞에 놓고 '내 이름으로 통장 만들란다'라고 비장하게 말하자 숙연해졌다. 황금이 말하면 모든 혀들은 잠잠해지는 법.

계 모임을 서둘러 마치고 곧장 은행에 들러 통장을 만들었다. 그리고 통장과 도장을 가족 그 누구의 손길과 눈길이 미치지 못하는 찬장 깊숙이 숨겼다.

　퇴근해서 돌아온 남편에게 나는 아침의 일은 잊은 듯 당당하고 대범하고 냉담하게 대했다. 앞으로도 얼마든지 그럴 수 있을 것 같았다. 평소와는 눈에 띄게 다른 태도에 오히려 그가 당황하고 주눅 든 듯했다. 아직 읽지 못한 오늘 자 신문을 펼치며, 오늘 장학사가 오는 날이고, 중요한 브리핑이 있어서 신경이 긴장되어 있었다고, 또한 아내가 자신처럼 생각되어 걸핏하면 성질을 부리게 된다고 더듬더듬 사과를 했다. 성질이 급한 만큼 뒤가 없고 무른 사람이었다. 나 역시 달리 대꾸할 말이 없어 그가 보는 신문에 눈을 주며 잠자코 있었다. 그가 보고 있는 것은 새 아파트 분양 공고였다. 스무 평 아파트에 사는 우리에게 서른 평이란 꿈이고 희망사항이 되기에 충분했다. 좁은 아파트는 진작부터 포화상태고, 선생이 자기의 천직이라 믿고 있는 남편은 서재를 가져보는 것이 소원이었다.

　분양 신청이 끝나갈 무렵까지 나로서는 '천만 원'을 말하지 않기 위해 피가 마르는 노력을 해야 했다. 결국 신청 마지막 날, 남편 학교로 전화를 걸었다. 내게 천만 원이 있다는 것, 다음 분양 신청금이야 생활안정자금 융자를 얻어내고, 나머지는 미뤘다가 입주 무렵 집을 팔아 갚으면 될 게 아니냐고, 당장 신청을 하자고 숨도 안 쉬고 청사진을 펼쳐 보였다. 남편은 어리둥절한 채로 희색이 만연하여 점심시간에 서류를 갖춰 은행으로 나오겠노라고 대답했다.

남편보다 일찍 은행에 도착한 나는 예금 청구서와 함께 통장을 창구로 들이밀었다. 창구 여직원이 상냥하게 웃으며 비밀번호를 물었다. 아 참 그렇지, 그걸 잊었군, 멋쩍은 웃음을 되돌리며 번호를 생각하는데 어찌 된 일일까, 머릿속이 깜깜해졌다. 뭔가 기발한 연상으로 숫자를 조립했다는 기억만 있었다. 흔히 하는 대로 전화번호, 아파트 호수, 주민등록번호 앞부분을 잇달아 말하자 그녀는 무표정하게 고개를 저었다. 도대체 나는 얼마나 비밀스러운 비밀번호를 만들었단 말인가. 차례를 기다리는 뒷사람과 주위의 눈길을 의식하여 당황한 나는 입에서 나오는 대로 읊어대었다. 4, 19, 5, 16, 10, 26……. 여직원은 수상쩍음을 넘어서 차라리 안쓰럽다는 표정으로 연신 고개를 저었다.

세월은 가도

영등포 어디쯤에서 인희를 보았노라는 동생의 말을 듣고 반신반의하면서도 나는 순간적으로 까닭 모르게 가슴이 철렁 내려앉았다. 그녀의 고향인 강원도 C읍이나 그 언저리 어디쯤에서 초등학교 교사 노릇을 하고 있으려니 막연히 짐작하고 있던 터여서, 서울에서 그것도 도통 야바위판처럼 어수선하고 소란스럽기 짝이 없다는 느낌만 주는 영등포에서 맞닥뜨렸다니 나로서는 도무지 갈피를 잡을 수가 없었다.

"인희 씨 쪽에서 먼저 알아보고 깜짝 반기더군. 대뜸 형 소식부터 묻습디다. 회사에 다닌대요. 형 가게 전화번호를 적어주었는데 아직 연락 없소? 형이 아직 총각 신세라는 말도 했는데…… 지나가는 길 있으면 차 한잔 사겠노라고 하더구

먼. 그게 어디 날더러 하는 말이겠소?"

녀석이 느물대며 쪽지에 휘갈겨 적은 전화번호를 내밀었다. 필시 내켜 하지 않는 그녀에게 전화번호를 알려달라고 졸랐을 것이다. 그럴 만도 한 것이 인희와 내가 함께 보낸 육년 동안 녀석은 인희를 형수님이라 부르며 눈치 없이 둘 사이에 끼어들고 따라붙어 다녔던 것이다.

다 지난 인연이다. 누군들 젊은 한 시절 가슴 아픈 연사戀事가 없었으랴 하고 마음을 접으면 그만일 것인데 사실은 그렇지가 못했다. 실없는 소리 하지 마라, 하고 동생에게 핀잔을 주면서도 무관심한 듯 구겨버린 쪽지의 전화번호가 또렷이 머리에 박혀 지워지지 않았다. 언제, 왜 고향을 떠나 서울로 온 것일까. 얼마나 변했을까. 늙었겠지. 세월이 얼마나 무서운데. 더욱이 여자에겐. 별수 없이 펑퍼짐한 중년 아낙네가 되어 있겠지. 분명 동생 녀석의 '강권에 마지못해서'라는 단서를 붙이겠지만 전화번호를 적어준 속셈은 무어야. 그게 한 시간도 못 되어 내 손에 들어오리란 걸 뻔히 알 텐데.

나는 묵은 상처를 들쑤셔대며 혼자 코웃음을 치고 빈정거렸으나 세월이 약이던가. 차라리 죽음을 원할 만큼 고통스럽던 상처는 한 가닥 아련한 향수로 희미하게 파문을 던져올 뿐이었다. 아니, 그것은 그녀에 대한 것이라기보다 그녀와 함께 보낸 젊었던 나날들에 대한 아픔, 아쉬움, 그리움 따위일 것이다. 모든 것이 가능성 그 자체로 남아 있던 인생의 가장 빛나는 시절을 우리는 무정한 세월의 강에 함께 흘려보냈다. 그리고 이제 우리는 훨씬 낡고 초라한 모습으로 강 둔덕에 서서 살같이 빠르게 순간순간, 우리 삶의 편린들을 싣고 무심히 사라지는 물의 흐름을 바라보고 있다.

내가 그녀에게 전화를 한 것은 한 달도 더 지난 후였다. 중국과 동남아 등지에서 제작된 인테리어 소품들을 쌓아놓은 한 평 반짜리 가게에는 그날따라 종일토록 손님은커녕 전화벨 한번 울리지 않았다. 전기난로에 라면을 끓여 먹다 말고 나는 문득 누군가 유리문 밖에서 나를 지켜보고 있다는 느낌에 사로잡혀 후딱 고개를 들었다. 그러나 유리를 통해 비치는 것은 진열장에 눈길 한번 주지 않고 분주히 오가는 행인들뿐이었다.

다시 고개를 숙이고 라면 가닥을 말아 올리다가 나는 홀린 듯 문께를 바라보며 실소했다. 유리문과 벽 사이에 좁고 길게 붙은 거울 속에서, 막 머리가 벗어지기 시작하는 중년 사내가 우울한 얼굴로 라면 가닥을 집어 올리고 있는 것이었다.

그 모습을 보면서 나는 문득 까닭 모를 부끄러움과 슬픔으로 목이 메어 젓가락을 놓았다. 그것은 자신에 대한 연민이었다. 저 사내가 대체 누구란 말인가. 나는 뇌리에 또렷이 찍힌 숫자를 한 자씩 짚어가듯 전화기 숫자를 돌렸다.

"디자인실 김인희 씨 부탁합니다."

"제가 김인희입니다만 누구신지요?"

사무적이고 낮은 목소리, 기억 속에서보다 훨씬 굵고 탁한 음성이었으나 분명 인희의 목소리였다.

나는 잠시 숨을 들이켠 후 단숨에 말했다.

"오랜만입니다. 나 배현기요."

"누…… 누구시라고요?"

못 알아들었을 리 없건만 그녀가 목소리를 조금 높이며 되물었다.

"배현기요. 영기한테서 인희 씨 만났었다는 얘길 들었소."

"정말 오랜만이군요. 안녕하셨어요?"

그녀의 목소리는 평정을 되찾았다. 나는 오늘 저녁, 차나 한잔 함께하고 싶다고 말했다. 그녀는 잠시 생각하는 기색이더니 오늘보다 내일이 낫겠다고 대답했다. 시간과 장소를 정하고 전화를 끊은 뒤에도 주책없이 가슴이 후들거렸다. 그녀에게도 물론 시간이 필요할 것이다. 정확히 오 년 만이었다. 무엇이 빌미가 되었던가는 기억나지 않지만 눈 퍼붓던 날,

서대문 거리에서, 이젠 끝이야, 정말 현기 씨라면 지긋지긋해, 하고 울며 뛰어가던 뒷모습은 손에 잡힐 듯 선명했다.

시골 초등학교 교사였던 그녀는 때마침 방학을 맞아 서울 친구 집에 와 묵었고 우리는 거의 매일 만나 돌아다니다가 다투고 헤어지곤 했었다. 그날도 그랬다. 서대문 거리에서 싸우고 헤어진 다음 날 인희의 친구 집에 전화를 했을 때 그녀는 말했다. 인희는 새벽차로 내려갔어요. 현기 씨한테 편지를 전하라더군요.

'떠날 때를 알고 떠나는 자의 뒷모습은 아름답다는 시를 아는지요. 추억의 완성을 위해 우리, 이별의 돌을 닦아요' 따위의 아리송한 내용이 담긴 편지를 전해 받아 읽고 나는 서대문에서 집이 있는 마포까지 어떻게 왔는지 몰랐다. 그녀의 친구는 편지를 건네주며 위로하듯 조심스레 덧붙였다. '인희는 요즘 갈팡질팡 헤매고 있어요. 집에서의 성화도 성화지만 현기 씨에 대해 정말 자신 없어 해요. 빨리 결혼하도록 하세요.'

사실 그 무렵 인희는 막바지로 몰린 듯 감정의 균형을 잃고 몹시 혼란스러워하고 있었다. 그녀의 집안에서는 제대하고도 뚜렷한 직장을 못 얻고 어슬렁대며 주말마다 그녀의 근무지를 찾아가 담뱃값, 차비까지 받아 오는 나를 탐탁히 여길 리 없었다. 우리가 기댈 것이라곤 육 년의 교제 기간뿐이었지만 우리는 길고 긴 사귐 끝에 이젠 오직 다툴 일밖에 남지 않았다는 듯 하찮은 일로 서로에게 상처를 입히곤 했었다. 결정적인 이별이 되어버린 그날 다툼의 원인이 무엇이었는지는 생각나지 않았다.

그 뒤 나는 그녀가 곧 C읍에서 결혼하고 아이 낳고 또 이혼을 하여 혼자 지낸다는 소식을 들었다.

이튿날, 약속 장소에 나가기 위해 가게 문을 일찍 닫고 나서다가 다시 한번 거울에 자신의 모습을 비춰보았다. 아침에 면도를 했건만 핏기 없이 꺼칠한 얼굴을 쓸어보며 서른여덟 살의 독신 사내라는 자신의 처지가 누구에게랄 것도 없이 민망하다는 마음이 들었다.

일곱 시 정각에 그녀는 찻집 출입문에 모습을 드러냈다. 불빛은 어두웠지만 여전히 작은 키, 약간 다리를 벌리고 걷는 오리걸음은 영락없는 '인희'였다. 조금 긴장한 낯으로 두리번거리는 그녀를 향해 손을 들어 보이자 그녀는 딱히 웃음이랄 수도 없는 표정을 떠올리며 앞자리에 앉았다.

"오랜만이군요. 오 년 만인가…… 그렇죠?"

"네, 그렇군요. 많이 변하셨어요."

그녀는 서울에 온 지 일 년이 되었다는 것, 초등학교 교사

직은 진작에 놓았고 지금은 조그만 봉제완구 회사의 디자이너로 일한다고 띄엄띄엄 말했다. 찻잔을 두 손으로 감싸 쥐고 마치 온기를 아끼듯 조금씩 커피를 마시는 버릇이 여전한 것이나 짙은 화장으로도 감춰지지 않는 '나이들어가는 얼굴'이 내게 이상한 안도감을 주었다.

말이 끊기고 무거운 침묵이 이어졌다. 인희는 무심결인 듯 티스푼으로 물컵의 물을 한 숟갈 떠내어 테이블 위에 부었다. 그러고는 검지손가락으로 그 물을 찍어 그림을 그리기 시작했다. 세모, 네모, 동그라미…… 무의미한 손놀림인 듯도 하고 어쩌면 자신의 입안에, 마음 안에 가둬둔 속엣말 같기도 했다. 어쩌면 나에 대한 무언의 항변이거나…… 테이블은 그녀가 암호처럼 그려놓은 물그림으로 질펀해졌다.

그럴 자리나 계제가 아니라는 생각을 할 겨를도 없이 나는 좀 거친 손짓으로 물컵을 멀찌감치 치웠다. 아마 못마땅해하는 표정이 그대로 드러났을 것이다. 인희가 그런 나를 보며 쿡 웃었다.

"여전하시네요."

나는 비로소 기억할 수 있었다. 우리가 마지막으로 만났던 날, 나에 대한 마뜩잖은 감정과 불만으로 입을 꼭 다문 채, 손가락에 물을 찍어 알지 못할 그림을 그려대었고 나는 물컵

을 빼앗아 그녀의 발밑에 내동댕이쳤던 것이 싸움의 발단이
되었던 것이다.

"이런 손장난은 지금도 거슬리는걸."

"다 잊어버렸던 버릇인데 현기 씨를 만나니 나도 모르게
그 짓이 나오네요."

우린 지금 서로 응석을 부리고 있는 거야. 우리가 짐짓 잊
은 양 묻어버린 외로운 세월들에 대해. 나는 이제 우리 사이
에 놓인 기나긴 시간의 강을 잊은 듯 거침없이 웃는 그녀를
보며 속으로 중얼거렸다.

어떤 자원봉사

부엌에서 김치를 버무리고 있는데 건넌방 문을 꽝꽝 차대는 소리가 요란했다. 문 열라는 고함 소리와 발길질은 윗집 아이 동현의 것이다. 문짝은 물론 온 집 안이 무너지는 듯했다.

이 녀석들이 그냥.

나는 고춧가루 범벅이 된 고무장갑을 벗을 겨를도 없이 한달음에 거실을 질러 뛰었다. 그 바람에 부엌 바닥에 늘어놓은 양념 통이며 새우젓 단지가 발에 차여 나뒹굴었다.

"동현아, 그만두지 못해? 그리고 명우 이 녀석 당장 문 열어. 매 좀 맞아볼래?"

"아줌마, 형들이 자기들끼리만 게임을 한단 말이에요. 난

안 끼워주고……."

"넌 게임 규칙도 모르면서 순 억지만 쓰잖아. 자기가 지면 판 엎어버리고."

문을 열고 나온 명우와 욱현이가 동현이를 흘겨보며 투덜 거렸다.

"나가서 놀아. 정신없어 못 견디겠다. 하루 이틀도 아니고 허구한 날……."

늬 집 놔두고 왜 내 집에 와서 소란을 떠느냐는 뒤엣말을 간신히 삼키고 나는 정말 진저리를 쳤다.

욱현이, 동현이는 우리 아파트 위층에 사는 형제들로 서 너 달 전에 이사 왔다. 이삿짐을 부릴 때 짐 가운데 작은 책상, 어린이용 자전거 따위가 섞여 있어 내심 반가웠던 기억 이 있다. 외동아이를 둔 여느 엄마들처럼 나 역시 명우에 대해 어느 정도 신경과민이 되어 있었던 것이다. 사내다운 기개와 포부가 있어야 할 텐데. 친구가 없는 걸 보면 사회성과 포용력이 부족한 게 아닐까 등등. 그리고 나 자신 이미 그 애의 사표師表나 귀감이 될 수 있으리라는 교육자적 자질과 노력에 자신을 잃어가는 중이었다.

초등학교 3학년인 욱현이는 또래보다 의젓하고 심성이 곧 았다. 공부도 잘하고 책을 많이 보아 아는 것도 많았다. 지난

봄에 입학한 내 아들 명우가 그 애를 좋아하는 것이 다행스러웠다. 처음에는 내가 욱현이를 '모셔오기 위해' 위층까지 수없이 오르내렸다. 찬찬히 관찰한 결과 명우의 '형 대행'으로 손색이 없다고 판단한 다음의 일이었다. 솔직히 말하자면 나는 욱현이에게 명우의 놀이 상대뿐 아니라 교육자의 몫까지도 떠맡기고 홀가분해했던 것은 아닌지. 명우가 욱현이와 사귀기 진까지 나는 형제를 낳아주지 못한 죄로, 소심하고 내성적인 아이가 요구하는 모든 역할을 꼼짝없이 해내야 했었다.

조악한 장난감의 조립, 퍼즐놀이, 하다못해 총을 맞고 죽어 넘어지는 악한의 역할까지. 그러나 되로 주고 말로 받기, 제 꾀에 제가 넘어간 꼴이었다. 욱현이의 동생 일곱 살짜리 유치원생인 동현이라는 복병, 아니 반대급부를 계산하지 못했던 것이다. 진딧물과 개미, 바늘과 실만큼이나 형에게 따라붙는 그 애는 형과는 달리, 거칠기 짝이 없는 개구쟁이에 눈치 없기가 천둥벌거숭이였다. 게다가 왕성한 호기심은 무엇 하나 놓치는 법이 없어 일일이 헤집고 쑤석이니 남의 물건이든, 제 몸이든 성하게 남기는 것이 없었다.

잠깐 벗어놓은 남편의 안경을 밟아 깨기, 야구방망이 휘두르다 어항을 깨뜨려 온 집 안을 유리 가루, 물 천지로 만든 일 들에 비하면 명우의 장난감 망가뜨리는 것쯤이야 애교에 속한다고 할 수 있겠다. 아파트 뒤 대학교의 비탈길에서 자전거를 타다가 나동그라져 코뼈를 부러뜨리고 의식을 잃은 아이를 들쳐 업고 병원 응급실로 뛰던 일, 피범벅이 된 동현이를, 꼼짝없이 보호자로서의 도장을 찍고 시티촬영실에 들여보낸 뒤 가슴 조이며, 어디서 뭘 하고 있는지 알 수 없는 그 애 엄마에게 속으로 마구 쌍욕을 퍼붓던 기억은 지금도 끔찍하다.

형을 따라 때 없이 드나들기 시작한 동현이는 유치원에서 돌아오면 곧장 우리 집을 찾았다. 청소, 빨래를 마치고 깨끗이 정돈된 집 안을 만족스럽게 둘러보며 차나 한잔 끓여 마실까 생각하는 열두 시가 채 못 된 시각, 딩동 벨이 울리면 나는 조건반사 작용처럼, 열쇠 목걸이를 걸고 문 앞에 서 있는 동현이를 떠올리고 짜증스럽게 눈살을 모으기 마련이었다. 두 번, 세 번 벨소리가 울릴 때까지 숨까지 죽인 채 버티다가 세 번, 네 번, 다섯 번 연거푸 눌러대며 주먹으로 쾅쾅 두드리고 '아줌마'를 불러대면 그제서야 '나도 자식을 기르는 사람인데…… 저 어린 것이 빈집에 혼자 있는 게 얼마나 무섭고 싫으면…… 그래도 내게 의지하는 마음이 있어서 그런 걸……' 등등의 생각으로 피해의식을 누르며 문을 열어주곤 했다.

"집에 가봤니? 엄마가 또 안 계셔?"

물으나마나 뻔히 알면서도 한마디 하는 것은 문은 열어주었으되 모처럼의 호젓한 시간을 방해받고 싶지 않다는 마음이 승한 탓이고 그 애 엄마에 대한, 달리 표현할 수 없는 힐난이었다.

"봉사 나가셨어요. 저녁에 오신대요."

곧 명우가 돌아오고 잇따라 욱현이가 올 테고, 그 애 엄마가 돌아오는 저녁때까지는 집 안이 도리 없이 난장판이겠지.

나는 한숨을 쉬며 어이구 내 팔자야, 가슴을 두드렸다. 내가 자기 친정 언니쯤 되는 줄 아나, 만만한 싹을 보았나, 아니면 먹다 버린 쉰 떡인 줄 아나, 허구한 날 애들을 떠맡기고 어디로 돌아다니는 거야. 제집, 제 아이 단속도 못 하면서 자원봉사라니. 구실이 좋고 이름이 좋아 사회활동이지. 결국 살림하기, 아이들 치다꺼리가 싫어서 차려입고 나돌아다니자는 거지 뭐야. 자기 성장이라구? 남에게 봉사라구? 수신제가치국평천하. 성인 말씀에 그른 게 없어.

속으로는 쉴 새 없이 푸념과 욕설을 퍼부으면서도 나는 몸에 밴 습관으로 동현에게 말했다.

"가방 내려놓고, 손 깨끗이 씻어라. 밥을 먹을래? 라면을 끓여줄까? 점심 먹고 나면 형들 오기 전에 일일공부 해놔라. 형 방에는 들어가지 말고 거실에서 얌전히 놀아야 해."

그러고 보면 나 역시 지긋지긋해하면서도 이런 생활에 길이 들어 내 아이 남의 아이 분별할 능력이 없어진 것 같기도 했다. 동네 사람들이 세 아이를 한 묶음으로 묶어 통상 내게 딸린 아이들로 간주해버리듯.

아이구, 다복하기도 하지. 아들 셋을 앞에 두니 얼마나 대견하우. 모르는 사람들은 진정으로, 사정을 아는 이웃들은 이런 처지에 빠져버린 내가 우습기도 하고 딱하기도 해서 그렇게 말했다.

그러곤 이어 동현 엄마에 대한 비난과 매도, 따끔하게 거절하거나 항의하지 못하는 나의 우유부단, 똑똑지 못함에 대한 힐난이 쏟아지는 것이다. 동현이는 서슴없이 냉장고를 열어 요구르트를 꺼내 먹는다. 그 애 엄마가 '우리 집은 비어 있을 때가 많으니 요구르트를 댁에다 넣으라고 했어요' 한 것은 언제부터였을까. '우리 애들 오면 댁에 잠깐 가 있으라고 해도 될까요? 제가 올 때까지만요. 하도 세상이 험해서 빈집에 아이들만 두기가 불안해서요……. 우리 신문값, 우윳값 맡겨놓을게요. 혹시 학교나 유치원에서 급히 연락할 일이 있으면 댁으로 하라고 댁의 전화번호를 적었는데 괜찮을지

요?'

　결국 '우리 애들, 댁에서 가지시겠어요?'라는 결정적인 말
만 안 나온 셈이다. 그 애 엄마는 시 산하 여성단체에 속해
있는 자원봉사자로 일주일에 나흘 정도는 양로원, 병원, 심
신장애자 시설에서 보내고, 그 밖에도 그때그때의 필요와 요
청에 따라 도움을 청하는 곳이면 어디서든 일한다고 했다.
남편은 유수한 전자회사의 부장급으로 출근 시간은 있되 퇴
근 시간이 없다고, 일 년 내내 집에서 식사하는 법 없이 오밤
중에 들어온다든가 해서, 나는 아직 그의 얼굴을 본 적이 없
다. 저녁 지을 부담이 없어서일까. 때때로 그녀는 '여기 병원
인데요, 보호자 없는 행려환자 할아버지가 계셔요. 위독해서
옆에 사람이 필요하대요. 우리 애들, 보온밥통에 밥 있으니
먹으라고 하고, 문단속 잘하고 자라고 일러주세요. 제가 좀
늦는다구요'라는 전화를 해오기도 했다. 그러면 나는 또 도
리 없이 이미 씻어놓은 쌀에 두 아이 몫의 양을 더하기 마련
이었다. 물론 그녀는 내게 아이들 밥 부탁을 한 적이 없고 그
애들에게 한나절 내내 내 집에서 들뛰어서 난장판을 벌이라
고 말한 적도 없었다. 그녀 말대로 '그렇게 집에서 놀라고 일
러도……'였을 것이다. 그러나 언젠가 동현이가 놓고 간 가
방을 전해주러 올라갔을 때 조그만 사내아이 둘이 텔레비전

앞에 댕그라니 앉아 김치통과 김 통을 열어 바닥에 늘어놓고 보온밥통에 머리 맞대고 숟갈질하는 것을 본 이후, 차마 '늬 집에 밥이 있을 텐데 가서 먹어라'라고 할 수 없었던 것이다.

휴일 모처럼의 가족 나들이에 욱현이 형제가 끼어든 것은 전적으로 '욱현이 형 안 가면 나도 안 가. 재미없단 말이야'라고 버티는 명우 탓만은 아니었다. 휴일인데도 아빠는 회사 나가고 엄마는 봉사 나가 집엔 아무도 없다고, 우리 집 현관문 앞에 막무가내로 서 있는 어린아이들을 '다 같이 아이 기르는 어미 입장에서' 어쩔 것인가. 남편이 마땅찮은 낯을 한 것도, 우리 식구에 딱 알맞은 소형 승용차의 자리가 두 아이로 인해 비좁은 것도, 도심을 지나는 데 교통 체증으로 두 시간이나 걸린 것도, 벌써 대공원 매표소 앞에 장사진을 친 사람들 끝에 붙어 삼사십 분 만에 표를 끊은 것까지도 다 괜찮았다. 원숭이 우리 앞에서 동현이를 잃어버린 일에 비하면.

대공원 안은 그야말로 인산인해였다. 남편은 점심 보따리와 깔자리, 아이스박스까지 무겁게 들고 앞장서고, 나는 몰이꾼처럼 아이들 뒤에서 한눈팔지 말고 부지런히 따라가라고 소리 질러대었건만 점심 먹을 장소를 찾는 동안 아이가 없어져버린 것이다.

귀신이 곡할 노릇이었다. 금방 원숭이에게 과자를 던지고 깔깔대던 아이가 홀연히 사라지다니. 그 자리에 명우, 욱현이를 세워놓고 남편과 나는 두 시간 가까이 헤매었으나 종내 찾을 수 없었다. 구경은커녕 점심도 쫄쫄 굶은 채였다. 상황이야 어찌 되었든 남의 아이를 잃어버리다니 보통 일이 아니었다. 유괴, 납치 등 온갖 불길한 상상과 예감으로 입술이 까맣게 말라붙었다. '안내 방송을 부탁하고 올 테니 당신은 좀 더 둘러봐요' 하고 눈이 퀭하게 들어간 남편이 사무실로 뛰고 나도 뒤쫓았다. 사무실 앞에는 차일이 쳐져 있었고 '자원봉사'라는 리본을 단 여자들이 미아신고를 받고 있었다. 접수된 것을 사무실 안에서 방송하는 것이다. 신고가 많이 밀려 있는지 십여 분이 지나서야 동현이를 찾는 방송이 나왔다.

"도곡동에서 온 박동현 어린이, 칠 세. 줄무늬 티셔츠와 청바지에…… 쌍꺼풀진 둥근 얼굴……."

귀 기울이던 욱현이 깜짝 놀라 외쳤다.

"우리 엄마 목소리예요. 틀림없어요."

"……혼잡하오니 특히 어린이들을 잘 보호하시어 잃는 일이 없도록 각별히……."

성능 좋은 마이크를 통해 울리는 자신의 음성을 음미하듯 친절히 덧붙이는 목소리는 분명 그 애 엄마의 것이었다.

"저 여자, 자기가 지금 뭘 하는지, 누굴 찾는지 알기나 할까. 동현이가 제발 저 목소리 알아듣고 이리로 와서 제 엄마 찾아갔으면 좋으련만."

남편이 쓰디쓰게 웃었다.

그 가을의 사랑

급성간염 진단을 받은 남편이 입원한 지 스무날 만에 거짓말같이 세상을 뜨자 서른두 살 그녀는 졸지에 어린 두 아들을 거느린 미망인이 되었다.

비탄과 슬픔과 원망으로 첫해를 보내고 두 해째 접어들자 살아야 한다는 진리가 무서운 현실로 다가왔다.

그녀는 일을 시작했다. 갖가지 레이스 뜨개 장식품을 만들어 수예점에 납품하는 일이었다. 남달리 눈썰미와 손재주가 있어 뜨개질과 수놓기를 좋아하던 그녀는 친구나 친척들의 경사에 자신의 작품을 선물하는 것이 큰 기쁨이었다. 이제 그것이 생업이 되어야 하는 현실에 가끔 서글퍼지곤 했으나 그럴 때마다 자신의 쓸모없고 소모적인 감상을 비웃듯 더욱

맹렬히 일에 매달렸다.

아이들을 재운 뒤 눈이 가물거리고 손에 감각이 없어질 때까지 바늘을 놀리다 보면 어느새 새벽 두 시, 세 시가 되곤 했다. 아직 학교 가는 아이가 없어 바쁠 것도 없건만 그녀는 매일 아침 일찍 일어나 세수하고 머리 빗는 일, 집 안 치우는 일을 게을리하지 않았다. 그것은 일종의 자기 훈련이기도 했다. 나날의 생활에 충실치 못함은 자신을 타락시키는 일, 내팽개침, 추하게 만드는 일이라 여겼다.

저녁 설거지를 마친 뒤면 아이들에게 책을 읽어주거나 함께 블록 쌓기 놀이 따위를 하면서, 불빛 아래 동그마니 모인 그녀와 두 아이만이 세상에 남겨진 듯 호젓한 느낌에 빠지기도 했다. 그것은 고독이었으며 무엇보다도 강한 모성, 아이들에 대한 사랑과 결속이기도 했다.

어느 늦여름의 저녁, 놀러 나간 아이들을 불러들이기 위해 아파트 출입문을 나서던 그녀는 문득 멈춰 서서 부신 듯 눈을 깜박였다.

아파트의 빈터에서 굴렁쇠를 굴리는 청년과 그 뒤를 따라가며 깔깔대는 아이들의 웃음소리 때문이었다. 남편이 살아 있을 때 아이들은 아빠의 등에 올라타 장난을 치며 그렇게 드높고 맑은 소리로 웃곤 했었다. 그리고 그 뒤 엄마와의 단

조롭고 조용한, 규칙바른 생활에서 아이들은 그러한 웃음을 잊고 잃었다.

요즘도 굴렁쇠가 있다니. 껑충하게 키가 크고 마른 청년이 굴렁쇠를 굴리는 모습과 즐거운 흥분으로 얼굴이 빨갛게 달아올라 그 뒤를 따르는 아이들을 지켜보던 그녀는 가만히 몸을 돌렸다.

"아저씨기 줬어. 내일 또 온대."

저물어서야 돌아온 큰아이는 눈을 반짝이며 말했다. 아이의 손에는 굵은 철사를 몇 겹 정교하게 꼬아 만든 굴렁쇠가 들려 있었다.

청년은 거의 매일 아이들과 어울려 놀았다. 어느 날 그녀는 저녁쌀을 씻으며 무심히 창밖을 내다보다가 산의 숲길을 내려오는 청년을 보았다. 아마 산 너머의 동네에 사는 모양이라고 그녀는 생각했다.

아이들은 저녁마다 지치지 않고 '굴렁쇠 아저씨' 이야기를 했으나 그녀가 정작 청년과 대면한 것은 가을이 깊어질 무렵이었다. 어느 장난꾸러기가 던진 돌에 머리를 맞은 작은아이를 청년이 업고 올라온 것이다. 새파랗게 질려 우는 아이의 머리로부터 흘러내린 피가 청년의 철 늦은 티셔츠 어깨를 붉게 적시고 있었다. 피를 흘린 푼수치고는 상처가 깊지 않았다. 살갗이 조금 찢긴 정도였다.

"미안해서 이를 어쩌나. 바쁘지 않으면 잠깐 들어오세요. 피를 닦아야지요."

걱정스러운 표정으로 현관에 어정쩡히 서 있던 청년은 뒤늦은 그녀의 인사에 거실로 올라왔다.

그 뒤 청년은 손님이 거의 없는 그녀 집의 빈객이 되었다. 아이들의 더없이 좋은 친구가 된 그는 아주 앙증맞게 작고 성능이 좋은 펜치를 늘 주머니에 넣고 다녔다. 그것으로 깡통 조각과 철사를 썩 솜씨 있게 오리고 끊어내어 보안관의 별, 자동차 따위를 만들어주었다. 그는 언젠가 펜치를 들어 보이며 '이건 내게 자유를 줍니다'라는 말을 한 적이 있었다. 그는 또 아이들에게 멋지게 휘파람 부는 법도 가르쳐주었다. 청년이 부는 휘파람은 언제나 한 가지 〈내 주를 가까이〉라는 찬송가였다.

청년은 스물여섯 살이며 지금은 무언가 준비 중이라고 했다. 스물여섯. 그녀가 처음 만났을 때의 남편 역시 스물여섯의 젊음이었다. 십 년 가까이 함께 살았지만 이상하게도 그녀의 마음에 아로새겨져 있는 것은 처음 만났을 때의 눈부시게 젊은 얼굴이었다.

"늦게까지 공부를 하는 분이 계신 모양이지요?"

처음으로 그녀의 집에서 저녁 식사 대접을 받던 날, 식후 차를 마시던 청년이 비 오는 창밖을 보며 물었을 때 그녀는 그것이 남편에 대한 물음이라는 것을 직감적으로 알아채고 애매하게 웃었다. 청년은 아직 그녀가 남편과 사별했다는 것을 모르고 있었다.

"잠 안 오면 가끔 산책을 하죠. 여기까지 오기도 해요. 밤 늦게까지, 이느 때는 새벽까지 불이 켜져 있기노 하더군요."

그녀는 잠자코 뜨고 있던 레이스의 그물코를 세었다. 아이들은 방바닥에 엎드려 조용히 그림을 그리고 있었다. 벽시계 초침 소리만이 크게 들렸다. 그물코를 세다가는 잊고 자꾸 바늘을 엇놀리며 그녀는 점점 팽팽해지는 긴장감과 무겁고 불편한 침묵이 어디에서 기인되는 걸까를 생각했다. 그리고 점점 짙어지는, 알 수 없는 위기감은 무엇인가.

"단지…… 캄캄한 밤에 어느 창엔가 불이 켜진 걸 보면 위로받는 느낌이 들어서요. 마음이 따뜻해지는……."

갑자기 어색해진 분위기를 감지한 듯 청년이 굳은 얼굴로 더듬더듬 변명하듯 말했다. 그녀는 대답하지 않았다. 벽시계가 여덟 시를 쳤다.

"시간이 늦었군요."

그녀는 차마 청년을 바로 보지 못하고 말했다. 청년이 말

없이 일어났다. 인사도 없이 늦가을 찬비 속으로 사라졌다.

청년이 나간 뒤 그녀는 거울을 보며 서른다섯이라는 자신의 나이, 지난 삼 년간의 세월을 생각했다.

비는 밤새 내렸다. 깊은 밤, 홀로 깨어 듣는 빗소리는 얼마나 외롭고, 사랑의 느낌처럼 감미로운지. 비는 함빡 그녀의 가슴으로만 내리는 듯했으며 아득히 먼 곳으로부터 소리 없이 다가오는 발소리, 손짓과도 같았다. 기쁨도 즐거움도 없이 다만 살아내야 하는 메마른 삶이 억울하지 않은가, 새로이 무언가 시작하기에 아직 너무 늦은 것은 아니라는 속삭임과도 같았다.

생은 향유가 아닌 의무로서 그녀 앞에 끝없이 지루하고 적막하게 놓여 있었다.

다음 날 그녀는 완성한 식탁보를 수예점에 가져가는 대신 그녀의 집 식탁에 깔았다. 지난 삼 년 동안 생활에 꼭 필요한 것이 아니면 사치와 낭비로 여기게끔 길들여진 그녀였지만, 세 개의 장식초와 아이비 화분을 하나 사서 거실 벽에 걸었다.

청년은 그 후 다시 오지 않았다. 아이들은 곧 청년을 잊었고 그녀는 여느 때와 다름없이 저녁마다 아이들에게 책을 읽어주었다. 해가 바뀌면 학교에 가게 될 큰아이에게 한글을 가르치기 시작했다.

달라진 것은 아무것도 없었다. 밤늦어 거실의 불을 끄기 전에, 창문 너머로 아무것도 보이지 않는 캄캄한 숲길을 잠깐씩 응시하는 버릇이 생긴 것 외에는.

눈도 없이 맵고 추운 겨우내 그녀는 열심히 뜨개질을 하며 보냈다. 머릿속에 가득한 사념을 풀어내듯, 옭아 가두듯 쉼없이 바늘을 놀렸으며 아이들은 가끔 엄마가 내쉬는 한숨 소리에 걱정스럽고 철든 표정으로 돌아보곤 했다.

겨울의 끝 무렵, 그녀는 두텁고 포근한 털 스웨터를 완성했다. 포장해서 들고 집을 나서기 전, 거울을 보며 겨울 동안 눈 밑에 깊이 파인 주름살과 훨씬 늙어버린 얼굴에 안도했다.

눈이 녹은 숲길에는 지난해의 낙엽이 쌓여 있었다.

청년이 산 너머에 살리라는 막연한 짐작뿐이었지만 왠지 쉽게 찾아낼 자신이 있었다.

숲길을 벗어나자 눈을 찌르며 가로막는 것은 골짜기를 사이에 둔 맞은편 등성이의 엉성한 2층 콘크리트 건물과 주위를 두른, 두 길은 될 듯한 철조망이었다.

'자혜정신요양원' 팻말을 지나 내처 걷던 그녀가 발길을 멈춘 것은, 바로 그때 그 건물로부터 들려오는 찬송가 소리 때문이었다. 청년의 휘파람으로 귀에 익은 〈내 주를 가까이〉였다.

그녀는 안으로 굳세 빗장이 걸린 철문에서 벨을 찾아내어 눌렀다. 세 번 거푸 누르자 안에서 추리닝 차림의 중늙은이가 나왔다. 동시에 건물의 창문마다 어느새 얼굴들이 까맣게 달라붙어 이쪽을 바라보고 있었다.

"누굴 찾아왔소?"

아래위를 훑는 그의 눈길에 그녀는 잠깐 당황했다.

"혹시, 혹시 김헌주라는 청년이……."

"아, 걔 말이요? 부모는 내키지 않아 합디다만 이쪽에서 보냈지. 만날 귀신같이 철망을 끊고 달아나니, 그러다가 일이라도 저지르면 어쩝니까? 입원비 받아가지곤 철망값도 못 대겠습디다."

"무슨 병인가요?"

"망상증이랍니다."

그녀는 그가 항상 지니고 있던 작은 은빛 펜치를 떠올렸다. 그는 그것이 자유의 상징이라고 했다.

구름처럼 퍼져 울리는 찬송가 소리를 등 뒤로 들으며 그녀는 지난가을과 겨울이, 아니 삶 자체가 긴 꿈이며 허상이 아닐까 싶으면서 휘청 무릎이 꺾였다.

아내의 외출

아침 밥상머리에서 아내는 내게 초등학교 2학년인 딸애가 국제아동미술공모전에서 입선을 했노라고 지나가는 말처럼 전했다. 그런데 숟가락을 놓고 눈을 크게 뜨는 나와는 달리, 낭보를 전하는 아내는 그닥 달가워하는 기색이 아니어서 내심 의아했다.

"허참, 우리 집안에 화가가 나올 모양이군."

"대단찮은 재능은 차라리 없느니만 못해요."

아내는 냉담하게 대꾸했다. 약간의 재능밖에 타고 나지 못했기 때문에 절반의 목적밖에 지니지 못하고 생활에 도피해서 묻혀버린 자신에 대한 조소이거나 아니면 누구나 은연중에 품기 마련인, 자기 자식이 어쩌면 무서운 재능을 가졌을

지도 모른다는 기대에의 배신감에 대한 배수진일까.

"그림을 그린다고 꼭 화가가 되어야 한다는 법은 없지. 그림을 그린다는 건 훌륭한 취미야. 더욱이 여자로서는……."

그러다가 아내의 눈가를 스치는, 필시 그녀 자신도 의식지 못했을 게 분명한 분노와 모멸의 빛을 보고, 나는 아차 싶어 입을 다물었다. 아내의 냉담한 얼굴과 응당 받아 마땅한 칭찬을 뺏겨버린 아이의 시무룩한 태도로 식탁은 이상하게 어색한 분위기가 되고 말았다.

여느 때처럼 대문 앞까지 배웅을 나오던 아내가 문기둥을 짚고 우두커니 하늘을 올려다보았다. 아내의 멍한 눈길은 연녹색 윤기 흐르는 이파리가 한참 무성히 돋아 나오는 은행나무 가지 꼭대기에 닿아 있었다.

"뭘 생각해?"

덩달아 미미하게 흔들리는 이파리에 눈을 주며 나는 장난조로 아내의 옆구리를 쿡 찔렀다.

"인생에 대해서요."

웃지도 않고 하는 아내의 대답에 순간 나는 적잖이 당황했다.

은행에 출근해서도 아내의 그 말은 이상스럽게 머리에서 떠나지 않았다. 인생에 대해 생각한다는 말이 새삼스러울 까닭은 없었다. 문제는, 너무도 당연하고 당연해서 유행가 가락처럼 들리는 그 말이 십 년 넘어 살을 맞대고 살아온, 내 몸의 한 부분처럼 익숙한 아내의 입에서 그것도 딸의 수상 소식에 이어 나왔다는 데 일말의 불안감이 느껴지는 것이었다. 그러나 나는 아직까지 아내가 화가의 꿈을 갖고 있으리라고는 생각할 수 없었다. 자신이 천재가 못 됨을 억울하게 여기거나 감수성과 재능을 마멸시켜버린, 생활이라는 괴물에 대해 원한을 품고 앙앙불락할 만큼 어리석다는 생각을 할 수도 없었다. 아내는 나와 알게 될 무렵 무슨 이유에서인지 이미 그림에서 손을 떼고 있었다. 그림에 대한 얘기도 별반 내켜 하지 않았다. 결혼하면서 그녀가 가져온 짐 중에는 붓 한 자루도 없었다. 아내가 대학 재학 중에 권위 있는 공모전에서 두세 차례 입상한 경력이 있다는 것도 훗날 장모를 통해 들은 소리였다. 만만찮은 재능을 인정받았으면서도 왜 그림을 그만두었는지 아내는 이제껏 입을 다물고 있었다. 아내는 이제 사십을 바라보는 나이였다. 며칠 전에는, 벌써 흰 머리칼이 생긴다고 우울하게 말하기도 했다.

햇병아리 은행원 시절, 개인 회사 비서실에 근무하던, 눈에 띄는 특징이 없는 평범하고 무던해 뵈는 인상의 그녀에게 끌린 데는 그녀가 미술대학 출신이라는 것도 단단히 한몫했음이 솔직한 고백이겠다. 그림을 그린다는 것은 확실히 멋있는 일이었다.

지방 소도시에서 보낸 중고등학교 시절, 나는 간간이 화구를 들고 다니는 미술반 친구들에 대해서, 천재병이라고 일컫는 폐결핵에 대한 것과도 같은 은근한 선망이 있었다. 그림이라면 초등학교 일학년 때 화분에 심은 튤립을 지극히 평면적으로 그린 기억밖에 없는 나로서는 절대로 접근할 수 없는 예술의 세계에 대한 선망이었던 것이다.

그렇다고 아내가 화가로서 입신하기를 굳이 바랐던 것은 아니었다. 화가라면 고흐나 고갱의 전기에서 얻어 읽은, 이해할 수 없는 격정과 열정, 광기로 가득 찬 비참한 생애가 곧장 연상되는 탓에 아이들이나 가정 따위는 헌신짝처럼 팽개칠 정도의 강한 개성을 요구하는 게 그쪽 세계라면 화가가 안 되어도 얼마든지 좋았다. 이를테면 아내의 미술 전공은, 착실히 한 계단씩 올라가 마침내는 은행의 부장급 선에서 퇴직하게 될 것이 분명한 나로서는 접근할 수도, 생활 속에 끼워 넣을 수도 없는 부분의 구색 맞추기 같은 것인지도 몰랐다. 집의 허전한 빈 벽에 복제 그림을 거느니 이왕이면 아내의 그림을 거는 게 낫겠고 장미가 만발한 유월의 집 뜰에서 휴일이면 이젤을 세워놓고 물감 냄새 풍기며 그림을 그리는 아내의 모습을 보는 것도 괜찮으리라. 그래, 나는 약간의 예술적 분위기만을 탐하는 평범한 소시민인 것이다.

아침나절 내내 나는 아내의 느닷없는 '인생에 대해서'라는 답변에, 허공에 대고 주먹질하듯 공연한 분노와 배신감을 곱씹었다. 때문에 낮에 부근 식당에서 점심을 먹고 나오다가 길 건너편에서 아내를 발견했을 때에도 환각이거니 하는 생각으로 눈부터 비비었다. 이쑤시개를 물고 막 식당 문을 나서다가 문득 끌리듯 눈길이 멎은 곳에 아내의 모습이 있었다. 아내는 깊은 생각에 잠긴 듯 고개를 숙이고 느릿느릿 걷고 있었다. 집 밖에서 보는 아내는 뜻밖에도 낯설었다. 뚱뚱하고 옷차림이 초라한, 평범한 중년 여인일 뿐이었다. 아내는 홀로 시름없이 걸으며 인파 속에 묻혀 천천히 멀어져갔다. 마침 신호등은 푸른 불이었고 조금만 서둘면 충분히 따라잡을 수 있는 거리면서도 나는 오히려 식당 문 안으로 몸을 숨기듯 멈칫거렸다. 왜 그랬는지는 나 자신도 분명히 알 수 없었다. 퇴근 시간을 삼십 분 남기고 나는 집에 전화를 걸었다. 아내가 받았다.

"어디 나갔더랬어?"

"아뇨, 집에 있었는데요."

아내의 천연덕스러운 대꾸에 나는 곧 들어갈게, 하는 말로 전화를 끊었다. 아내가 어쩌다 외출한다는 건 하나도 이상스러울 게 없는 일이었다. 그런데도 낮의 혼잡한 도심지를 걷던 시름없는 모습이 머리에서 떠나지 않았다.

다음 날부터 나는 스스로 비열하다는 생각에 낯을 붉히면서도 무슨 이유든 만들어 낮에 한 차례씩 집으로 전화를 하기 시작했다. 세 번에 두 번꼴로 아내는 집에 없었다. 내가 집으로 전화했다는 말을 하지도 않았거니와 아내 역시 낮의 외출에 대해서는 일언반구 입을 열지 않았다. 나는 도무지 영문을 알 수 없었다. 대체로 특별할 것도 없는 일상사에도 보고에는 비교적 상세한 아내였기 때문이었다. 자꾸 뚱뚱해진다고 걱정을 하더니 수영을 배우거나 헬스클럽엘 나가는 걸까, 아니면 춤을 추거나 화투를 치러? 그렇지 않다면 대체 외출을 속일 이유가 뭔가. 나는 좋지 않은 방향으로 치닫는 상상에 고개를 저었다. 자신의 몫으로는 양말 한 켤레 사는 적도 없고 손바닥만 한 화단에 파와 상추를 심는 아내가 그럴 리 없었다. 어느 일요일 오후, 아내가 시장 간 틈을 타 나는 마침내 아내의 소지품을 뒤지기 시작했다. 창피한 짓이라는 생각에 마루에서 텔레비전을 보고 깔깔거리는 아이들을 잔뜩 경계하며 외출복 주머니, 화장대 서랍, 핸드백들을 차례로 뒤졌다.

어떤 조그만 외출의 흔적이라도 찾아낼 수 있지 않겠느냐는 계산은 적중했다. 아내의 외출복 주머니에서는 몇 장인가 구겨진 고궁 입장권이 나왔다. 그러면 그렇지, 느긋이 입가에 떠도는 웃음은 아내의 구럭처럼 커다란 핸드백을 열었을 때 대번에 지워졌다. 핸드백에서 쏟아져 나온 것은 대학생이나 아마추어들의 그룹전, 공모전에서부터 매스컴으로 눈과 귀에 이름이 익은 화가들의 전시회, 회고전, 초대전 따위의 팸플릿이었고 그것들은 내게 마치 아내의 당당한 '독립선언'보다 더 강한 무언의 반란으로 받아들여졌던 것이다.

전시회를 보러 다니는 게 나쁘다는 것은 천만 아니었다. 문제는 그것이 부부동반 가족 동반의 나들이가 아니라는 데 있었다. 그것은 아내의 가슴속에 뒤늦게 이는, 어쩌면 오랫동안 숨겨 지닌 것인지도 모를 불길이었고 우리 생활에 켜진 적신호였다. 아내는 머지않아 자기의 공간, 자기의 시간을 요구할 것이고 마침내 자신의 세계를 주장하게 될 것이다. 나는 아내가 돌아올 시간이 가까워짐을 깨닫고 차근차근 팸플릿을 다시금 핸드백에 집어넣었다. 그리고 담배를 한 대 피워 물었다. 은행원 십여 년인 이제껏 내 산술법은 실수가 없었다. 딩동, 아내가 누르는 벨소리가 들릴 즈음 나는 내가 해야 할 바를 결정지었다.

'아이들도 어지간히 키워놓았으니 당신은 전공을 살려 그림을 계속해봐. 한동안 안 해서 붓이 무뎌지긴 했겠지만 말이야. 고갱도 사십이 넘어서 시작했다지 아마. 우리 집에선 안방이 제일 넓고 채광이 좋으니 가구를 치우고 화실로 쓰는 게 어떨까.'

그러면 아내는 피곤한 표정으로 쓸쓸히 웃으며 고개를 저을 게 분명하기 때문이었다.

병아리

　퇴근해서 돌아와 현관문을 열고 들어섰을 때, 그는 집 안에 가득 찬 느닷없는 소요에 놀라 신 벗는 일도 잊은 채 한동안 우두커니 서 있었다.

　"뭘 그렇게 놀라 서 계세요? 병아리 소리예요."

　부엌에서 저녁 준비를 하던 아내가 얼마간 장난스러운 웃음을 띠며 말할 때까지 그는 그것이 병아리 소리라는 데는 생각이 미치지 못했다. 비누 거품처럼 온 집 안에 끓어오르는 소리, 햇빛 아래 새순 돋아 오르듯 밝고 높은 소리는 병아리의 삐악거림이었다.

　"예쁘죠? 애들이 하도 조르길래 돈을 주었더니 글쎄……　초등학교 앞에서 팔더래요. 갓 부화한 것인가 봐요."

정작 신기하고 귀여워 못 견디겠다는 것은 아이들보다 아내 자신인 듯 좀 들뜬 어조로 말하며 아내는 마루 귀퉁이에 놓인 라면상자를 가리켰다.

"상식이 있어, 없어? 도대체 아파트에서 동물을 기를 수 있다고 생각해?"

그가 버럭 지르는 고함에 아내가 머쓱한 낯이 되어 멍하니 그를 바라보았다. '다녀오셨어요' 인사도 하는 둥 마는 둥 상자에 머리를 들이밀고 병아리 못지않게 재잘대던 두 녀석도 단박 기가 죽어 한 걸음씩 물러나 앉았다.

"아파트는 공동주택이라고. 그만한 상식도 없이 어떻게 아파트 생활을 해? 병아리 사놓고 좋아하는 꼴이 어른, 아이가 똑같군그래."

내친김에 한 마디 더 핀잔을 주고 방으로 들어갔다. 손발 씻고 옷 갈아입는 일조차 귀찮을 만큼 꼼짝하기 싫었다. 상식 어쩌고 하는 말은 소리칠 명분에 지나지 않았다. 아내 역시 아이들 성화에 못 이겨 병아리 몇 마리 샀다고 해서 그것들이 알을 낳거나 제법 당당한 수탉이 될 때까지, 그리하여 날 밝기 전 첫새벽에 우렁찬 울음을 아파트 단지가 울리게끔 내뽑을 지경까지 기를 작정은 아니라는 것을 그는 알고 있었다.

다만 그는 종일 더께처럼 누적되어 그를 납작하게 짓누르는 몸과 마음의 피로로 인해 모든 것이 귀찮고 성가셨을 따름이었다. 아니, 그 무엇보다도 집 안을 가득 채운 병아리 소리를 듣는 순간, 그가 하루 종일 기다리고 갈망해 마지않던 휴식을 빼앗긴다는 데 대한 피해의식과 방어 본능이 고개를 들었기 때문은 아닌지.

사내라면 한 가지씩은 타고 나기 마련이라는 성질머리 죽이고 더러운 꼴, 아니꼬운 꼴 꿀꺽꿀꺽 삼키며 근무를 끝내고 만원전철에서 삼십 분, 다시 만원버스에서 삼십 분 시달려 서울의 외곽 지대까지 오는 동안 그가 오직 원하는 것은 휴식뿐이었다. 그리고 인쇄소 공무과장의 직함이 뜻하는 바대로 종일 인쇄 기계 소리에 묻혀 사는 그에게 휴식이란 결코 조용함에 다름 아니었다. 따라서 집에 돌아온 그의 입에서 나오는 말이란 '아아 피곤해'와 한창 들뜰 나이의 일곱 살, 다섯 살 두 아들 녀석에게 향한 '시끄럽다, 조용히 해라'의 단 두 마디를 벗어나는 일이 좀체 없었다.

방에 들어와 문을 닫고 앉았어도 삐약대는 소리는 요란히 들려왔다. 고함치는 바람에 주눅 들었던 아이들은 금세 아버지의 존재를 잊고는 내 병아리가 더 크다, 아니다, 내 병아리가 더 똘똘하다, 티격태격 목소리를 높이고 자지러지게 웃곤 했다.

"얘들아, 너무 만지면 손독 올라 죽는다. 물그릇은 작은 걸로 해야지. 물에 빠져 헤엄칠 지경이구나."

아내까지 한몫 끼어드는가 보았다.

"우리 집에 병아리 있다아, 다섯 마리나 있다아."

작은 녀석이 베란다에 매달려 밖에서 노는 아이들에게 소리치고 잠시 후 층계참이 요란스럽더니 시끌벅적 떠드는 소리와 함께 한 떼의 개구쟁이들이 현관으로 들어서는 모양이었다. 흥분된 아이들의 높고 새된 목소리, 병아리 소리, 간간 조용히 하라고 주의 주는 아내의 소리까지 섞여 떠나갈 듯 시끄러웠다.

그는 마루로 나왔다.

"야, 만지지 마. 죽으면 니가 책임질래? 만지고 싶으면 꼭 한 번만 살살 쓸어보라니깐."

일고여덟은 됨직한 아이들 틈에서 집주인 행세, 병아리 임자 유세를 톡톡히 하여 목청을 돋우고 있던 큰아이가 그를 보자 입을 딱 다물었다. 겁을 내며 낭패스러워하는 기색이 아이답지 않게 참담했다.

"얘들아, 집에 가서 저녁들 먹어라, 내일 또 놀러 오렴."

아내가 서둘러 동네 아이들을 내보냈다.

저녁 식탁에서였다. 밥상을 차려놓아도 병아리에만 정신이 팔려 있던 작은 녀석은 아예 함께 밥을 먹겠노라며 한 마리를 식탁 위에 올려놓고, 그는 부지불식간에 아이를 쥐어박는 것과 동시에 병아리를 밀쳐버렸다. 식탁에서 떨어진 병아리는 몇 차례인가 비틀대며 서려고 하다가 픽 쓰러져버렸다. 그는 순간적으로 아차 싶었지만 엎질러진 물이었다. 작은 녀석은 와앙 울음을 터뜨리고 큰 녀석은 입이 한 발이나 나와 눈을 내리깔았다. 아내는 그를 빤히 바라보고 뭔가 한마디 할 듯한 얼굴이었으나 아이들을 의식했음인지 말없이 일어나 병아리를 주워 종이에 싸서 쓰레기통에 넣고는 밥숟갈을 놓았다. 우울하고 불유쾌한 저녁 식사였다. 닭똥 같은 눈물을 뚝뚝 떨어뜨리고 있는 작은 녀석에게 가관이구나, 가관이야라고 윽박지르고 그도 역시 소리 나게 탁 숟가락을 놓았다. 그것은 아내를 향한 것이라는 게 옳았다. 당신 정말 이상해졌어요. 집에 들어오기만 하면 화를 내고, 걸핏하면 아이를 쥐어박고 하니…… 크는 애들이 다 그렇지, 인형처럼 가만히 있을 수 있나요? 아내의 완강한 침묵이 그렇게 말하고 있었다. 그래, 난 당신 말대로 폭군적이고 인정머리 없고 잔인한 사내야. 바깥에서 사내들이 살아야 하는 세상이 어떤 건지 알기나 해? 그 역시 침묵으로 응수했다. 화는 화를 불렀다. 그는 거의 자포자기한 심정이 되어 신문을 들고 방으로 들어갔다.

설핏 초저녁잠이 들었던 그가 아홉 시 텔레비전 뉴스를 보기 위해 방을 나왔을 때 거실의 불은 꺼져 있고 대신 거실과 트인 주방의 불이 켜져 있었다. 아내와 두 아이가 앉아 있는 식탁 주위의 불빛이 밝아 한없이 호젓하고 정다운 분위기를 만들고 있었다. 불빛 때문에 잠들지 못한 병아리들은 여전히 삐약대고 그중 기운찬 놈은 푸드득 상자에서 뛰어나와 함부로 돌아다니다 식탁 밑 아이들의 발을 쪼아대기도 하여 그때마다 아이들은 간지럽다고 발을 옴추리며 웃었다. 그 한없이 정다운, 평화로운 광경이 그에게 느닷없이 무섬증과 쓸쓸함을 안겨준 이유를 그는 정확히 알지 못했다. 그들은 어둠 속에 홀로 서 있는 그의 존재 따위는 잊은 듯했다. 아니, 애초부터 그들 속에 자신은 끼어 있지 않은 건지도 몰랐다. 아이들의 옷 손질을 하는 아내와, 숙제와 그림 그리기를 할 뿐인 아이들이 왜 그렇게 꼭 자신을 따돌리고 비밀한 모의를 한다고 보여지는 건지, 멀리 느껴지는 건지.

"병아리, 베란다에 내놔라. 시끄럽고, 또 여기저기 함부로 똥 싸는 게 안 보여?"

그가 버럭 소리를 질렀다.

"베란다에는 쥐가 다니는데……."

"비 오면 어떡해요? 병아리는 추우면 곧 죽는대요."

아내와 아이들이 각각 조그맣게 항의를 했으나 그는 거친 손놀림으로 병아리를 베란다에 내놓고 문을 닫았다. 늦봄이라곤 해도 밤이면 한결 낮아지는 기온에 추운 듯 털을 부스스 부풀린 병아리들이 불빛 밝은 유리창에 주둥이를 비비며 안으로 들어오고자 기를 쓰고 퍼덕거렸다.

초저녁잠을 어설프게 자두었던 탓인가. 그는 한밤중에 잠을 깼다. 담배라도 한 대 피울 양으로 거실로 나온 그는 또다시 약하게 삐삐거리는 소리를 들었다. 아이들 방에서 나는 소리였다. 이 녀석들이 기어이 내 말을 어기고…… 문을 열고 불을 켜자, 이불을 걷어차고 자고 있는 아이들과 방문 곁에 바짝 대어놓은 라면상자, 그리고 그 안의 병아리들이 한눈에 들어왔다. 필시 아빠가 잠자리에서 일어나기 전에 재빨리 베란다로 내놓아야 한다는 조바심으로 낸 작은 꾀이리라. 손가락을 빨고 자는 작은아이와 앞니 빠진 입을 반쯤 벌리고 자는 큰아이를 오랫동안 바라보던 그는 차 던진 이불을 고쳐 덮어주고는 가만히 문을 닫고 나왔다.

그가 늘상 어떤 종류의 억울함으로 돌이켜보곤 하던 인생, 고독과 초조함과 좌절감으로 감내해야 하는 중년이 결코 자신만의 삶의 짐이 아님을, 무구하게 자고 있는 아이들 역시 얼마나 고독하게 자기의 세계, 인생의 짐을 지고 있는가를 깨달았던 것이다.

한낮의 산책

다섯 시가 되자 어김없이 은행 앞 횡단보도를 건너는 소녀의 모습이 선팅된 유리창을 통해 나타났다.

소녀의 모습이 보이는 것과 동시에 인걸은 의자를 밀치고 자리에서 일어났다.

이미 출입문 셔터가 내려진 후여서 뒷문을 통해 큰길로 나섰을 때 소녀는 횡단보도를 건너 시장통으로 들어서는 참이었다.

우수, 경칩 다 지나 절기로야 완연히 봄이건만 황사 현상을 동반한 바람은 어지간히 사납고 쌀쌀했다. 바람 부는 봄날은 어찌 이리 애달플까. 잠깐 손님 만나기 위해 지하 다방에라도 내려가는 양 바바리코트도 떼어 걸치지 않고 맨 양복 차림으로 나온 인걸은 추위에 목을 움츠리며 혼잣말을 중 얼거렸다. 죽은 땅이 소생하고, 얼어붙었던 대지에서 연약한 싹이 뚫고 나오려니, 바람 속에 꽃 피우려니 이만한 진통이 없으랴.

소녀는 오늘 흰 타이츠에 연둣빛 원피스를 입고 있었다. 마치 봄이 오는 것을 기다리지 못하겠다는 듯 때 이른 옷차림과 밝은 빛깔이었다. 저녁 장을 보러 나온 시장통 여자들 틈을 잰걸음으로 헤쳐나가면서도 그 투명하고 화사한 빛깔은 뒤섞여들지 않고 눈을 찌르며 빛살처럼 인걸에게 다가들었다. 소녀가 가는 방향, 거리, 목적지까지 환히 알면서도 인걸은 자칫 놓쳐버릴지도, 아니 잃어버릴지도 모른다는 공연한 조바심에 허둥대며 그 연둣빛에서 눈을 떼지 못했다. 소녀는 가끔 장난감 가게나 문방구의 진열장 앞에 멈춰 서서 한참씩 안의 물건들을 들여다보기도 했다. 마치 인걸의 조바심을 재미있어하듯. 그때마다 인걸은 소녀와의 일정한 거리를 유지하기 위해 일없이 멈춰 서야 했다.

물론 소녀가 그의 미행을 알아차릴 리는 없고 방심한 듯한 그녀의 몸짓에서 경계하는 듯한 기미는 찾아볼 수 없었다. 인걸도 자신의 이해 못 할 행위에 대해 염탐과 범죄의 냄새를 은연중 풍기는 '미행'이란 단어를 붙이기를 거부했다. 미행이라면 동기와 목적이 분명해야 할 것이다. 그러나 이것은 업무 중 이십여 분이 소요되는 가벼운 산책 정도이고, 틀에 박힌 따분한 일상사에 얽매인 외로운 독신자가 자신에게 부여하는 작은 자유쯤이라고나 해야 할까.

올해로 갓 마흔이 된 인걸은 아직 독신의 몸이었다. 일찍이 독신 선언을 한 적도 없이 어찌어찌하다 혼기를 지났고 그럭저럭 혼자 사는 생활이 편안하게끔 길들여졌다.

물론 어느 한때 사랑의 꿈도 많았고 단란한 가정생활의 기대와 계획도 있었다. 나이 찬 사람에 대해서는 짝을 채워주어야 한다는 의무감으로 무장한 주위 사람들의 노력으로 맞선 자리도 심심찮게 만들어지곤 했는데 도통 혼사가 이루어지지 않았다. 여자 쪽에서 거절한 적도 많았지만 인걸 쪽에서 거절한 경우도 많았다. '좋은 여자다. 심덕도 무던하고 심신이 건강한 듯하다'라는 인상을 받은 경우라도 막상 일생을 같이할 배우자로 세워놓고 보면 뭔가 미흡하고 서운했다. 이른바 첫눈에 불이 댕겨지는 청춘의 정열이 사라진 탓일까. 여자를 보는 눈이 밝아져서일까. 눈이 멀어야 연애도 가능하다는 말이 있지 않던가.

'총각 눈은 티눈이라더라. 맞선 보고 될 일이면 첫눈에 내 사람 같다더라는 말도 있지만, 집이든 사람이든 한눈에 척

들긴 어려운 법이다. 선을 보고 나서 최소한 세 번 정도는 만나 서로를 알려는 노력을 해야 된다. 어지간히 괜찮고 걸맞다고 생각했기에 천거하는 여자가 아니냐.'

중매를 선 친척, 친지들은 한결같이 그렇게 말했고, 인걸의 거절로 혼담이 깨어지면 한결같이 뒷말들을 했다.

'분수를 알아야지. 자기는 사십이 낼모레면서 스물여덟 살 먹은 처녀도 마다하니 도대체 열여섯 살 춘향이를 바라나.'

'장가 좀 가거라. 명주 고르다 삼베 고른단다. 늙어 꼬부라지도록 아들 밥시중 빨래 시중 지겹고, 나도 남들처럼 손주녀석 안아보고 싶구나.'

라고 염불처럼 외던 노모가 삼 년 전 돌아가시자 인걸은 결혼해야 한다는 중압감에서 벗어나 홀가분했다. 어머니와 함께 살던 스무 평 아파트에 매일 하루 세 시간씩 파출부가 와서 밥과 빨래 청소를 해주었다. 사는 일에는 아무 불편도 없었다. 다만 가끔 함께 말할 사람이 있었으면 하는 생각이 들었고 외롭기도 했다.

하지만 이미 외로움을 즐기는 것에도 익숙해져 있었다. 오히려 누군가가 이 생활에 끼어들면 번거롭고 불편할 것 같기도 했다. 어느새 굳어진 독신자의 습벽인지도 몰랐다. 퇴근하면 식사 후 목욕을 하고 잠옷으로 갈아입은 뒤 술 한잔 들고 텔레비전 앞에 앉거나 책을 읽고 신문을 꼼꼼히 읽었다. 하루하루는 똑같은 일상으로 흘러가는데 문득 걸음을 멈추고 뒤돌아본 세월의 변화에 가슴이 서늘해지기도 했다. 몇 해 전부터 책상 서랍에 검은 넥타이 하나와 경조사에 쓸 흰 봉투 다발을 넣어두었다. 간혹 흰머리가 눈에 띄고(그는 새치라고 생각했지만) 상가에 가면 고인의 사진보다, 나이 어린 상주들에게 더 자주 눈이 가며 무상감과 애처로움에 가슴이 서렸다.

신체 건강하고 직장 확실한, 대한민국 남자로서 결격 사유가 없는 한 남자에게 있어서 나이 많다는 것은 그다지 큰 흠이 아닌지 아직까지도 간혹 혼담이 들어오는 터여서 그는 올해에만도 세 번 맞선을 보았다. 역시 서른을 한둘 넘긴 처녀들이었는데 여러 조건으로 보아 과분한 상대라는 생각이 들었지만 인걸 쪽에서 마다했다. 십 년 후, 그네들이 어떤 형의 여자로 변해갈지, 그 변모된 모습을 환히 바라보는 제 자신의 눈을 차라리 빼어버리고 싶었다. 주변 어디서나 눈에 띄는, 거리에서 전철 안에서 흔히 만나게 되는 중년 여자들. 세월 따라 늙어가는 거야 어쩔 수 없다 쳐도 생활이라는 미명하에 적당히 뻔뻔하고 탐욕스럽고 거칠고 수다스러워지는 여자들. 흔히 자식은 내 자식이 잘나 보이고 마누라는 남의 마누라가 잘나 보인다지만 마누라를 가져본 적이 없는 인걸은 남의 마누라를 보고, 저런 여자가 내 아내였다면 좋겠다는 생각을 해본 적이 없었다. 중매든 친구는 '대체 장가들 생각이 있기나 한 거냐? 선보는 게 취미냐? 혹시 여자에 대해 원초적인 환멸이나 원한이 있는 게 아니냐?'고 화를 내며 다그쳤지만 인걸은 씁쓸히 고개를 저었다.

환멸이라니, 오히려 꿈이라고 해야 옳지 않을까. 열여섯 살 첫사랑의 정애에게서 보았던 연둣빛 새순 같은 투명함, 그네의 볼에서 살며시 피어오르던 홍조 따위가, 인걸이 여자에 대해 갖는 꿈의 본질일지도 몰랐다.

그랬다. 정애는, 그가 미래의 모습을 도무지 상상할 수 없었던 유일한 여자였다. 시골 고등학교 동급생이었던 정애에 대한 감정이 사랑인지, 그리움인지, 젊음의 갈망이었는지는 확실치 않았다. 단지 그 후로는 어떤 여자에게서도 정애에게서와 같은 감정을 느낄 수 없었던 것만이 진실이었다.

그런데 벌써 한 달 전이었던가. 마감 시간이 된 공과금 납부창구에서 인걸은 소녀를 보았다. 전화요금을 내러 온 열두어 살가량의 소녀는 그런 일이 처음인 듯 낱낱이 동전을 세어 창구에 내밀며 얼굴을 붉혔다. 서향의 창으로 들어온 햇빛이 소녀의 둥근 뺨에 피어오른 홍조와 부드러운 솜털을 보얗게 떠올리고 인걸은 저도 모르게 가슴속에서 터져 나오는 신음을 삼켰다.

소녀는 은행 건물 3층에 들어 있는 피아노 학원의 가방을 들고 있었다. 그 후 정확히 다섯 시면 인걸은 피아노 학원을 나와 횡단보도를 건너는 소녀의 모습을 보았다. 시계보다 그의 감각이 정확했다. 일을 하다 눈을 들면 소녀의 모습이 보였다. 어느 날부터인가 인걸은 그 시간에 은행을 나서 소녀의 뒤를 따르기 시작했다. 시장통을 빠져나가 어린이 놀이터를 지나면 오래된 주택가가 나타나고 동네로 들어가는 세 번째 골목, 똑같은 형태의 낡은 국민주택들 중 하나가 소녀의 집이었다.

소녀가 집에 들어가고 나면 담장에 기대어 담배 한 대 피우고 휘파람을 불며 은행에 돌아오기까지 이십오 분이 소요되었다. 인걸은 이러한 자신의 행위에 죄의식도, 어떤 의미도 부여하지 않았다. 문득 어느 순간, 나도 딸이 갖고 싶은 게 아닐까 자문하기도 했지만.

어린이 놀이터를 지나 골목에 들어서기까지 한 번도 되돌아보지 않고 걷던 소녀가 갑자기 달음질쳐 집 대문에 이르러 연거푸 벨을 누르고 주먹으로 대문을 쾅쾅 두드렸다. 언제나 인터폰으로 연결되어 문이 열리곤 했는데 전에 없던 행동이었다. 대문 안쪽에서 기다리고 있었던 듯 중년의 뚱뚱한 여자가 튀어나와 소녀를 낚아채듯 이끌어 들이고는 곧장 서너 걸음 뒤에 서 있는 인걸을 향해 큰소리를 내질렀다.

"어느 빌어먹을 흉악한 인간이 어린애 뒤를 매일 졸졸 따라다녀? 세상이 험악하다 보니 원참, 파출소에 신고를 해야……."

시뻘겋게 달아오른 여자의 얼굴이 일순 멈칫 굳어졌다.

뭔가 해명을 해야겠다는 생각에 주춤주춤 다가가던 인걸도.

아, 정애.

부르짖음을 삼켰다.

윤곽이 허물어지고 볼의 살이 늘어져 영판 몰라보게 달라지긴 했어도 굵게 쌍꺼풀진 눈매와 입가의 팥알만 한 점은 여전한 첫사랑의 소녀 정애였다.

꽃핀 날

괘종소리에 맞춰 눈을 뜨고도 나는 시계를 보며 오 분만, 십 분만, 하고 늑장을 부렸다. 새벽밥 짓는 게 여러 해째건만 매번 일어나기 싫어 꾸물대는 버릇은 나아지지 않았다. 아직 십 분 정도는 게으름을 부려도 된다. 나는 예의 '갖고 싶은 것'에 대해 궁리하기 시작했다. 남편은 근 일주일 전부터 내게 물건이든 휴가든 원하는 대로 해주겠으니 정말 원하는 것 한 가지만 말하라면서 대답을 채근하는 터였다. 결혼 20주년 기념 선물이라는 것이다. 이름 붙은 날을 여느 때처럼 그냥 넘기다가는 날로 사나워져가는 아내에게 당할 후환이 만만치 않겠다거나 연년이 입시생 뒷바라지에 시드는 모양이 안쓰러워 큰맘을 쓰는 것이겠지만 평소 무심한 편인 남편의,

새삼스러운 결혼기념일 타령이 늙어간다는 징조인가 서글픈 마음이 들기도 했다.

꼭 갖고 싶은 것이 무엇이냐고 물었을 때 나는 난데없이 요술램프에서 튀어나온 거인의 제의를 받은 듯 말문이 막힌 게 사실이었다. 원하는 게 너무 많아서라기보다 나의 나날이, 눈앞에 부닥치는 것 외엔 다른 것을 생각할 여지 없이 타성적이고 습관적인 것이기 때문이었다. 갖고 싶은 것 꼭 한 가지란 참으로 막연한 얘기였다. 대학생이 된 딸에게 물으니 딸은 가볍게 대꾸했다. 필요하신 게 많으실 텐데요. 필요한 것이라면 많다마다. 새벽밥 지으러 일어날 때마다 수면 부족으로 휘청거리며, 쌀을 안치고 시간만 맞춰놓으면 지시한 시각에 밥이 다 되어 있다는 타이머 밥솥을 사야지 벼르고, 외출할 때마다 머리부터 발끝까지 갖춰진 게 없다고 불평하지 않았던가. 그리고 보다 넓고 편리한 집. 필요한 것은 얼마든지 있었다. 그러나 필요한 것과 갖고 싶은 것은 반드시 일치하는 것은 아니리라. 꼭 갖고 싶은 한 가지가 밥솥이나 옷 따위, 돈만 가지면 누구든 어디서든 쉽게 구할 수 있는 것이라면 어쩐지 억울하고 손해 보는 듯하지 않은가. 마음속의 소원이 물질로 얼마든지 이루어질 수 있는 것이라면 인생은 얼마나 시시한가. 우리의 생에는 눈에 보이고 손에 쥐어지는

것 이상의 가치와 목표가 있다고 배워온 교육 탓인지 자신의
낭만적 성향 탓인지 모를 일이었다. 살아지는 대로 의지 없
이 살겠다고 작정한 것이 아닌 이상 간절히 갖고 싶고 하고
싶은 것이 있던 시절이 분명 있었다. 어릴 때는 프릴 달린 예
쁜 원피스, 눕히면 진짜 눈 감는 인형이 갖고 싶어 울었고 자
라면서는 잠글 수 있는 서랍 달린 책상, 나만의 방, 사랑하는
사람, 자신의 일, 자유, 고독 등을 원했다. 그것들은 때로 몸
과 마음을 태울 만큼 뜨겁고 간절한 소원이었다. 그런데 이
제 기껏 생각은 눈이 닿는 곳의 범주를 벗어나지 못하는 것
이다. 물론 남편이 제아무리 전능자처럼 '무엇이든'이라고
큰소리를 쳐도 그것이, 월급봉투째 내맡기는 그에게 어쩌다
생긴 약간의 가욋돈을 근거로 한 선심일 뿐임을 아는 탓이기
도 하리라. 그러나 갖고 싶은 것을 필요한 것으로 대체하는
것이 왠지 비겁한 타협 같고 스스로를 낮추는 짓처럼 생각되
는 것은 어쩔 수가 없었다.

　이런저런 부질없는 생각을 굴리다가 깜박 잠이 들었나 보
았다. 눈 감은 기억도 없는데 이십 분이 훌쩍 지났다. 후다
닥 부엌으로 나가 쌀을 안쳤다. 여간 서두르지 않으면 식구
들 아침밥을 굶길 지경이었다. 콩 튀듯 튀며 국을 끓이고 생
선을 구웠다. '아직 한밤중인 줄 아나 봐' 급한 마음에 성마

른 소리를 내뱉으며 아이들을 깨우기 위해 동동걸음을 치던 나는 아, 얕은 비명을 질렀다. 거실 유리문 너머 한 귀퉁이가 온통 눈 내린 듯 새하얬다. 어제까지 붓끝처럼 단단히 뭉쳐 있던 목련의 꽃망울이 밤새 함성처럼 터진 것이다. 잎 없이 피는 꽃이라 보이지 않는 바람에 흐르는, 허공에 띄워놓은 등처럼 도무지 이승의 것 같지 않은 정경이었다. 봄의 이른 아침, 혼자 바라보는 흰빛은 슬프고 화려하고 예감처럼 비밀스러웠다. 오래전에 꾼 꿈처럼 내용은 기억나지 않으나 너무도 친숙하고 익숙한 이 느낌의 정체는 무엇일까. 그 쓸쓸한 흰빛이 물처럼 온몸을 적셔와 한숨을 내쉬며 나는 보았다. 미처 덜 핀 꽃 한 송이가 고속촬영의 필름에서처럼 서서히 벌어지며 피어나는 것을. 맑고 투명한 탄성으로 터지는 것을. 나는 숨이 막히는 듯한 전율에 몸을 떨며 외쳤다. 꽃이……

"이게 무슨 냄새야? 밥 태우잖아."

나의 외침은 방에서 나오며 코를 킁킁대는 남편의 말에 지눌려 쑥 들어갔다. 가스레인지는 흘러넘친 밥물로 홍건하고 솥에는 생쌀만 오르르 남아 새까맣게 타버렸다. 뒤적거려봐야 소용없었다. 식구들의 아침밥을 굶기게 된 주부의 꼴처럼 비루한 모양도 드물 것이다. 출근과 등굣길이 바쁜 남편과 아이들은 뻣뻣한 식빵을 한 입 베물다 말고 찬 우유 한 컵씩만 마신 채 부루퉁한 낯으로 집을 나갔다.

집 안은 갑자기 가위눌린 듯 조용해졌다. 솥 안에 새까맣게 눌어붙은 밥을 숟가락으로 긁어내다가 난데없이 후룩 눈물이 떨어졌다. 슬프다거나 참담하다거나 따위 자극적인 감정의 작용이 없는데도 그랬다. 눈물이 어린 눈에 환시처럼, 착시현상처럼 피어오르던 목련이 떠올랐다. 아마 지금 굳이 그 꽃을 찾아보려 해도 다른 꽃들과 구별할 수 없을 것이다. 한 송이 꽃이 피어나는 그 운명적인 시간이 내 존재의 한순간과 만나 섬광처럼 부딪치고 사라졌다. 인생의 꿈이나 그리움이라는 것도 그러한 것인가.

소음공해

집에 돌아오자마자 뜨거운 물로 샤워를 하고 실내복으로 갈아입었다. 목요일, 심신장애자시설에서 자원봉사자로 일하는 날은 몸이 젖은 솜처럼 피곤하고 무거웠다. 그래도 뇌성마비나 선천적 장애로 사지가 뒤틀리고 정신마저 온전치 못한 아이들을 씻기고 함께 놀이를 하고 휠체어를 밀어 산책을 시키는 등 시중을 들다 보면 나를 요구하는 곳에서 시간과 힘을 내어 일한다는 뿌듯함이 느껴졌다. 고등학생인 두 아들은 아침에 도시락을 두 개씩 싸들고 가서 밤 11시나 되어야 올 것이고 남편은 3박 4일의 출장 중이니 저물어도 서둘 일이 없었다. 더욱이 나는 한나절 심신이 지치게 일을 한 뒤라 당당히 휴식을 즐길 권리가 있다. 아이들은 머리가 커져 치마폭에 감기거나 귀찮게 치대는 일이 없이 '다녀왔습니다' 한마디로 문 닫고 제 방에 들어앉기 마련이지만 가족들이 집에 있을 때는 아무리 거실이나 방에 혼자 있어도 혼자 있다는 기분을 갖기 어려웠다. 사방 열린 방에서 두 손 모두어 쥐고 전전긍긍 24시간 대기하고 있는 형국이었다. 거실 탁자의 갓등을 켜고 커피를 진하게 끓여 마시며 슈베르트의 이르페지오네 소나타를 들었다. 첼로의 감미로운 선율이 흐르고 나는 어슴푸레하고 아득한 공간, 먼 옛날로 돌아가는 듯한 기분에 잠겨들었다. 몽상과 시와 꿈과 불투명한 미래가 약간은 불안하게, 그러나 기대와 신비한 예감으로 존재하던 시절, 내가 이러한 모습으로 살아가리라는 것은 상상할 수도 없었던 시절로.

사람이 단돈 몇 푼 잃는 것은 금세 알아도 본질적인 것을 잃어가는 것에는 무감각하다던가? 눈을 감고 하염없이 소나타의 음률에 따라 흐르던 나는 그 감미롭고 슬픔에 찬 흐름을 압도하며 끼어든 불청객에 사납게 눈을 치떴다. 드륵드륵드르륵, 무거운 수레를 끄는 듯 둔탁한 그 소리는 중년 여자의 부질없는 회한과 감상을 비웃듯 천장 위에서 쉼 없이 들려왔다. 십 분, 이십 분. 초침까지 헤아리며 천장을 노려보다가 나는 신경질적으로 전축을 껐다. 그 사실적이고 무지한 소리에 피아노와 첼로의 멜로디는 이미 소음에 지나지 않았다. 하루 이틀의 일이 아니었다. 위층 주인이 바뀐 이래 한 달 전부터 나는 그 정체 모를 소리에 밤낮없이 시달려왔다. 진공청소기 소리인가, 운동기구를 들여놓았나, 가내공장을 차렸나. 식구들마다 온갖 추측을 해보았으나 도무지 알 수 없는 일이었다. 도깨비가 사나 봐요, 롤러스케이트를 타는 도깨비. 아들 녀석이 처음에는 머리에 뿔을 만들어 보이며 히히덕거렸으나 자정 넘도록 들려오는 그 소리에 드디어 짜증을 내기 시작했다. 좀체 남의 험구를 하지 않는 남편도 한 지붕 아래 함께 못 살 사람들이군, 하는 말로 공동생활의 기본적인 수칙을 모르는 이웃을 나무랐다. 일주일을 참다가 나는 인터폰을 들었다. 인터폰으로 직접 위층을 부르거나 면대하지 않고 경비원을 통해 이쪽 의사를 전달하는 간접적인 방법을 택한 것은 상대방과 자신에 대한 품위와 예절을 지키기 위해서였던 것이다. 나는 자주 경비실에 전화를 걸어, 한밤중 조심성 없이 화장실 물을 내리는 옆집이나 때 없이 두들겨대는 피아노 소리, 자정 넘어서까지 조명등 켜들고 비디오 찍어가며 고래고래 악을 써 삼동네 잠을 깨우는 함진아비의 행태 따위가 얼마나 무교양하고 몰상식한 짓인가 등등을 일깨워주었다. 그러고는 소음공해와 공동생활의 수칙에

165

대해 주의를 줄 것을, 선의의 피해자들을 대변해서 강력하게 요구하곤 했었다. 직접 대놓고 말한 것은 아래층 여자의 경우뿐이었다. 부부싸움을 그만두게 하라고 경비실에 부탁할 수는 없는 것이 아닌가. 남편이 오퍼상을 한다는 것, 돈과 여자 문제로 부부싸움이 잦다는 것은 부엌 옆 다용도실의 홈통을 통해 들려온 소리 때문에 알게 된 일이었다. 홈통은 마이크처럼 성능이 좋았다. 부엌에서 일을 힐라치면 남자를 향해 퍼붓는 여자의 앙칼진 소리들을 싫어도 들을 수밖에 없었다. 엘리베이터에 단둘이 타게 되었을 때 나는 여자에게, 부엌이나 다용도실에선 남이 알면 거북할 얘기는 안 하는 게 좋다고 조용히 말했다. 여자가 자꾸 남편의 자존심을 건드리고 약점을 잡아 몰아대면 남자는 더욱 밖으로 돌기 마련이라고, 알고도 모르는 체 속아주기도 하는 게 좋을 때도 있는 법이라는 충고를 덧붙인 것은 나이 많은 인생 선배로서의 친절이었다. 여자는 차갑게 굳은 얼굴로 명심하겠노라고 말했지만 다음부터는 인사는커녕 마주치면 괴물을 보듯 아예 고개를 돌려버리곤 했다.

위층의 소리는 멈추지 않았다. 드르륵거리는 소리에 머리카락 올이 진저리를 치며 곤두서는 것 같았다. 철없고 상식 없는 요즘 젊은 엄마들이 아이들에게 집 안에서 자전거나 스케이트보드 따위를 타게도 한다는데 아무래도 그런 것 같았다. 인터폰의 수화기를 들자 경비원의 응답이 들렸다. 내 목소리를 알아채자마자 길게 말꼬리를 늘이며 지레 짚었다. 귀찮고 성가셔하는 표정이 역력히 떠올랐다.

"위층이 또 시끄럽습니까? 조용히 해달라고 말씀드릴까요?"

잠시 후 인터폰이 울렸다.

"충분히 주의하고 있다고 염려 마시랍니다."

경비원의 전갈이었다. 염려 마시라고? 다분히 도전적인 저의가 느껴지는 전언이었다. 게다가 드륵드륵 소리는 여전하지 않은가. 이젠 한판 싸워보자는 얘긴가. 나는 인터폰을 들어 다짜고짜 909호를 바꿔달라고 말했다. 신호음이 서너 차례 울린 후에야 신경질적인 젊은 여자의 응답이 들렸다.

"아래층인데요. 댁이 그런 식으로 말할 건 없잖아요? 나도 참을 만큼 참았다구요. 공동주택에는 지켜야 할 규칙들이 있잖아요. 난 그 소리 때문에 병이 날 지경이에요."

"여보세요. 난 날아다니는 나비나 파리가 아니에요. 내 집에서 맘대로 움직이지도 못하나요? 해도 너무하시네요. 이틀거리로 전화를 해대시니 저도 피가 마르는 것 같아요. 절더러 어쩌라는 거예요?"

"하여튼 아래층 사람 고통도 생각하시고 주의해주세요."

나는 거칠게 수화기를 내려놓았다. 뻔뻔스럽긴. 이젠 순배짱이잖아. 소리 내어 욕설을 퍼부어도 화가 가라앉지 않았다. 그렇다고 언제까지 경비원을 사이에 두고 '하랍신다', '하신다더라' 하며 신경전을 펼 수도 없는 일이었다. 화가 날수록 침착하고 부드럽게 처신해야 한다는 것은 나이가 가르친 지혜였디. 지난겨울 선물로 받은, 아직 쓰지 않은 실내용 슬리퍼에 생각이 미친 것은 스스로도 신통했다. 선물도 무기가 되는 법, 발소리를 죽이는 푹신한 슬리퍼를 선물함으로써 소리를 죽이라는 메시지와 함께 소리로 인해 고통받는 내 심정을 간접적으로 나타낼 수 있으리라. 사려 깊고 양식 있는 이웃으로서 공동생활의 규범에 대해 조곤조곤 타이르리라.

위층으로 올라가 벨을 눌렀다. 안쪽에서 누구세요, 묻는 소리가 들리고도 십 분 가까이 지나 문이 열렸다. '이웃사촌이라는데 아직 인사도 없이……' 등등 준비했던 인사말과 함께 포장한 슬리퍼를 내밀려던 나는 첫마디를 뗄 겨를도 없이 우두망찰했다. 좁은 현관을 꽉 채우며 휠체어에 앉은 젊은 여자가 달갑잖은 표정으로 나를 올려다보았다.

"안 그래도 바퀴를 갈아볼 작정이었어요. 소리가 좀 덜 나는 것으로요, 어쨌든 죄송해요. 도와주는 아줌마가 지금 안 계셔서 차 대접할 형편도 안 되네요."

여자의 텅 빈, 허전한 하반신을 덮은 화사한 빛깔의 담요
와 휠체어에서 황급히 시선을 떼며 나는 할 말을 잃은 채 슬
리퍼 든 손을 등 뒤로 감추었다.

3

떠
있
는
방

어린아이가 휘황히 불 밝힌 우리 아파트의
창들을 가리키며 말했다.
"아빠, 꼭 별빛 같다, 그치?"
"아냐, 떠 있는 방들이야.
공중에 둥둥 떠 있는…… 무서울 거야."

사십 세

쌓아놓은 이삿짐으로 발 디딜 틈이 없이 어수선한 집을 빠져나오며 활란은 동동걸음을 쳤다. 결혼 생활 십수 년에 셀수 없이 이사를 해온 터이면서도 이사를 앞둔 마음은 어수선하고 허둥대기 마련이었다. 짐은 거의 싸놓았고 나머지는 이삿짐센터에서 맡아서 할 일뿐이라고는 해도 이사 전날의 외출은 내키지 않았다.

아파트 출입문을 막 나서던 활란은 뭔가 눈길을 끌어당기는 바람에 급한 걸음을 멈추었다. 일층 출입문 밖에 빈 백자접시와 술잔들을 얹은 조그만 소반이 눈에 띄었던 것이다. 비록 밖에 놓는 물건이긴 하지만 흠집 하나 없이 깨끗이 닦인 그릇의 모양이나 차림새가, 버린 물건이 아닌, 격식을 갖춘 제기祭器 같다는 섬뜩한 느낌을 주었던 것이다.

볼일을 마치고 아예 저녁 찬거리까지 사들고 집으로 돌아올 때 활란은 아파트 출입구에 낮에까지는 볼 수 없었던 근조 등이 걸려 있는 것을 보았다. 근조 등이나 사자 밥이 놓인 집 앞을 지나가지도 못하던 어린 시절의 무서움은 없었지만 근조 등을 보는 마음은 언제나 놀랍고 서늘하기 마련이었다. 어릴 때의 맹목적인 공포가 삶의 무상감이나 적막감 따위로 빛깔과 무게를 달리하여 가슴을 스치는 것이다.

통로를 함께 쓰는 서른 집 중의 누군가 세상을 뜬 것일 게다. 승강기를 함께 타며 낯을 익힌 사람일지도 몰랐다.

"어느 집에서 상을 당하셨나요?"

마침 주변에서 서성거리는 경비원에게 물었다.

"5층 민씨댁 아주머니예요. 지병도 없고 멀쩡하시던 양반이……. 심장마비래요. 이제 겨우 쉰 살이라는데, 참 사람이 살아 있어도 살았달 게 못 되지 뭡니까?"

활란은 경비원의 대답에 깜짝 놀랐다. 바로 엊그제 아파트 앞에서 보았던 그녀의 모습이 떠올랐다. 화사한 진달래 빛 스웨터를 입고 아파트 화단을 둘러보며 이젠 정말 봄이라거니, 올봄엔 쑥을 뜯어 쑥떡을 해 먹어야겠느니 하는 인사말을 나누지 않았던가.

죽음을 접할 때 순간적으로 느껴지는 것은 친근함과 낯설음이란 이율배반적인 감정이다. 죽음이란 살아 있는 사람에게는 항상 낯설고 돌연한 정서적 파장을 일으키면서 새삼 나 자신도 어느 날엔가 이처럼 죽어가리라는 사실을 일깨워주는 것이다.

'겨우 쉰 살'이라던 경비원의 말이 화살처럼 가슴에 박히는 것을 느끼며 활란은 반사적으로 자신의 나이를 떠올렸다. 마흔 살. 고작 십 년 세월 건너 그 여자는 세상을 버렸다. 노력하지 않아도 느는 건 나이뿐이라는 말처럼 자신도 십 년 후면 쉰 살이 된다. 그리고 쉰 살에도 사람은 얼마든지 죽을 수 있는 것이다. 봄빛이 좋아 화사한 분홍빛 스웨터를 찾아 입었다고 수줍게 웃던 그 여자는 자신의 죽음을 꿈에도 예상치 못했으리라는 사실, 어제와 오늘이 내일로 이어지리라는 의심 없는 인생의 어느 갈피엔가 숨어 있는 복병에 활란은 엄청난 배반감을 느꼈다. 마흔 살이 되기까지 멀고 가까운 사람들의 죽음을 더러 겪었지만 산 사람에게 죽음이란 아무래도 관념일 수밖에 없기 때문일까.

십 년 세월이란 무엇인가. 활란은 지난 십 년을 돌이켜보았다. 걸음마를 배우고 유치원에 다니는 아이들이 자라 중학생과 고등학생이 되었고 단칸 셋방에서 내 집 마련, 그리고 조금씩 아파트 평수를 늘려온 것이 가시적인 성과이고 변화였다. 숨 가쁘게 살아온 생활의 이면에 자잘한 근심과 기쁨과 갈등, 다툼과 화해로 엮어진 세월이기도 했다. 생활에는 마이너스가 없다는 자기 위안으로 불만과 쓰라림을 삭이며 그런대로 자족하며 살아왔다. 인생에 있어 손익 계산이 과연 가능한 일이겠는가.

저녁 밥상머리에서 활란은 말했다.

"5층 아주머니가 별안간 돌아가셨단다. 이제 겨우 쉰 살인데……."

"그래요?"

아이들이 심상하게 받았다. 십 대의 문턱에 막 들어선 아이들에게 쉰 살이란 실감할 수 없이 먼 나이인 것이다. 남편이 안됐다는 표정으로 혀를 찼다.

저녁 설거지를 하며 활란은 자꾸 부엌 창으로 밖을 내다보았다. 문상객인 듯한 사람들이 몇몇씩 무리 지어 자동차에서 내리고 탔다. 단지 분주하고 번잡스러운 분위기일 뿐 망자의 저승길 밝힌다는 곡哭의 습속은 사라진 지 오래였다.

이렇게 살다가 어느 날 문득 가게 되는 것일까. 밥 먹고 잠자고 부지런히 재산을 늘리고 자잘한 근심과 기쁨으로 때로는 막연한 권태와 회의로 언제까지나 이어질 것 같은 나날이 어느 순간, 가던 길이 뚝 끊기듯 중단되는 것. 아이들의 성적 지수에 따라 자신의 기분과 의욕이 달라지고 도시락 걱정, 끼니때의 반찬 걱정, 아파트 평수를 늘릴 궁리, 십 원 지출도 빼지 않고 꼼꼼히 십여 년을 적어온 가계부. 산더미처럼 쌓인 이삿짐 따위 현실을 지배하고 드러내는 갖가지 것들이 덧없는 꿈처럼 생각되었다. 그래서 장자는 '나비의 꿈'을 얘기했던가. 이것이 '나'인가. 활란은 낯선 눈길로 집 안을 둘러보았다.

부모님은 그녀에게 '김활란 박사'를 본받으라는 바람에서 '활란'이라는 이름을 지어주셨다. 그것에는 세상의 빛과 소금이 되라는 의미가 깃들어 있었다.

'김활란 박사'는 부모세대의, 여성으로서 당당히 선 선각자의 표상이었던 것이다. 활란 자신은 어떠했던가. 능력과 분수 이상의 욕망과 욕심에 괴로워하지 않고 자족하며 살아왔지만 먼 세월 저쪽 푸르렀던 날들, 그녀에게도 자신의 이름으로 무엇인가가 되겠다는 꿈이 있었다. 결혼 혼수로 남들과 달리 화장대 대신 책상을 해오고 '자신의 가치에 대한 믿음', '행복에 대한 우리의 권리', '우리는 인생에서 최상의 것을 누릴 자격이 있다는 자존심' 따위의 글들을 열심히 옮겨적던 시절이 있었다. 그러나 그러한 것들은 아이들을 낳고 기르며 가파르게 살아가는 생활 속에서 흐르는 물살에 돌이 닳아지듯 삭아들었다. 그리고 살아온 세월은 욕망과 능력의 구분, 다시 태어난다 해도 이러한 형태로 살 수밖에 없으리라는 자신의 기질, 성질, 욕망의 크기를 알 만큼 철들게 했다.

'참으로 위대한 것은 소박한 것에 있다는 것을 알게 하시고…….' 이것은 그녀가 벽에 써 붙인 맥아더 기도문의 한 구절이었다. 남들이 살아가는 모습을 보면 자신의 앞날이 보였다. 인생의 갈피갈피에 얼마나 느닷없고 예상할 수 없는 복병이 도사리고 있다가 앞을 막고 뒤통수를 치는가를 알기에, 인생에서 모든 것을 얻었다는 만족감은 없었지만 감사하고 겸손하려 애썼다. '나는 죽어 원귀는 안 될 거야'라고 우스갯소리를 할 만큼 스스로 원怨과 한恨은 없다고 생각해왔다. 그러나 이러한 나날들이 인생의 전부일까. 내가 정말 살고 싶었던 것이 이러한 생이었던가. 자신에게 있어 미래란 이미 끝없이 뻗어 있는 길은 아니었다. 벌써 백 년 전 버지니아 울프는 여자가 자신의 일을 하려면 자기만의 방과 연 수입 오백 파운드는 있어야 한다고 역설했었다. 왜 갑자기 까마득히 잊고 있던 그 말이 생각나는 걸까. 자신의 방은커녕 혼수로 해온 책상마저도 아이들 차지가 된 지 오래지 않나.

"짐을 마저 싸지 않고 뭘 해? 밤새울 작정인가?"

남편의 핀잔에 활란이 문득 말했다.

"나도 내 방이 있었으면 좋겠어요."

"식구들 다 나가면 방 세 개, 서른 평이 모두 당신 차지 아닌가?"

물론 그랬다. 식구들이 서둘러 나가고 나면 방 셋이 텅 빈다. 그러나 그것은 그녀가 치우고 쓸고 닦아야 하는 일거리로서의 것이지 그녀가 생각하고 어지르고 꿈꿀 수 있는 방은 아니었다.

"잔금 받은 거야. 잘 간수하라고."

남편이 양복 주머니에서 봉투를 꺼내 건넸다. 집을 팔고 받은 잔금이었다. 내일 아침 새로 이사 가는 집의 주인에게 건네줘야 할 돈이기도 했다. 오천만 원. 큰돈 관리는 남편이 하는 터라 활란으로서는 만져보기 어려운 거금이었다. 봉투를 열어 확인하고 핸드백에 넣다가 꺼내 내일 입을 옷 속주머니 깊이 넣었다. 자신의 건망증이 두려워 다시 꺼냈다. 천만 원짜리 수표 다섯 장을 찬찬히 들여다보았다. 불현듯 한 생각이 떠올라 후루룩 가슴이 떨렸다. 이 돈을 가지고 뒤돌아보지 않고 이 자리에서 그대로 걸어 나간다면? 통속적인 비유로 아마 운명이 바뀌는 게 될 테지. 흐르는 물살처럼 떠밀려온 듯한 생활에서 벗어나 자의적으로 자신의 운명을 바꾸어 새로운 생을 살아본다는 것은 얼마나 통쾌한 일일까. 물론 그 돈을 가지고 집을 뛰쳐나가는 일이야 천만 없으리라는 것을 알면서도 활란은 단지 그 돈을 둘 곳이 마땅찮아 망설이는 양 찬장 서랍에 넣었다가 주머니에 넣었다가 다시 꺼내 떨리는 손으로 세어보곤 했다.

은점이

"어머머, 애가 점이 생겼어요."

방 안에 목욕통을 들여놓고 아이를 씻기던 아내의 호들 갑스러운 소리에 나는 보던 신문을 밀쳐두고 무릎걸음으로 다가갔다. 백일이 지나 이제 제법 살이 통통히 오른 딸년의 오른쪽 볼기짝에 정말 아내의 말대로 백 원짜리 주화만 한 크기의 발그레한 점이 생겨 있었다. 얼핏 보면 살갗이 쓸린 자국 같기도 했으나 분명 엊그제까지도 못 보던 점이었다. 물속에서 아이는 기분이 좋은지 까르륵거리며 발버둥질을 쳤다.

이제 보니 우리 아가가 점백일세, 점순이라고 불러야겠네, 수선스럽게 떠드는 아내의 목소리를 들으며 나는 눈을 가늘게 뜨고 모세관이 얽힌 듯 연한 분홍빛의 점을 살폈다. 그러고는 그게 어디 점이야, 기미지 하고 퉁명스럽게 퉁바리를 놓으며 문득 서글퍼지는 심사로 아이의 천진한 눈을, 천사처럼 무구한 몸을 바라보았다. 이 아이에게도 인생의, 정당하게 할당된 몫인 슬픔과 불행이 있겠지. 그것은 아이의 붉은 점을 바라보면서 어느새 은점이에게서부터 비롯된 점에 대한 나대로의 미신이 슬며시 고개를 든 탓이었다.

내 이름은 은점이야. 그 애가 모기처럼 앵앵대는 목소리로 귓가에 소곤거렸을 때, 나는 그 애의 몸 보이지 않는 곳에 은밀히 숨겨져 있을 점을 떠올리며 속으로 웃었다. 옛사람들이나 시골 사람들은 몸에 점이 있는 아이를 낳으면 흔히 '점' 자를 넣어 이름을 짓는다는 말이 떠올랐기 때문이었다. 그것은 그 애가 별반 바라왔던 아이도 아니고 귀하게 여김을 받지도 않는 자식이라는 암시도 있었다. 그러나 나는 그 애에게 어디에 점이 있느냐고 묻지 않았다. 전쟁 후에 풍미하던, 입술 곁에 만들어서라도 찍던 미인점 말고는 대개의 여자들이 점에 대해 과민성 내지 콤플렉스를 갖고 있다는 것을 알기 때문이다.

은점이는 대학 동기였다. 동기래도 꼭 일 년을 함께 배웠을 뿐이다. 배웠다기보다 묶여 다녔다는 표현이 옳을 것이다. 재수를 한다는 명목으로 2년을 묵다가 들어간 대학이었다. 인생의 외곽이요, 젊음의 뒤안길이라 일컫는, 2년에 걸친 재수 기간 동안 익힌 것은 만사를 시답잖게, 시들하게 보는 눈뿐이어서, 게다가 고등학교 시절에 비하면 이건 사기다 싶을 정도로 강의 시간이 적어 강의실보다 찻집, 술집에서 보내는 시간이 많았다. 끼리끼리 모인다던가? 비슷하게 가난하고 후줄근하고 겉늙은 몇몇이 패를 만들었다. 배가 고프면 으레 학교 부근 시장에서 국수를 먹었다. 시장 안에는 음식점이랄 수도 없는, 다만 긴 탁자에 역시 등받이 없는 긴 나무 의자를 놓고 순대와 잡채, 그때그때 삶아놓은 국수에 멸칫국물을 부어 파는 아주머니들이 꽤 많았다. 국수에는 고춧가루 한 숟갈에 단무지 몇 쪽이 곁들여 나올 뿐으로 지게꾼이나 막벌이꾼, 시장 부근 노점 상인들이 때 없이 들러 한 그릇씩 후루룩 먹고 가곤 했다.

그날도 우리는 국수를 먹으러 갔다. 의자에 앉으려다 한 녀석이 어, 놀란 시늉을 하는 바람에 탁자 맞은편에 앉아 국수 오라기를 말아 올리고 있는 여자를 보았다. 같은 과 여학생이었다. 여학생 중에서도 별나게 키가 작아 우리가 흔히 여학생들을 짚어 '쟨 어떻고, 얜 어떻고' 하는 그 '어떻게'에도 끼지 못하는 아주 평범하고 눈에 띄지 않는 꼬맹이였다.

그 꼬맹이가 혼자 시장바닥에 퍼질러 앉아 국수를 후룩대는 꼴이 좀 딱하기도 하고 민망하기도 했다. 이런 기분이 지배적이었는지 한 녀석이 그 애의 곁에 앉으며 합석합시다라고 말했다. 그 애는 당황한 기색도 없이 연신 국숫발을 말아 올리며 눈을 치떠 말끄러미 우리를 바라보았다. 그러고는 옴찔옴찔 엉덩이를 움직여 자리를 조금 내었다. 미니스커트가 유행하던 시절이어서 초등학교 저학년처럼 무릎뼈가 불거진 볼품없는 다리가 스커트 아래 드러나 있었다. 통성명이나 합시다. 내가 말했다. 입학한 지 얼마 지나지 않았을 때인 데다 워낙 '관심 밖'의 여학생이어서 이름도 몰랐기 때문이다. 그 애가 냉큼 대답했다. 내 이름은 은점이야, 강은점. 맹랑하게도 똑떨어진 반말 짓거리였다.

고춧물이 벌겋게 풀린 국물까지 후룩후룩 말끔히 마시고 나서도 얌전히 앉아 있던 은점이는 우리가 자신의 국숫값까지 치르고 난 후 따라 일어났다. 우리 중의 누구도 은점이에게 '차나 한잔' 청하지 않았는데 어쩌다 보니 찻집까지 동행하게 되었다. 일정日程의 마지막 식순式順인 막걸릿집을 나온 것은 밤 열한 시가 넘어서였다. 한 시간 턱이나 걸리는 막차를 간신히 얻어 탔을 때도 은점이는 옆에 있었다. 집이 어디지? 내가 묻자 은점이는 '조오기'라고 말하며 막연히 창밖을 손가락질했다. 늦은 밤인데도 집에 돌아갈 생각이 없는 듯 마냥 창밖만 내다보는 은점이에게 술 취한 상태에서도 의아심이 들었다. 무슨 속셈인가, 어떤 부류의 앨까. 버스가 멎자 은점이가 일어나 손을 까닥 들어 보였다. 잘 가, 깜박 한 정거장을 더 왔네. 나는 조금 부끄러운 생각이 들었다.

그 뒤 은점이는 으레 우리 패와 동행이었다. 술집에도, 찻집에도, 당구장에도 마침표처럼 따라붙었다. 그리고 우리의 어설픈 주정뱅이 작태를 재미있어 죽겠다는 얼굴로 지켜보았다. 우리 중의 누구도 원하지도, 청한 것도 아닌데 자연스럽게 끼어든 은점이는 점차 우리의 객기가 빚어내는 방만한 행태의 위험 수위를 알리는 계기計器가 되었다. 통금시간까지 술을 퍼먹고 싸움질을 하거나 파출소 신세를 지는 일로 마감했던 마지막 식순은 '은점이 보내기'로 바뀌었다. 은점이는 꼬마이고 여자이고 또 여자는 보호해야 한다는 기사도 정신이 알량한 영웅심의 일익을 담당하고 있었기 때문이었다.

1학기 시험이 끝나던 날, 남학생이 압도적으로 많은 우리 과였기 때문에 종강 파티는 당연히 학교 부근 술집이었다. 종강파티가 끝나고도 우리 패는 학교 주위를 뱅뱅 돌며 2차, 3차를 하다가 모두 머리카락 끝까지 고주망태가 되었다.

열두 시를 오 분쯤 남기고 여관을 찾는 수밖에 없었다.

방을 두 개 잡자고 하자 은점이가 어리둥절한 낯을 했다. 왜들 그래? 창피하게. 그 말이 아니더라도 빈방은 하나뿐이었다. 불을 끄지 않은 건 취한 중에도 은점이를 의식했기 때문이었다.

몇 시나 되었을까. 심한 갈증으로 눈을 떴을 때 손바닥만 한 은점이의 스커트가 옷걸이에 꿰어져 얌전히 벽에 걸려 있는 것이 눈에 들어왔다. 분명 손바닥만 했다. 나는 좀 어처구니없는 심사로 좁은 방에 빼곡히 드러누운 녀석들 틈에서 은점이를 찾아내었다. 벽 쪽에 바짝 붙어 팔베개를 베고 모로 누운 은점이는 마치 울다 잠든 가난한 집 아이처럼 조그맣고 애처로워 보였다. 옆자리에서 잠든 녀석의 베개를 빼어 베어주고 담요 자락으로 드러난 다리를 덮어주며 나는 잠시 은점이의 얼굴을 들여다보았다. 배짱이 좋은 걸까, 터무니없이 천진한 걸까, 우리 중의 아무도 옷을 벗고 잘 생각을 못 했던 것이다.

가을 학기가 시작되고 은점이가 연애를 한다는 소문이 퍼졌다. 상대는 우리 과의 상진이었다. 대구에서 왔다는, 사투리를 몹시 쓰는 녀석이었다. 우리는 어안이 벙벙했다. 그 꼬마가 연애를 하다니. 게다가 늘 우리와 함께였는데 감쪽같이 눈이 맞다니, 언제, 어디서? 그리고 불과 며칠이 지나지 않아 녀석은 은점이를 해치웠다고 떠들어대었다.

그 말을 입증이나 하듯 은점이는 얼마 동안 강의실에 나타나지 않다가 며칠 후 울먹이며 내게 말했다. 그 자식 좀 때려줘. 입 좀 다물게. 우리 패거리는 정말 누이가 겁탈을 당한 듯 분개했다. 학교 뒷산으로 끌고 가서 녀석의 코피를 터뜨렸다. 서너 번 쥐어질리고 모잽이로 뒹구는 녀석은 용렬하고 치시한 놈이었다.

그런데 어쩐 일일까. 은점이는 여전히 녀석과 붙어 다녔다. 자연 우리와는 소원해질 수밖에 없었다. 겨울 방학을 앞두고 은점이가 차였다는 소문과 녀석이 군대에 간다는 소문이 두서없이 나돌았다. 나는 은점이에게, 처녀를 잃었다는 것은 그닥 큰 의미도 없으며 거기에 얽매일 필요가 없다는 것을 회유적으로 암시적으로 말하느라 꽤나 더듬대었다. 물론 이기심의 소치인 줄은 알지만 나 자신 상대가 될 여자의 순결을 절대적으로 들고나오는 터수에 정말 은점이에게 있어서만은 순결의 상실이란 조그만 생채기 정도로밖엔 생각되지 않았다. 아물어버리면 흔적도 없어지는 상처.

겨울이 지나고 봄 학기가 시작되었는데 은점이는 나타나지 않았다. 어떤 의무감 때문에 나는 교무과에서 은점이의 주소를 알아내었다. 주소지 동네를 하루 종일 헤매었으나 허탕이었다. 같은 번지수의 집들이 밀집해 있는 산동네였다.

은점이를 다시 보게 된 것은 4학년 여름 무렵이었다. 교문에서 멀찍이 비켜서 있다가 나를 보자 조르르 앞을 막아섰다. 거의 잊어버리고 있던 탓에 은점이 이름이 가까스로 튀어나왔다. 내가 차나 한잔할까 했더니 은점이는 대뜸 국수를 먹으러 가자는 말로 내가 조심스레 둔 거리를 대번에 지웠다. 그냥 한번 와보고 싶어서라는 것이 은점이가 다시 나타난 이유의 전부였다. 은점이는 그전처럼 벌건 국물까지 다마시고 입가를 닦으며 뱅글뱅글 웃었다.

"경욱 씨, 나 달라진 것 같지 않아?"

"노숙해졌다."

"당연해, 애 엄만걸."

"뭐라구?"

나는 눈이 튀어나올 것만 같았다.

"두 달 전에 제왕절개로 앨 낳았는데 죽을 뻔했어."

이런 꼬맹이도 애를 낳다니 희한하구나 싶었다. 그러고 보니 얼금얼금한 여름 털실로 짠 원피스 속의 몸매가 정돈되지 않고 두리두리했다.

"행복하니?"

스스로 우스운 물음이라고 생각하면서도 꼭 받아두어야

할 다짐 같이 물었다.

"애 엄만걸."

은점이는 담담하게 말했다. 어떤 뜻일까. 행복하다는 뜻일까. 아니면 이 마당에 와서 행, 불행 따져서 무엇 하느냐는 뜻일까?

다음에 은점이가 나타난 것은 군대를 다녀와 출판사에서 밥을 벌고 있을 때니 사오 년이나 후일 것이다. 역시 여름이었다. 편집부의 활짝 열린 문으로 누군가 팔랑 지나가는가 했더니 목소리만 경욱 씨, 하고 날아왔다. 은점이였다.

앞서 길 건너 찻집으로 들어가는 은점이의 머리털이 햇빛에 바랜 듯 누르스름하고 광택이 없이 푸스스하게 목덜미를 덮고 있었다.

"찬 커피?"

은점이 고개를 흔들며 우유로 할래 했다. 그러고는 변명하듯 덧붙였다.

"잠을 잘 못 자."

하도 오랜만이어서 마땅한 말이 생각나지 않았다.

"애는 잘 크니?"

"벌써 유치원이야."

은점이 움푹 눈자위가 꺼진 눈으로 그러나 여전히 천진하게 웃으며 대답했다.

"재미는 어때?"

"어젠 지 서방 애인이 와서 나란히 다리를 묶고 잤어. 셋 중 하나라도 자리를 피하면 타협이 안 된다더군."

나는 '지 서방'이 은점이 남편이리라 짐작했다.

"그 친구 왜 그렇게 시시하게 굴지?"

"다 내 탓이니 때려주라고 부탁도 못 하겠어."

그 '내 탓'의 뜻을 안 것은 다음 해 은점이 다시 나타났을 때였다. 삼복더위에 저보다 더 큰 수박을 안고 온 은점이의 블라우스 겨드랑이가 땀으로 펑 젖어 있었다.

"재미 괜찮아?"

은점이의 물음에 나는 다 남들처럼 사는 거지 뭐, 하고 피식 웃었다. 첫아이를 가진 아내가 입덧이 심해 퇴근 후면 여름 귤을 사러 청과물 시장을 뒤지는 게 일이었다.

"넌 어때?"

"말하자면 쫓겨난 거야. 자기가 그 일을 잊어버릴 때까지 당분간 별거를 해보자더군."

"그 일이라니?"

"학교 다닐 때 상진이하고 있었던 일 말이야."

나는 기가 탁 막혔다. 따귀라도 올려치고 싶었다.

"그 애길 남편한테 했단 말이야?"

나는 소리를 질렀다.

"사실이었잖아. 결혼하기 전에 말했어. 죄책감 때문만은
아니야. 일단 정리하고 편해지고 싶었어. 그런데 이제는 그
저 살아가노라면 이런 시절도 있구나 하는 생각만 들어."

은점이의 얼굴은 달관한 늙은이처럼 온화하고 적막했다.

"너 몇 살이지?"

나는 알지 못할 조바심으로 다그쳐 물었다.

"스물여섯."

"앞으로 어쩔래?"

"잘 모르겠어. 상진이나 한번 만나볼까 해."

"어쩔려구? 칼로 찌를래?"

"에이 그건 소설의 결말이잖아. 인생의 재현이 소설이지,
소설의 재현이 인생인 건 아니잖아. 뭐라고 해줄 말이 한마
디쯤 있을 것도 같애. 아니면 그냥 한번 웃어주고 말든가."

은점이 달음박질쳐 가는 모습을 오래 지켜보며 나는 문득
은점이도 늙을까, 할머니가 되면 얼마나 더 조그마해질까를
생각했다. 수박은 무거웠다. 무춤하게 수박을 안고 출판사의
층계를 한 단씩 올라오며 나는 또 느닷없이 픽 오래전 비좁
고 누추한 여관방의 벽에 단정히 걸려 있던 은점이의 손바닥

만 한 스커트가 떠올라 분명치 않은 비애의 감정으로 가슴이
막혀오기 시작했다.

꽃다발로 온 손님

서른세 번째 생일날 아침, 나는 서른세 송이의 장미가 담긴 꽃바구니를 받았다.

이른 아침 나는 느닷없는 벨소리에 놀라면서도 그대로 자리에 누워 있었다. 벨은 두어 차례 더 울렸다. 나는 눈을 떠서부터 밥을 지어야 할 때까지의, 늑장을 부리며 누워 있을 수 있는 짧은 자유를 방해받은 데 대해 짜증을 부리며 자리에서 일어났다. 이 새벽에 누가 왔담. 남편은 지난밤의 과음으로 곯아떨어져 있었다.

대문 밖에는 낯선 청년이 서 있었다.

"아주머니세요? 꽃집에서 왔습니다."

그는 들고 있던 꽃바구니를 내밀었다. 갓 꺾은 듯 싱싱하게 물기가 돈은 꽃은 미처 봉오리를 열지 않은 채 선연하게 붉었다.

"꽃을 주문한 일이 없어요. 집을 잘못 찾았군요."

나는 짜증기를 감추지 않으며 소리 나게 문을 닫았다.

"분명히 이 댁인데요. 어젯밤 이 댁 아주머니께 배달하라고 하셨어요. 보세요. 약도도 있잖아요?"

청년이 내민 약도에는 약국과 부동산중개사무소를 거쳐 편의점을 끼고 네 번째 집에 화살표가 나 있었다. 주소도 정확했다. 꽃과, 우편함에 꽂혀 있는 신문을 들고 들어오며 나는 곰곰 생각에 잠겼다. 꽃 선물은 뜻밖이었다. 무슨 연유로 누가 보낸 것일까. 생일을 기억하는 건 친정어머니와 남편 정도다. 그러나 친정어머니라면 닭이나, 아니면 쇠고기 두어 근쯤 사들고 오실 게고 남편은 어젯밤 만취가 되어 돌아오지 않았던가. 혹시……. 문득 짚이는 곳이 있었다. 가슴이 후둘거렸으나 급히 고개를 저으며 부엌에 잇닿은 컴컴한 광 속에 꽃바구니를 넣고는 방으로 들어왔다.

그새 잠이 깬 남편이 눈을 치떠 나를 바라보았다.

"신문 왔어요."

나는 신문을 뒤적이는 그의 곁에 다시 누우며 마침 눈에 띄는 흰 머리카락을 뽑았다.

"당신 머리도 벌써 세기 시작하네."

"새치지 뭘."

남편이 출근하고 난 뒤, 그리고 아이를 유치원에 보낸 뒤에 나는 애써 광 쪽을 피해 다니며 빨리빨리 널린 일들을 해치웠다. 그러나 생각은 어두운 광 속에 숨긴 꽃바구니 언저리에서만 맴돌았다. 일을 마치고 긴한 볼일도 없이 몇 군데 전화를 걸어 잡담을 나누고, 그런 다음에야 나는 광 속에서 꽃바구니를 꺼내왔다. 거실 탁자 위에 놓았다가 다시 안방 화장대 위로 옮겼다. 그러다가는 다시 변명이나 하듯 현관 신발장 위에 되는대로 놓았다는 인상이 가게끔 얹었다.

아무래도 기일의 짓임이 틀림없는 것 같다. 대학 시절 그는 내 애인이었다. 누구나 우리가 결혼을 하든가 정사情死를 할 것이라고 여길 만큼 절박하고 요란스러운 연애였다. 그러나 그와 나는 헤어졌다. 그리고 당연히 살아 있다. 나는 결혼을 해서 아이를 기르고 있는 지금, 결혼한 대부분의 여자들이 그러하듯 그것을 젊은 나이에 누구나 겪기 마련인 한때의 사랑으로 편리하게 생각할 뿐이었다. 언젠가 우리의 떠들썩한 연애 사건을 알고 있는 친구가 지나가는 말처럼, 그가 그녀와 같은 아파트에 살고 있으며 세 아이의 아버지가 되어 있더라고 했을 때에도 심상히 들어 넘길 만큼. 그런데 그는 아직 나를 잊지 못하고 있단 말인가. 어딘가에서 항상 나를 지켜보며, 연애 시절 그러했듯 생일날 아침 꽃을 보냈단 말인가. 내게 있어 유일한 '남자분'인 남편은 섬세함이라든가 로맨틱한 감정 따위를 어린애 장난이나 여자 같은 짓쯤으로 우습게 보는 축이었다.

나는 서른 살이 넘으면서부터 나이에 대해 신경질적이 되었다.

나, 예뻐요? 날 어떻게 생각하죠? 그냥 여편네예요? 아니면 여자예요? 아니면 인간이에요?

거의 호소에 가까운 내 물음에 남편은 픽픽 웃었다. 나는 때때로 남편에 대해, 아이에 대해, 그리고 다람쥐 쳇바퀴 돌듯 일상에 갇혀 맴도는 생활 전체에 대해 생각했다. 그것은 흔히 부정적인 결론에 귀착되었고 남들은 체념과 생활에 대한 사랑으로 안정된다는 나이에 나는 무위와 권태감에 빠져 허우적거렸다. 비 오는 날이면 덧창을 활짝 열고 우울하고 무거운 음악을 듣거나 연신 창밖을 내다보며, 우산을 받고 나가면 어느 길목에선가 나를 기다리며 손짓하는 사람과 새롭게 만나질 것 같은 기대로 어린아이처럼 서성대곤 했다.

꽃은 이미 새벽의 싱싱함을 잃기 시작했다. 아마 저녁이면 볼품없이 시들 것이다. 그러나 누가 알랴. 익명으로 보내온 꽃다발이 서른세 살의 여자에게 주는 의미를, 기쁨을, 활력을.

나는 가슴속에 간직한 비밀이, 혹은 부정不貞이 새어 나갈 것을 두려워하여 숨도 크게 쉬지 못하며 거울 앞에서 화장을 시작했다. 평소에는 하지 않던 눈화장도 짙게 했다. 그러고는 어제 시장을 보아왔기에 별반 외출할 일이 없었으나 옷을 갈아입고 집을 나섰다. 만약, 아주 만약에라도 기일이(혹은 그가 아닐지도 모른다) 만나자거나 하면 물론 나는 거절할 것이다. 헤어진 연인을 평생 잊지 못해 연인의 생일날마다 꽃을 보내는 남자가 있다, 그러나 이미 남의 정숙한 아내가 되어 있는 그 여자는 죽을 때까지 꽃다발을 보내는 사람이 누구인지를 모른다는 얘기가 어느 영화에나 소설에 있었던가를 생각하고 잠깐, 나는 한 번도 본 적이 없는 기일의 아내를 동정했다.

나는 시장엘 들러 배고파 돌아올 아이를 위해 햄버거 재료를 사고 남편을 위해 맥주와 과일을 사들고 돌아왔다. 눈에 띄는 대로 새롭고 신선한 것은 무엇이든 많이 사고 싶었다.

남편이 돌아오는 벨소리가 나자 나는 현관 신발장 위에 놓인 꽃바구니부터 서둘러 광 속에 숨겼다. 그리고 조금은 긴장되는 기분으로 남편을 맞았다. 전에 없이 귀가가 이른 남

196

편의 손에는 케이크가 들려 있었다.

"당신 오늘 굉장히 예쁘군……. 그런데 꽃은 받았어? 오늘 새벽에 보내라고 그렇게 당부했는데. 당신 생일이잖아."

나는 목에 가시라도 걸린 듯 대답을 못 하고 고개만 끄덕였다. 길었던 외출에서 쌓인 피로가 비로소 발끝에서부터 몰려오기 시작했다.

아내의 삼십 대

새벽녘, 그는 귓등을 간질이는 나지막하고 간헐적인 소리에 잠에서 깨어났다.

잠이 깨고 나서도 그는 그 소리를 마치 꿈속의 물결 소리인 양 비현실적인 감각으로 느꼈다. 그는 바다에서 기분 좋게 헤엄을 치고 있었던 것이다. 그 소리는 가수假睡 상태에서 들리는 물소리처럼 몽상적이고 감미롭기까지 했다. 그러나 그는 그러한 느낌에 오래 잠겨 있을 수가 없었다. 흐느낌이 점차 현실적인 음향으로 다가왔기 때문이었다.

누군들 지나간 어린 시절, 이불 속의 은밀한 울음을 경험하지 않았으랴만 그는 소스라치게 놀라 이불을 젖혔다.

아내가 울고 있었던 것이다. 그의 손이 닿자마자 머리는 이불 속으로 움츠러들었으나 한결 억제된 울음소리는 계속 들렸다.

아내의 얼굴은 눈물로 흥건히 젖었고 이불깃도 축축했다. 그의 손이 얼굴을 더듬거렸어도 아내는 죽은 듯 꼼짝도 하지 않았다. 울음을 숨기려는 안간힘으로 가슴이 심하게 들먹거렸다. 방의 어둠이 픽 엷어져 있었다. 교회의 새벽종이 울렸다.

"아니 왜 그래? 어디 아파?"

"당신은 내가 몸이나 아파야만 울 이유가 된다고 생각하나요?"

이유야 어떻든 상서롭지 못한 새벽의 곡성을 우선 멈춰놓고 보자는 생각에서 그가 할 수 있는 건 그 말뿐이었다.

하도 오랜만에 대하는 아내의 울음인지라 그는 달랠 방법을 몰라 적잖이 당황했던 것이다.

막내가 감기라더니 병원에 가서 무슨 못 들을 소리라도 들은 건가. 혹은 친정 쪽에 말 못 할 사정이 생긴 걸까. 아니면 어젯밤 술김에 내가 험한 말을 했었나. 그는 곰곰 생각해보았으나 도무지 까닭을 알 수가 없었다.

"나도 몰라요, 내가 왜 그러는지."

아내가 코 막힌 소리로 더듬더듬 말했다. 나이든 여자가 공연히 운다는 것을 그로서는 이해할 수가 없었다. 하긴 사춘기와 갱년기에 이른 여자들은 몹시 감상적이고 눈물이 많아진다고 들었다. 갱년기에 이르면 지나온 인생이 덧없고 앞날이 적막해져 곧잘 비감함과 서글픔에 빠진다고도 했다.

그의 어머니 역시 지겹게도 많은 눈물을 흘리며 힘들게 사십 고개를 넘겼던 것을 그는 기억하고 있었다. 그러나 아내는 그녀의 말을 빌리면 이제사, '꽃피는' 혹은 '물오르는' 삼십 대가 아닌가. 물론 연애 시절이나 신혼 초, 아내는 곧잘 울었다. 서툰 솜씨로 애써 만든 음식을 맛있게 먹지 않아도 눈물을 글썽이고, 사소한 다툼에도 눈이 붓도록 울었다. 그는 아내의 눈물에 무조건 백기를 들지 않을 수 없었다. 명실공히 눈물은 여자의 무기였다. 싸움은 늘 초장에 아내의 눈물 바람으로 말랑말랑해진 그의 무조건 패배로 끝났으나 그는 드디어 눈물의 홍수에 진절머리를 내었다.

싸움은 양상을 달리했다. 그는 큰소리 지르고 아내는 눈을 꼿꼿이 뜨고 쳇소리로 따지고 들었다. 그가 넥타이를 휙 매고 대문 소리 꽈당 요란하게 내고 나가거나 아내가 왈가락덜그락 그릇 소리 요란히 내며 설거지를 하거나 아이들에게 악을 써대는 것으로 화난 것을 시위하며 싸움은 종결되었다. 그러고는 둘 다 부루퉁한 얼굴로 며칠씩 지나는 것이다. 이른바 눈물의 정화작용 화해 과정이 없었다.

오직 이기기 위한 투지에 불타 메마르고 거친 표정으로 대드는 아내에게 그가, 이젠 울지도 않는군, 하고 빈정대면 아내는 내가 왜 울어요? 죄 졌나요? 당신이 먼저 잘못했잖아요, 하고 대거리를 해왔다.

"울지 마. 어려운 문제가 있으면 함께 의논해야지."

그가 볼의 눈물을 닦아주며 부드럽게 말했다.

"당신은 몰라요. 내 문제라면 곧 당신과의 상관관계, 상대적 입장에서만 생각하려 하겠지만 그러지 말고 오해 없이 들어줘요. 난 가끔 미칠 것 같아요. 답답해서 말예요. 목을 조이거나 발을 묶인 것처럼……. 여기가 꽉 막힌 것처럼 숨도 못 쉬겠어요."

아내가 발작적으로 명치끝을 땅땅 두들겼다.

"아침부터 밤까지 동동거리고 집 안팎을 뱅뱅 돌아도 끝나지 않는 일들, 똑같은 나날……."

"사람살이가 다 그런 거지 뭘."

달랜답시고 내뱉은 소리에 그는 아차 싶었다. 그가 아무리 편하게 생각하고 싶어도 신새벽, 느닷없는 아내의 울음은 소녀적 감상으로 보기에는 무언가 절실하고 절박하여 어떤 위기감마저도 느끼게 했던 것이다. 그러나 기왕지사 내친걸음이었다.

"그렇다고 가정을 뛰쳐나가면 자유로워지고 무엇이든 가능하리라고 생각해? 당신이 지금 스무 살인 줄 알아?"

의도와는 달리 조금쯤 야비하게 들리는 그의 말에 아내는 순순히 승복했다.

"그래요. 내가 얼마나 가정을 중히 여기고 아이들을 사랑하는데, 다 팽개치고 나가겠어요? 나간들 뭘 하겠어요? 하지만 가끔 잠든 아이들을 보고 있노라면, 또 정신없이 일을 하다가는 이게 정말 나일까, 인생이 이런 걸까, 이것의 끝은 무엇일까, 매일 하루 세끼의 밥을 먹고 빨래, 청소, 아이들에 대한 걱정, 사는 일에 대한 걱정이 가득 찬 머리로 죽을 때까지 보내야 하나, 생각하면 막연히 슬퍼져요."

아내는 한숨을 쉬었다. 그들이 이십 대였을 때 꿈꾸었던 것은 자유와 사랑과 승화된 예술적 삶이었다. 대학에서 발레를 전공했던 그녀는 죽을 때까지 춤만 추겠노라고 했었다. 그러나 지난 십 년 동안 그들은 세 명의 아이를 낳고 키우며 적당히 늙고 적당히 진부해졌다.

아이들은 미루나무처럼 나날이 싱싱하게 자라고, 우리 아이는 남의 집 아이보다 어딘가 좀 특별나리라는 생각을 키우며 어느 결엔가 자신이 이루지 못한 꿈을 심고 있는 범속한 아비어미가 되어 있었다.

"당신은 내가 외로워하리란 생각을 해본 적이 있나요. 당신의 아내로서가 아닌 독립된 한 인생으로 본 적이 있나요?"

아내는 쓸쓸히 물었다.

"하루 종일 궁둥이 붙이고 앉을 짬도 없이 바쁘다면서 외로울 틈이나 있겠어?"

그가 짐짓 농담조로 되물었다. 하긴 그 자신 아내를 한 여자로서 본 적이 있던가. 한 인간으로서의 그녀의 삶에 대해 겸손한 적이 있었던가. 아내 역시 남편으로서가 아닌 한 사람의 생으로 그를 바라본 적이 있었던가. 서로가 그랬었다면 삶의 양태는 조금쯤 달라졌으리라.

"앞으로도 그렇겠지요. 똑같은 나날의 되풀이, 조그만 일에 기뻐하고 불행해하고……. 딸애가 자라서 훌륭한 발레리나가 되는 막연한 공상이나 하면서 늙어갈 것이 쓸쓸하게 생각돼요."

그렇다면 아직도 아내는 발레리나를 꿈꾸고 있단 말인가. 발레는 이제껏 아내에게, 나무꾼의 아내가 되어버린 선녀의 하늘 옷인가. 아내가 입에 올린 발레리나라는 말이 그에게 묘한 배반감을 느끼게 했다.

"동창회에도 나가고 친구들도 좀 만나라구. 승애도 이젠 제법 건잖아."

"동창회? 아무도 날 알아보지 못할 거야. 이렇게 늙고 뚱뚱해지고……. 입을 옷도 변변히 없는걸."

아내의 푸념이 지극히 현실적인 것 쪽으로 간다는 건 다행이었다. 추상적, 혹은 존재론적인 아내의 고민에 대해서라면 그로서는 속수무책일 수밖에 없기 때문이었다.

"아직 괜찮아. 다이어트를 해봐."

"다이어트?"

아내가 피식 웃었다.

"당신 남긴 것, 아이들 먹던 것, 또 눌은밥까지 다 내 몫인데 다이어트라니. 내가 다이어트를 하자고 들면 음식의 반은 버려야 할 판이에요."

"당신, 너무 살림에만 매달리는 게 내가 보기에도 딱해. 취미생활을 해보지그래."

아내가 다시금 격렬한 기세로 머리칼을 쥐어뜯었다.

"취미로 발레를 해요? 취미로 살림을 하고 애들을 기르고 아내 노릇을 할 수 있나요? 뚱뚱하고 늙은 아마추어 발레리나, 맙소사, 끔찍해라."

"그럼 도대체 어쩌란 말이야?"

"당신이 화를 낼 까닭은 없어요. 당연히 해야 할 일들을 해

나가면서도 나도 사람이니까 때로 답답하고 짜증도 나는 거예요. 당신은 회사 다니는 게 즐겁고 또 즐겁기만 한가요? 피곤하기도 하고 때로는 하루쯤 쉬고 싶기도 하겠지요. 그리고 젊은 날로 되돌아가 뭣이든 새롭게 시작하고 싶기도 하겠지요. 나도 마찬가지예요."

격앙된 어조로 숨 쉴 새도 없이 쏘아대던 아내가 문득 상반신을 일으키며 바깥으로 귀를 모았다.

"아니, 비가 오잖아? 이걸 어째, 엊저녁 빨래를 안 걷었는데……."

울음기가 말짱 가신 생생한 목소리로 내뱉으며 나가는 아내의 몸짓은 흡사 뭍을 향해 헤엄치는 표류자의 그것처럼 결사적인 데가 있었다.

방 안에는 어느새 아침 빛이 가득했다. 후다닥 뛰어나가는 아내의 등에 대고 그는 소리쳤다.

"냉수 좀 줘. 신문도 가져오고……."

그는 우울하고 답답한 대화에서 벗어나게 해준 빗소리에 감사했다. 그러다가 옆자리, 베개에 움푹 팬 아내의 머리 자국을 보고 잠깐 서글픔에 빠졌다.

아내에게 당연히 그가 해주었어야만 했던 말들, 위로의 다독거림을 떠올리고 어차피 평범하게 살아가기 마련인 사람들의 불가능한 꿈이 슬퍼졌던 것이다.

아내가 냉수 그릇과 신문을 머리맡에 놓고 다시 나갔다. 눈 등이 빨갛게 부어올라 있었다.

방문 여닫는 소리, 선잠 깬 아이의 칭얼거림, 아이를 깨워 오줌 뉘는 소리, 마루를 분주히 오가는 아내의 발소리가 잇달아 들렸다. 또 하루가 시작되는구나. 그는 누운 채 덧창을 열고 신문을 펴들었다. 잉크 냄새가 신선하게 코끝을 간질였다.

아내는 부어오른 눈꺼풀을 내리깔고 쑥스러운 듯 그의 눈길을 피하며 아침상을 차릴 것이고 그 역시 새벽의 울음에 대해 더 묻지 않을 것이다.

생활에 있어 거치적거리는 그런 유의 꿈들을, 실은 우리 삶이 얼마나 필요로 하는 것인가를 앎에도 불구하고. 사람은 본질적으로 이기적이며 아내의 느닷없는 울음은 그의 평온하고 무사한 일상에의 적신호이므로. 무릇 대답은 간단한 것이다. 아내는 삼십 대 중반인 것이다.

새로이 시작하기에도, 포기하기에도 어려운.

떠 있는 방

산에서 내려오는 길, 산자락 끝에는 오래된 동네가 있었다. 논밭이든, 산비탈이든 가리지 않고 모조리 메우고 깎아 고층 아파트를 올리는 세태에서 돌아앉듯 안존히 남아 있는, 낮고 낡은 집들이 좁은 길을 사이에 두고 모여 있었다. 살을 빼기 위해, 그리고 정신적 긴장과 활력을 얻고자 하는 기대로 새벽 산행을 시작한 이래 늘상 지나치게 된 동네지만 이른 새벽, 집 앞 길목을 비질하는 가장, 마당의 수돗가에서 물소리를 요란히 내며 세수하는 아이들, 마당에 떨어져 있는 조간신문 따위는 매양 놀라운 신선함으로 다가들어 나는 잃어버린 줄 잊고 있던 물건을 찾은 느낌으로 아 그랬었지, 탄식 비슷한 소리를 중얼거리기 마련이었다. 그곳에서 보면 바

207

로 길 하나 건너 이웃 동네인, 내가 사는 고층 아파트는 거대한 성채처럼 보였다. 높고 번듯하고 각 구멍마다 개별적인 삶이 숨 쉬고 있으리라고는 생각되지 않는.

첫새벽 부산히 깨어나는 가난한 동네의 풍경에는 삶의 원형적인 순결함이 있었다. 십 년 전쯤 우리는 시 변두리의 조그만 집에 살았었다. 동향집이어서 아침밥을 짓기 전 조간신문을 가지러 마당에 나오면 곧바로 떠오르는 해를 만나게 되고 하루는 자연스러운 해맞이로 시작되었다. 남편은 마당을 쓸고 귀한 손님맞이처럼 대문을 활짝 열어놓은 후 집 앞길을 쓸었다. 깨끗이 비질이 된 길은 언제나 미래로 열린 통로처럼 보였다. 아침밥 뜸이 들 즈음 남편은 수돗가에서 세수를 하고, 마당에 떨어져 있는 신문을 거꾸로 들고 저만 아는 소리로 웅얼대며 읽던 아들은 냉큼 아빠의 세숫물을 화단에 뿌리곤 했다. 눈이 많이 내린 다음 날이면 남편은 아들에게 장화를 신기고 함께 눈을 치웠다.

'보아라. 눈은 이렇게 가볍고 하얗고 아름답지. 그러나 쌓이면 무서운 힘이 되어 나뭇가지를 부러뜨리고 집도 무너뜨리는 거란다.'

눈의 무게를 못 이겨 부러진 나뭇가지를 들어 보이며 남편은 말했었다. 환상 혹은 이상과 현실의 영원한 괴리를 말하고 싶었던 것이었을까. 사물과 세상에 갓 눈뜨는 어린 아들에게 무엇이든 가르치고 보여주고 싶은 젊은 아버지의 열정이었던가. 그러나 아들은 이 모든 기억을 잊었나 보았다. 스포크 박사의 육아법에 의존했던 유아기를 지나고 프로이트 이론에 의하면 정신적 외상에 민감한 나이를 넘기자, 유교적 윤리 규범으로 인격의 틀을 만들어야 하잖겠는가 하는 데에 남편과 나는 합의를 보았다. 이 험한 세태에서 우리 스스로 아이의 사표가 될 수 없음을 아는 까닭이었다. 우선『소학』읽기를 권하자 아들은 첫머리의 글귀—물 뿌리고 쓸며, 응하고 대답하며, 나아가고 물러서는 예절—를 읽고는 픽 웃었다. 아파트에 비질할 마당이 있는가. 민주적으로 평등한 평면 공간에서 나아가고 물러서는 예를 갖출 수 있는가라고 건방지게 반문하며.

며칠 전 밤에 이 길을 지나간 적이 있었다. 그때 나는 밤바람을 쐬러 길가에 나앉은 아버지와 어린 아들이 나누는 얘기를 들었다. 어린아이가 휘황히 불 밝힌 우리 아파트의 창들을 가리키며 말했다.

"아빠, 꼭 별빛 같다, 그치?"

"아냐, 떠 있는 방들이야. 공중에 둥둥 떠 있는…… 무서울 거야."

떠 있는 방. 지상으로부터 13층 높이에 떠 있는 우리의 삶. 생활.

아침 산행에서 돌아오면서 아파트 주차장에서 남편을 발견한 것은 뜻밖이었다. 으레 이불 속에서 아침 단잠을 즐기고 있어야 할 그는 연둣빛 화사한 셔츠를 입고 막 차의 시동을 걸고 있는 중이었다. 엊저녁에도 토요일인 오늘 아침 일찍 외출하리라는 언질은 없었다.

"머리 얹어준다나? 난 필드에 나갈 생각까진 없는데 그 녀석들이 성화야. 닥터 박하고 김 사장 말이야. 주말이라 길이 막힐 테니 일찍 떠나자더군."

그쪽 세계에서는 필드에 처음 나가는, 이른바 '데뷔'를 그렇게 말하는 모양이었다. 남편이 조금 쑥스럽고 민망해하는 기색으로 꽁무니 빼듯 급히 차를 몰아 사라진 뒤에도 나는 뭔가 뻥한 기분에서 벗어나지 못했다. 머리를 얹는다고? 머리를 얹는다는 건 동기童妓가 처음 남자를 맞는 의식을 말하는 거라는 통념밖에 없었기에 남편의 입에서 나온 그 말이 생소하고 거북하게 들렸는지도 모를 일이었다. 솔직히 말하면 얼마쯤 부끄럽게. 그렇다면 무엇에 대한 부끄러움인가.

골프라고? 나는 중얼거리며 헛헛하게 웃었다. 며칠 전 남편이 난데없이 연둣빛 티셔츠를 사왔을 때 황당하기는 했었다. 넥타이 하나 자신의 손으로 사본 적이 없었을뿐더러 눈에 띄는 색상이나 차림을 못 견디는 사람이었다. 이제까지의 삶의 형태와 내용에 있어서 '보통 사람'으로 살기를 주장해왔던 것처럼 의복도, 음식도, 생활양식도 중간색의 톤이라야 안심하고 편안해하던 사람이었다. 그것은 그 나름대로 상식의 표현이기도 했고, 건전한 상식과 규범, 정직함을 지키며 산다는 것은 이 사회 구성원으로서 떳떳이 살아간다는 자존심과 자부심의 근거이기도 했다. '이상은 크게, 생활은 검소하게.' 청혼을 하면서 그가 내게 말한 인생의 운영방식에 나는 기꺼이 동의했다. 결혼 후 중학교 교사로 근무할 때 그는 자전거를 타고 다녔다. 집으로 오는 긴 골목으로 미처 접어들기도 전 그는 찌릉찌릉 자전거 벨을 울렸고 아이는 뒤뚱걸음으로 뛰어나가곤 했었다. 그때로부터 얼마나 많은 변화가 있었던가. 엄청난 세월이 흐른 듯 아득하지만 고작 십 년 저쪽의 일이었고 사람의 변모란 결코 갑작스러운 것이 아니었다. 바위가 닳아지듯 안개비에 모르는 새 옷이 젖듯 의식지 못할 만큼 느린 속도로 진행되다가 어느 날 문득 섬뜩한 자각증상으로 나타나는 것이리라. 성장과 늙음이 그러하듯, 잠복기가 긴 만성적인 질환이 그러하듯.

211

남편이 중학교 교사직을 그만두고 기업체에 들어간 것과 변두리의 낡은 집을 팔고 아파트로 이사한 것은 비슷한 시기였다. 아파트 아이들이 뛰노는 공터의 반 이상이 자가용 승용차의 주차장으로 변해버릴 즈음 우리는 소형 중고차를 샀고 도깨비 장난처럼 집값이 요동을 치는 틈을 발 빠르게 활용해서 몇 번 이사를 하는 동안 아파트 평수는 두 배로 늘었다. 몸담아 살고 있는 집에 연연할 필요가 없다는 선배들의 말이 옳았다. 언제나 뒤에는 더 큰 평수가 기다리고 있으니까. 우리가 살던 아파트값이 일 년이 채 못 되어 세 배로 뛰었다는 것을 알았을 때 우리는 드디어 '억만장자'가 되었다고 농담을 했었다.

사는 것이 계단 오르기와 같았다. 계단을 오를 때 한 발을 올려놓으면 다른 한 발은 자동적으로 바로 위 계단을 향한 허공에 떠 있기 마련이고 그 허공에서 잠시 한눈을 팔거나 보폭이 불안하면 영락없이 헛디딤, 추락의 위험이 있는 것이다. 15평에서 20평으로, 30평으로……. 피아노와 승용차, 비싼 가구들을 들이고 고급스러운 음식점에서 드물지 않게 외식을 즐기며 한 계단씩 올라갔고 계단의 높이에 따라 달라지는 생활양식, 풍습에 익숙해지는 것은 옷을 갈아입는 것만큼이나 자연스러웠다. 시골에서 친척이 올라오면 근처 여관을 잡아 재웠다. 남의 집에서 잠자는 불편함을 덜어주려는 배려인 양 했으나 기실 그것은 결코 우리 가족이 아닌 그들에게 일정한 거리, 금을 긋고자 하는 영악한 계산속이었다. 전에는 그리도 흉하고 천박하게 보이던, 슈퍼마켓 부식 가게의 배달 주문도 고객으로서 당연히 받을 권리가 있는 서비스라고 여기게끔 되었다.

'말로만 중산층'이니 '우리는 중산층'이니 하는 비아냥거림이 다분히 느껴지는 소설들도 나오는 모양이고, 집값이 뛰어 모두 부자가 된 듯한 착각에 빠져 무분별한 과소비 생활을 하고 있으나 그것은 근로소득이 아니므로 거품과 같은 환상자산일 뿐이라는 것, 거품이 꺼지면 자신이 부자라는 착각 내지 허위의식에서 참혹하게 깨어나게 되리라는 경고가 귀에 안 들리는 것은 아니었다. 또한 집 안 정리를 위해 멀쩡하지만 쓰일 일은 없는 물건들을 오랜 망설임 끝에 버리게 될 때, 맥주 두 병 담배 몇 갑 고기 한 근 따위를 전화로 주문할 때, 아이에게 오로지 1등을 요구하며 몰아붙일 때, 문득문득 걷잡을 수 없이 무너져 내린다는 위기의식으로 불안해지곤 했었다. 타락에 대한 감수성은 사춘기 시절 강하게 사로잡혔던 금욕주의의 흔적이리라. 그러나 우리나라 국민 1인당 평균 소유 공간이 네 평이니 4인 가족이 16평 이상의 공간에서 사는 건 사치로 볼 수밖에 없다거나 휘발유 한 방울 나지 않는 나라에서 기름도둑인 중형차가 웬 말이냐는 격렬한 성토가 설득력이 있듯, 의식이 족해야 예禮를 안다거나 목숨을 싣고 달리는 자동차이니 묵직하고 튼튼해야 한다는 주장 또한 타당성이 있는 것일 게다.

남편에게 생각지도 않던 골프채가 생긴 것은 지난 한식 성묘 때였다. 성묫길에서 보게 된, 참혹하게 뭉개진 산의 모습에 나는 절로 비명이 나왔다. 산봉우리를 아예 도려내어 산의 속살이 벌겋게 드러나고 아름드리나무들이 베어 넘어지는 골프장 건설 현장이었다. 땅이 목적이면 노동을 하고 운동이 목적이면 등산을 하지 굳이 골프를 해야만 하는가. 골프장을 만드는 사람이나 허가하는 당국이나 나아가 골프를 치는 사람들까지 몰상식하고 부도덕하다는 것이 우리 가족이 이구동성으로 내뱉은 성토의 내용이었다.

골프장에 쏟아붓는 맹독성 농약이 얼마나 땅과 물을 오염시키는가, 자연의 파괴는 생태계의 변화를 가져오고 끝내 인류의 멸망을 가져오리라는…… .

그런데 바로 그날 돌아올 즈음, 큰시숙이 남편에게 골프채 한 벌을 건네주셨다. 당신은 새것을 장만했으니 쓰던 것을 주겠노라고 하시며 중년 이후 몸에 무리가 가지 않으면서 충분한 운동이 되는 건 골프 이상이 없노라고 덧붙였다. 주신 마음이 고마워 받긴 하되 언제 골프채를 휘두르게 되랴 하는 건 남편도 나와 마찬가지 마음이었을 것이다. 자전거를 타고 다닐 때 자가용 승용차에 대해 그러했던 것처럼 '보통 사람' 인 우리는 골프에 대해 국민적 차원의 비판과 위화감을 갖는 게 사실이었고 그것이 우리 나름의 상식과 도덕감의 마지막 선이었다. 골프채가 든 가방은 시숙에게서 건네받은 이후 한 달 넘어 베란다에 방치되어 있었다. 그러나 처치 곤란한 짐 을 맡았다는 듯 시큰둥한 기색이던 남편은 드디어 닥터 박과 김 사장의 강권에 못 이겨(?) 인도어에 나가기 시작했다. 비 싼 물건 썩힐 게 뭐냐, 골프란 좋은 운동이다, 이젠 정말 건 강에 신경 쓸 나이이고 골프가 특수층의 사치라는 건 옛말이 다, 대중 스포츠로 뿌리내리고 있다 등등 여러 말로 권한 것 도 사실이리라.

"아빠는 어딜 가셨어요?"

아침 식탁에서 아들이 남편의 빈자리를 보며 물었다. 나는 필드에 나가셨다는 말을 하기 어려워 애매한 표정으로 고개 를 흔들었다. 모든 것에 비판적 시선을 보내기 마련인 나이 의 중3짜리 아들은 골프장 건설 현장을 가리키며 망국병 운

215

운하던 아빠의 말을 기억하고 있을 것이었다.

"이번 방학에 영어 수학 보충해야겠지? 미리 고1 과정을 떼어놓아야 고등학교에 가서 고생 안 한다더라. 오늘쯤 과외 선생님을 만나게 될지 모르니 독서실로 가지 말고 바로 집에 오도록 해라."

"엄마도 별수 없이 과외병에 걸리셨군요. 그렇게 불안하세요?"

아들이 힐난하는 눈빛으로 바라보았다.

아홉 시가 되자 나는 과외선생을 소개해주기로 한 친구에게 전화를 걸었다. 부재중임을 알리는 녹음 응답이 들렸다. 아침부터 어딜 나갔담. 혀를 찼으나 아침부터 외출할 일이 있는 건 나 역시 마찬가지였다. 은행 일을 보아야 하고 친목계 모임이 있었다. 밖에 나와서도 짬짬이 친구에게 전화를 걸었으나 여전히 부재중이었다.

"아무도 없는 집에서 찬 없는 밥을 혼자 먹을 때면 처량하고 목이 메입디다. 우리라고 늘 찬밥으로 끼니를 때워야 한다는 법이 있어요? 우리가 대접받으려면 제값을 스스로 올려야지요."

친목계원들과 함께 들어간 식당의 모듬회 값이 턱없이 비싸다는 생각이 들었는지 짠순이란 별명의 계원이 변명하듯 말했다.

"그래요. 아무렴 우리가 모듬회 한 접시 값도 못 될까요."

누군가의 응수에 까르르 웃음판이 터졌다. 점심 식사 후 분위기 좋은 찻집에서의 커피 한 잔이 없을 수 없었다. 가장 친근하고 편안한 화제란 아이들 공부, 건강문제, 아파트 분양과 매매, 싼값에 좋은 물건을 살 수 있는 세일 정보 등이었다. 나 역시 일류대학에 들여보내려는 목표 아래 벌써부터 결사적으로 밀어대는 아들이 있고, 세계 제일의 사망률을 보인다는 사십 대 한국 남자와 살고 있는 터이고, 도깨비에게 빚을 얻어서라도 땅이든 집이든 '물건'을 잡아두어야 한다는 물정쯤은 알고 있었다. 그린벨트에 묶인 땅 매입의 전망, 쇠뜨기 풀과 소변에 담근 오리 알의 신묘한 약효 등 온갖 정보와 민간 건강요법이 중구난방으로 튀어나왔다. 떡 본 김에 굿한다고 찻집을 나와 세일하는 백화점까지 들러 돌아오니 하루해가 겨웠다. 어수선한 집 안을 대강 치우고 친구에게 다시 전화를 걸었다. 급한 것은 내 쪽인지라 '종일 어딜 돌아다녀 통화할 수 없었느냐'고 성마른 핀잔을 내뱉었으나 그녀의 대답은 느긋하고 심상했다.

"나, 매일 나가는 거 몰랐어?"

"너 취직했구나. 잘 했다. 무슨 일을 하니?"

아이들이 크니 갑자기 할 일이 없어진 것처럼 시간이 무료하다고, 대학 때의 전공을 살려 시간제 일이라도 할 곳을 찾노라던 말을 떠올리며 나는 대뜸 반색을 표했다.

"영원한 취직이야 버얼써 했지. 직장에 매어 출퇴근해야만 일을 한다고 생각하니? 그런 의식이 문제라구. 오늘 바빠서 혼났어. 요즘 주부들이 얼마나 안팎일로 바쁘게 뛰는데 그러니? 집 안에 들어앉아 살림 잘하고 애 기르는 게 일등 주부라는 건 옛말이야. 지금은 정보사회야. 진취적이고 적극적인 사고로 사회에 뛰어들어 새로운 정보를 입수하고 지식과 기술을 배워야 해. 우리 어머니들처럼 살면 시대에 뒤떨어져 늙기도 전에 퇴물이 되고 말아. 여태껏 우리는 가족에게 24시간 대기조로 봉사를 해왔지만 이젠 우리 자신의 발전과 성숙을 위해 시간과 돈을 써도 되잖아? 오늘 문화센터 교양강좌 등록해서 첫 강의를 들었어. 20년 만에 수업을 받으려니 엉덩이도 배기고 허리도 아프지만 새로이 학생 신분이 되어 뭔가 배운다는 게 얼마나 신선하고 좋은지 몰라. 물론 정신없이 바쁘겠지만 말이야."

짧은 통화에서 거듭 쏟아지는 바쁘다는 말에 나도 덩달아 숨이 차는 느낌이었고 무능한 여자나 9시 이후에 집에 있는 거라는 말에 도리 없이 쓴웃음이 나왔다. 긴치 않은 일로 하루 종일 돌아친 자신의 모습이 돌이켜뵈어서였다.

늦은 저녁 아들과 남편이 앞서거니 뒤서거니 귀가했다.
아들은 아침과는 달리 박박 깎은 알머리의 동승 같은 모습
이었다.

"동정童貞을 잃었구려."

불빛 아래서도 알아보게 얼굴이 그을려 돌아온 남편에게
툭 한마디 내뱉은 것은 삭도로 민 듯 시퍼런 아들의 알머리
에서 받은 충격 때문이었을 것이다. 본시 엉뚱한 짓을 잘하
는 아이이고 머리칼을 밀어버리고자 하는 것은 기르고자 하
는 것과 본질적으로 같은 뿌리의 욕망이라는 것, 자라나는
한 시절 순결하고 청정한 열정의 안간힘이라는 것을 알면서
도 내게는 아이의 푸릇한 알머리가 지표를 잃고 부유하는,
떠 있는 방에 대해 던지는 신선한 야유처럼 보였던 것이다.

맞불 지르기

남편은 토요일인 어젯밤, 아니 오늘 새벽 두 시에 고주망태가 되어 귀가했다. 인사불성 상태에서 넘어졌는지 부딪쳤는지 바지 무릎 부분이 찢기고 왼쪽 볼에 심하게 긁힌 자국을 낸 지 일주일도 안 된 터였다. 그때도 다시 술을 마시면 성을 갈겠노라고 돌아가신 부모님까지 쳐들어 맹세를 했던 것이다. 엊그제는 문상을 가서 늦도록 있느라 술을 피할 수 없었다고 했다. 아침에 풍치가 솟느니 몸살 기운이 드느니 하더니 오늘은 또 무슨 불가피한 제목의 술이란 말인가.

겉옷과 양말을 벗기며 내가 작심사흘이니 의지박약이니 하며 거칠게 나무라자 남편의 대꾸는 예외 없이 '당신은 남자를 몰라'였다. 생존경쟁이 치열하다지만 가족을 먹여 살린다는 짐을 진 남자가 자기뿐인가. 취한 중에도 세상 짐을 혼자 진 듯 비장하게 내뱉는 것이 우스웠다. 술 좀 그만 마시라거나 건강을 생각해서 아침 등산이라도 하라거나, 사춘기에 접어들며 매사 불만이고 호시탐탐 반항하려 드는 아들에게 신경을 좀 쓰라고 말하면 그의 대꾸는 한결같이 '당신은 남자를 몰라'였다. 하긴 아들 없이 딸만 셋인 집에서 더욱이 일찍 아버지를 여의어 홀어머니 밑에서 큰 내가 술꾼에 대해서라면 몰라도 어찌 남자에 대해 안다고 할 수 있겠는가.

막내딸인 내가 일곱 살 때 돌아가신 아버지의 모습은 희미하게 바래졌지만 성격이 깐깐하고 까다로운 분이었다는 말은 어머니로부터 누차 들어왔다. 할머니 역시 성정이 불같이 급하고 대센 분이었다고 했다. 시집살이가 고되어 여자로 태어난 억울함, 아들을 못 낳은 설움이 컸던지 어머니는 우리 자매들을 기르며 약사, 선생, 간호사 등 확실한 평생 직업을 갖고 남자 못지않게 자유롭게 살라고 귀에 못이 박이도록 말씀하셨다.

세상만사 내던지듯 네 활개를 펴고 드렁드렁 코를 고는 남편을 밉살스럽게 흘겨보며 기껏 술꾼의 마누라로 속절없이 일생을 보내려고 가난한 어머니를 고생시키며 대학공부를 했던가 한탄했다.

결혼 초부터 술에 대한 그의 심상치 않은 애호를 의심했어야 했다.

그러나 활명수만 마셔도 얼굴이 홧홧하게 달아오르고 가슴이 벌렁거리는 체질의 내가 어찌 술꾼의 포즈, 습관적인 과대망상, 허장성세를 상상할 수 있었겠는가.

말끝마다 남자를 아느냐고, 남자들이 살아야 하는 세계의 치열함과 외로움을 아느냐고 비장한 폼을 잡는 당신은, 그렇다면 여자를 아는가. 여자들이 살아야 하는 세계의 답답함과 폐쇄성, 그리고 숨은 불씨처럼 때때로 참을 수 없는 자기 모멸감과 은밀한 탈출의 꿈틀거림을, 바람 센 날이면 젖은 머리 말리는 척 창문을 활짝 연 베란다에 서서 긴 머리칼을 하염없이 날리며 밖을 내다보는 것, 낙엽 쌓이는 가을 길, 눈 내리는 겨울 바다를 보고 싶어 하는 것 따위를 당신은 유치한 소녀적 감상이라고 비웃지만 그것이 이미 어찌해볼 수 없는 삶의 절망감, 생활에 대한 회의의 조용한 표현인지를 모를 것이다.

나는 자신이 인간에 대해 잘 모른다는 것쯤은 알고 있다. 그러나 은혜 모르는 건 머리 검은 짐승뿐이고, 사람은 동물이되 거짓말을 할 줄 아는 유일한 동물이라는 것쯤은 안다. 남자의 세계, 그 어려움과 외로움에 대해서는 모르지만 십여 년을 함께 산 남편이 상황과 편의에 따라 폭군과 아들의 배역을 적절히 임의로 연출하려 든다는 것, 집에서 아무리 치열한 싸움판을 벌였어도 문을 나서는 순간 까맣게 잊어버리고, 점심을 뭘 먹을까에 대해 세 번쯤은 생각하고 땅거미가 질 무렵이면 술 생각으로 목이 칼칼해진다는 것쯤은 안다. 또한 '주색잡기'를 한데 묶어 한 단어로 쓰는 것은 잘못이라는 것을 안다. 진짜 술꾼이라면 결코 '주'와 '색잡기'를 병행하지 않는다는 것이 술꾼 마누라 십여 년에 얻어낸 결론이다. 술이 좋아 사람이 술을 마시고 술이 술을 마시고 술이 사람을 마시는 판에 어찌 다른 짓을 생각할 겨를이 있겠는가.

술을 끊게 하려고 비방을 얻어 약을 지어 먹였더니 죽어버리더라던가, 호랑이 뼈를 갈아먹고, 심지어 사람 뼈를 먹였다던가 하는 황당하고 엽기적인 얘기들을 떠올리며 한숨을 푹푹 쉬다가 밖으로 나왔다. 해장국거리라도 사올 요량이었다. 아파트 입구 가게 앞에서 아랫집 영이 엄마를 만났다.

"현이 아빠, 약주 많이 하셨지요? 잘 들어가셨나요?"

나를 보고는 유난히 반색을 하며 호호 웃더니 귓속말로 소곤거렸다.

"오늘 새벽에 글쎄, 우리 옆 통로, 삼사 호 라인 있잖아요. 철이네 집 말예요. 현이 아빠가 그 집 벨을 눌러서 철이 엄마가 잠결에 열어주고는, 남편이 또 고주망태구나 싶어 그냥 방으로 들어가 잤대요. 그 집 아빠가 술고래인 데다 철이 엄마가 술 냄새를 너무 싫어해서 취해 들어오면 방에 들이지 않는 까닭에 그냥 마루에서 자는 습관이래요. 그런데 뒤늦게 철이 아빠가 들어와서는 마루에서 주무시는 현이 아빠를 깨워서 한바탕……."

숙꾼들끼리는 그래도 양해가 되는 보양이라는 말을 채 듣지 않고 나는 슈퍼로 들어갔다.

"소주 잇쇼드리 한 병 주세요."

잇쇼드리. 다짜고짜 내 입에서 나온 것은 이십여 년 동안 까맣게 잊고 있던 말이었다. 우리집 아랫방에 세 들어 살던 상이군인은 늘 벌겋게 취한 얼굴로 어린 딸에게 '잇쇼드리'를 사오라고 고함을 치곤 했었다.

"과일주를 담그시려나 봐요."

주인이 진열대 구석에서 먼지를 뒤집어쓰고 있는 됫병짜리 소주를 꺼냈다. 해장국거리를 사려 했던 부식가게 앞을 흥, 코웃음을 치며 지나쳤다. 벌써 아파트 안에 쫙 소문이 퍼졌을 것이다, 눈에는 눈, 이에는 이, 사생결단, 백병전을 벌이는 거다. 소금 한 접시와 소주병을 들고 남편이 누워 있는 방으로 들어갔다. 진짜 술꾼은 안주를 먹지 않는다고 했다. 옛

224

날의 그 상이군인도 소금을 안주로 해서 소주를 마셨더라는 기억이 떠올랐다. 문 열리는 기척에 눈을 뜬 남편이 소주병을 보고는 놀라 일어났다. 나는 무겁게 병을 쳐들어 소주를 입에 부어 넣었다. 남편의 눈이 커다래졌다.

"무슨 짓이야? 당신 그거 물이지? 나 겁주려고 공갈치는 거지? 죽으려고 그래?"

"삣치면 되받아친다는 수가 바둑에 있던가, 『손자병법』에 있던가……."

뱃속이 뜨겁게 달아오르자 남편의 얼굴이 돈짝만 하게, 솥뚜껑만 하게 멀어지고 가까워지며 나는 자꾸 비실비실 웃음이 나왔다.

결혼반지

일요일 낮, 우리 부부는 육촌 조카의 결혼식에 참석하기 위해 집을 나섰다. 길이 막힐 것을 예상하고 충분히 시간을 잡았건만 식장에 도착했을 때는 이미 예식이 시작된 뒤였다. ……두 사람의 애정과 믿음이 금강석처럼 단단하고 변함없으리라는 표시로……. 주례의 지시에 따라 신랑신부가 반지를 교환하자 예식은 이미 파장 분위기였다. 훈계와 덕담으로 일관된 주례사를 듣는 둥 마는 둥 장내는 결혼식을 빌미로 해서 오랜만에 만난 사람들의 수인사와 객담으로 술렁대었다.

"색시 집에서 혼수품을 엄청나게 많이 하는 바람에 다이아를 5부로 준비했다가 캐럿으로 바꿨다지 뭐예요? 뱁새가

황새 따라가다 어쩐다는 식으로, 있는 집하고 혼사 맺는 것
도 힘들다고 신랑 엄마가 속을 태웁디다. 다이아로 목걸이
귀걸이 반지 세트를 했는데……."

옆자리에서 수군거리는 초로의 부인네들은 육촌 동서의
친구들인 모양이었다. 세태 따라 결혼식 풍습도 달라지는가.
신부가 걸어 들어가는 통로 양옆으로 생화 카네이션 송이들
이 흐드러지게 깔리고 신부가 입은 드레스는 어느 여왕의 대
관식 의상이 그러하랴 싶으리만치 호화롭고 우아했다. 식사
를 곁들인 예식이 끝나고 나니 어느새 짧은 늦가을 해가 설
핏했다. 모처럼 남편과 함께 나온 길이고 가까운 백화점에서
세일을 한다는 정보를 염두에 두었던 터라 나는 내키지 않아
하는 남편을 이끌고 얇은 털조끼와 모직 바지를 샀다.

"요샌 결혼식 풍속도 달라지는 것 같아요. 훨씬 호사스럽
고 화려하고……."

신부의 드레스며 크고 화사한 부케, 꽃길 등을 떠올리며
내가 말하자 남편은 "쓸데없는 허례허식이고 과소비 풍조
야" 한마디 하고는 입을 다물었다.

돌아오는 길도 예외 없이 복마전이었다. 근 한 시간 반을
차 안에 갇혀 있는 동안 나는 내내 뒤틀리는 심사를 다스리
기 어려워 명치끝이 뭉친 듯 불편했다. 오랜만에 멀고 가까

운 친척들을 만나 반가웠고, 만족할 만큼 싼값에 좋은 물건을 샀다. 가을 날씨 또한 더없이 좋았다. 그런데 이유를 꼭 집어낼 수 없이 편편찮은 심사는 무엇인가.

식구들대로 각각 한껏 게으름을 피우는 일요일인 데다 결혼식 시간에 대기 위해 제대로 치우지 않고 나간 집 안은 어수선하기 짝이 없었다. 아이들끼리 차려 먹고 그대로 둔 점심 식탁을 치우며 찌증기 가득한 얼굴로 아이들을 나무라는데 어느새 옷을 갈아입은 남편은 거실 소파에 길게 누워 텔레비전을 틀었다.

"집이 제일 편하다니까. 일요일은 피해서 결혼식이 있었으면 좋겠어."

"대강 치운 담에 누워요. 지저분한 게 보이지도 않우?"

나는 그가 깔고 누운, 소파 위의 신문을 빼내며 눈을 흘겼다. 비뚤어진 것, 흐트러진 것을 못 참고 자기주장이 유난히 강하던 남편이었다. 그와 반대로 나는 털털하고 덤벙대는 데다가 성질이 몹시 급한 편이어서 충돌이 잦았다. 그런데 제아무리 사나운 성질도 사십 고개 넘으면 한풀 꺾이기 마련이라던 어머니의 말씀이 맞았던가. 마흔이 넘자 싸울 일이 없어졌다. 남편은 월급봉투부터 아이들 교육 문제, 집을 사고파는 일에 이르기까지 '당신 뜻대로' 따르겠노라는 순한 양이 되었다. 삼십 대 후반까지의 치열한 싸움이 결국 이러한 형태의 평화를 위한 것이었던가. 중년에 이른 우리 친구들끼리 하는 말—젊어서는 제왕 노릇을 하더니 늙어가면서는 아들 노릇까지 하려 든다거나, 노후가 걱정되어서라도 마누라한테 잘 보여야지 자칫하면 늘그막에 찬밥 신세가 된다는 걸 남편들 자신이 깨닫기 때문이라거나—도 있고 싸움이 없는 상태가 편안하기는 해도, 그것이 정열과 서로에 대한 기대가 없어지는 늙음의 과정인가 생각하면 쓸쓸해지기도 하는 터였다. 그런데 오늘따라 남편의 느긋하고 무심한 몸짓이 왜 이리 무책임하고 무기력한 소치로 보이는 건지.

"뭐 좀 시원한 거 없어? 음식이 짰나. 자꾸 갈증이 나는군."

남편이 길게 기지개를 켜며 말했다. 나는 과일을 꺼내 깎으며 아이들을 불렀다. 아이들을 바라보는 그의 눈빛이 부드럽고 정겨웠다. 나는 그 뜻을 충분히 알았다. 막 결혼한 한 쌍의 부부를 보고 온 터라 새삼 우리의 결혼 무렵이 돌이켜 보여지고 어느새 열여섯과 열네 살 아이들의 부모가 되어 있는 우리 자신이, 또 여름날의 미루나무처럼 싱싱하게 자라는 아이들이 신기하고 대견한 것이리라. 냉장고에서 꺼낸 배는 달고 시원했다. 남편은 연신 시원하다, 달다 하며 먹는데 나는 답답하게 뒤틀린 가슴이 풀리지 않았다.

"우리 결혼한 게 벌써 이십 년 가까이 되지? 허 참 어느새……."

"세월이 너무 빨라요. 언니네는 내달이 은혼식이랍디다. 그래서 다이아 일 캐럿짜리하고 모피코트를 해달라고 형부한테 그랬대요."

"당신 언니는 그 허영심이 문제야. 다들 정신이 썩었다구. 그까짓 다이아반지와 모피가 무슨 소용에 닿는다구……."

무심히 내뱉은 말에 남편이 낯색을 달리하며 언성을 높인 것은 뜻밖이었다. 웃던 낯에 침 받은 꼴이 된 나는 무안함을 가리노라 어색하게 웃으며 농담조로 얼버무렸다.

"남의 부부 일에 당신이 왜 흥분을 하우? 내가 해달라면 불벼락을 맞겠네."

"난 다이아몬드가 어떻게 생긴 건지도 몰라. 내 사전에 그런 건 없다구."

"다이아를 본 적도 없다니 그런 새빨간 거짓말 말아요. 당신 큰형수, 작은형수, 막내 제수, 조카며느리들까지 다 꼈습디다. 당신 사전에 없다고 내 사전에서도 빼란 말은 말아요. 오늘 장가간 영우만 해도 그렇지. 그 집 형편이 우리보다 훨씬 못한데도 며느리한테 다이아 세트로 패물을…… 누구는 누구만 못 해서······ 십팔금 반지 하나 얻어 끼고······."

　말이 말을 낳는다던가. 그럴 작정이 아니었는데 녹음기 틀
듯 생각지도 않던 말들이 줄줄 나오고 서러움으로 격양된 감
정에 눈물이 쏟아졌다. 어미의 눈물을 본 딸이 덩달아 눈물
을 글썽이며 아들에게 단호히 말했다.

　"모피코트는 이담에 내가 해드릴 테니 오빠는 다이아반지
를 맡아."

　아들이 슬며시 손을 잡으며 십 년 후에는 해드릴 수 있노
라고 말했다. 나는 이게 바로 코미디로구나 하는 생각에 푹
웃음이 터졌으나 마음과는 달리 눈은 고장 난 수도꼭지처럼
눈물이 멎지 않았다.

　"다이아반지가 그렇게도 소원이면 내 금니빨이라도 빼서
해주지. 당장 같이 나가자구."

　얼결에 앞뒤 헤아리지 않고 언성을 높였다가 뒷수습을 못
한 남편은 당장 나가자는 말과는 달리 안방으로 들어가며 문
을 쾅 닫았다. 남편 쪽에서도 어이가 없었을 테지만 자신이
생각해도 우스운 일이었다. 살아오면서 여지껏 한 번도 다이
아반지를 갖고 싶다는 생각을 해본 적이 없었다. 다이아 타
령을 하며 울고 있는 지금도 그랬다. 보석이란 내겐 그저 빛
이 나고 색깔 고운 돌에 지나지 않았다. 또한 참새 눈곱만 한

다이아 정도 장만하지 못할 정도의 형편도 아니었다. 젊은 시절, 그가 적빈함을 부끄러워하지 않고 당당하던 것이 높고 맑은 기상으로 여겨져 십팔금 반지 하나씩 나눠 낀 결혼이 자랑스럽고 그리 행복하지 않았던가. 그런데 정말 모를 일이었다. 다이아반지를 갖고 싶다는 욕망이 천만 없으면서도, 행여 남편이 사온다 해도 그 길로 되물릴 것이 분명한데도 나이들어가면서 어른 노릇을 해야 할 처지에 결혼식에만 갔다 오면 한바탕 남모를 속병으로 편편찮아지고 심술을 부리고 싶어지는 심사는 나도 모를 일이었다. 다이아반지란, 사랑하는 신부에게 변변한 예물 한 가지 해줄 수 없이 가난했던 남편에게도 역시 부끄러움이고 '아킬레스건'이라는 것을 알 만큼 함께 오래 살아왔으면서도 그랬다.

금연선언

설날 아침, 차례를 지내기 위해 종가인 큰형님 댁에 간 임술 씨는 오랜만에 만나는 일가친척들에 대한 반가움에도 불구하고 예년과는 달리 묘한 소외감에 젖어들었다. 같은 서울 안에 살면서도 명절이나 제사 때 등 기껏 일 년에 한두 차례 만나는 것이 고작인 친지들은 자리에 앉자 으레 담배부터 피워 무는 임술 씨를 마치 미개인 보듯 하였다.

"자네, 아직도 못 끊었나?"

당숙은 혀를 차며 그를 딱해했고,

"형님, 담배 피우는 건 자살행위예요."

라고 말하는 이는 지난가을 제사 때까지만 해도 금연禁煙은 해도 금연禁煙은 못 하겠노라며 그와 맞담배질로 맹렬히

연기를 피워 올리던, 애인 많은 멋쟁이 노총각인 사촌동생
이었다. 형수 역시 이미 오래전에 치워버린 재떨이를 찾노
라 다락 속의 허접쓰레기들을 뒤적거리다가 하는 수 없이 빈
접시를 내놓았다. 조카며느리는 그가 한 모금 내뿜기도 전에
창문을 활짝 열어 한겨울 찬바람이 사정없이 밀려 들어왔다.

"시각의 변화라는 게 묘해요. 옛날에는 담배 피우는 것이
일종의 지적 행위 내지 태도로 보여지곤 했는데, 요즘엔 어
쩌다 옛날 기념사진 따위를 보면, 특히 좌담 장면 같은 것 말
예요. 참석자들이 한결같이 담배를 피우는 모습들이 그렇게
야만적이고 폭력적으로 보일 수가 없더군요."

"살 빼는 것, 기호품 끊는 것, 죄다 인격의 문제가 아닐까.
특히 금연은 의지와 윤리적 결단을 요하니까."

"외국 여행하면서 보니까 선진국에선 담배 피우는 사람
찾아보기 어렵더군요. 가난한 후진국일수록 거기다 또 하층
계급일수록 무섭게 피워대고…… 담배는 이제 정말 제3의
폭력이라고 말해야 할 겁니다."

맨송맨송하고 삭막한 얼굴로 내뱉는 장조카를 향해 임술
씨는 쳇, 선진국에선 담배 대신 마약을 애용하는 줄을 모르
는구나, 대꾸하며 일제히 금연에 성공한, 이제는 자신의 흡
연 행위를 마치 아편쟁이나 에이즈 환자 보듯 혐오스럽게 바

라보는 사람들 앞에서 연기를 뿜으며 고군분투했다.

그런데 일진이 사나웠던가. 예감이 좋지 않더니 임술 씨는 그예 실수를 하고 말았다. 짠순이라 불릴 만치 알뜰하고 검박한 아내가, 이젠 나이로 보나 체모로 보나 당신도 한복을 갖춰 입어야 될 거라고 벼르고 별러 해준 새 두루마기에 몇 군데 불구멍을 낸 건 고사하고 장조카의 세 살짜리 아들 녀석 손등을 담뱃불로 지져놓은 데야 임술 씨도 할 말이 없었다. 세뱃돈을 받느라 내민 고사리손이 귀여워 허허 웃다가 입에 물었던 불붙은 담배가 아이의 손에 떨어진 것이다. 자지러지게 울음을 터뜨리는 아이를 달래느라 우왕좌왕하는 사이 담배는 임술 씨의 두루마기 앞자락에 불구멍을 몇 개 더 내놓고서야 빈 접시에 지지눌려 가루가 되었다. 미안하고 민망한 마음에서 더욱 그랬겠지만 아내는 손위 손아래 일가 친척들 앞임에도 불구하고 의지박약이니 뭐니 등등 조총 쏘듯 사정없이 임술 씨를 성토하고 나섰다. 그리고 모인 사람 모두를 증인으로 세워 이 시간부터 금연을 선언하라고 윽박질렀다.

초등학교 6학년인 아들 녀석 역시 어디서 들었는지, 자신도 간접흡연으로부터 보호받을 권리가 있다고 아비를 힐난했다. 처녀 시절 한 직장에서 일할 때 담배 피우는 그의 모습에 우수가 있어 이끌렸었노라는 수줍은 고백을 할 때의 애잔함은 찾아볼 수도 없는 아내와 도무지 제 자식 같지 않게 영악한 아들, 그리고 한몸에 모아지는 좌중의 비난 앞에서 모종의 행위를 보여야 할 필요성을 느꼈으므로 임술 씨는 한 개비 남아 있는 담배를 과감히 분지르고 빈 곽을 구겨버렸다. 까짓, 목숨을 끊으란 것도 아닌데…… 라고 호기롭게 선언하며. 술을 즐기시 않는 대신 대단한 애연가인 임술 씨는 이제껏 담배를 끊겠다는 생각을 구체적으로 해본 적이 없었다.

새벽마다 가슴에 괴어오르는 짙고 불길한 가래에 문득 불안감을 느끼면서도 눈 뜨면 안경보다 먼저 찾는 것이 담배였다. 그것은 크게 성취감도 야심도 가질 수 없는 그의 생활에서 오랫동안 말 없고 충실한 위안자요 벗이었다.

담배를 뽑아 물고 불을 댕긴 후 첫 모금의 안도감과 말 없는 교감을 건강 노이로제에 걸린 사람들이 어찌 알 수 있으랴. 친지들은 성패를 가늠하기 어려운 도정에 오른 임술 씨를 위해 저마다 체험기를 내놓았다. 시기적으로 오래지 않았고, 더욱이 힘든 일을 해냈다는 자부심으로 그들의 성공담은 구체적이고 생생했다.

'사우나를 자주 해서 살과 뼈와 핏속 깊이 밴 독소를 빼라', '흡연 욕구를 느낄 때마다 양치질을 하거나 냉수를 마셔라', '알코올과 카페인은 흡연 욕구와 상승 작용을 하니 웬만큼 자신이 설 때까지 술자리와 담배 피우는 친구, 커피 따위는 불구대천의 원수거나 먹고 죽는 독약처럼 피하라' 등등 묘방 백출이었다.

설날 하루는 멀고 가까운 친척들이 모여 종일 함께 놀고 먹는 것이 그의 집안이 자랑으로 내세우는, 바래지 않는 미풍양속이었다. 화투판이 벌어지고 남녀노소가 어울려 윷판이 벌어졌다. 분위기 탓인지, 그의 결심이 도저했던지 임술 씨는 두어 시간이 지날 때까지 담배 생각을 잊었다.

그런데 그와 마찬가지로 줄담배 골초였던 사촌동생이 조심스레 용태를 물어왔다.

"어때요? 괜찮으세요? 세 시간째부터 금단 현상이 나타나요. 그럴 땐 냉수를 마시거나 심호흡을 하시라구요."

임술 씨는 어깨를 으쓱하며 큰소리쳤다.

"끊는 게 별것도 아닌 걸 괜히 겁주고 있네. 어쨌든 모두들 과장과 엄살이 너무 심해."

그런데 이상한 것은 사촌의 말에 암시를 받은 듯 꼭 세 시간이 지나면서부터 평소 그에겐 없었던 태도가 드러나기 시작한 것이다.

자신도 모르게 아래위 주머니를 더듬다가 낙심한 표정을 짓는가 하면 음식 부스러기라도 묻었을까 신경 쓰는 양 자주 입가를 만지고 일없이 손바닥을 싹싹 비비는 등. 게다가 윷놀이도 화투도 계속 지는 판이었다. 아무리 푼돈 놓고 재미로 하는 것이지만 계속 지는 놀음에는 짜증이 났다.

그가 큰형님 댁에서 나온 것은 저녁때가 겨워서였다. 세뱃돈으로 주머니가 두둑한 아이들은 풍선처럼 부풀어 계획이 많고, 종일 부엌일과 수다에 지친 아내는 어서 집에 가서 쉬겠다고 종종걸음을 치는데, 생애에서 가장 긴 하루를 보낸 임술 씨는 한 걸음도 내딛기 어려울 만큼 어깨가 처졌다.

큰길에서 택시를 내려 집으로 들어가는 골목 어귀에 이르러 습관적으로 주머니에 손을 넣어 지폐와 동전을 헤아렸다. 그가 늘 출퇴근길에 담배를 사는 가게였다. 얄궂게도 (임술 씨는 운명적이라고 말하고 싶었지만) 주머니 속에서 만져지는 돈은 담배 한 갑 사기에 모자라지도 남지도 않는 액수였다. 차마 문을 밀고 들어서지도, 떠나지도 못하고 주춤대는 임술 씨의 팔을 아내가 야멸차게 잡아끌었다.

애마愛馬의 목을 친 김유신의 심정이 이랬을까? 임술 씨는 처연히 발길을 돌렸다.

낭패

아파트 출입문을 나서면서 층계 맞은편 집 민이 엄마와 마주쳤다.

"어디 가세요?"

지나치며 가볍게 던지는 인사말이 아니었더라면 그녀가 아침저녁으로 얼굴 마주치는 민이 엄마인 줄 몰랐을 것이다. 햇빛도 없이 우중충하게 흐린 날 오후인데도 짙은 빛 선글라스로 얼굴을 반나마 가린 것이 낯선 탓도 있고 나대로의 생각과 걸음이 바쁜 탓이기도 했을 것이다. 쌍꺼풀 수술을 했나. 웬 난데없는 선글라스람. 나는 평소의 그녀답지 않은 모습에 고개를 갸우뚱하며 이미 엘리베이터 안으로 사라지는 그녀를 흘낏 뒤돌아보았다. 아파트 입구에서, 또 무얼 주워

오는지 커다란 고물 자전거 짐받이에 라면박스 하나를 단단히 묶어 싣고 돌아오는 시아버지를 보았으나 고개만 숙여 보이고는 종종걸음을 쳤다. 그만큼 마음이 급했다. 아침에 남편은 출근을 하면서, 오늘 저녁 직장 상사인 김 이사의 집에 부부동반 초대를 받았으니 준비하고 있으라고 말했었다.

김 이사가 사는 ㅎ아파트는 우리 아파트에서 두 블록 정도 떨어진 곳에 있었다. 한동네나 마찬가지이니 아무리 복마전 같은 저녁 시간의 교통 혼잡이라도 시간에 못 대일까 하는 걱정은 없었다. 선물이 문제였다. 이사 온 지 일 년 가까이 된다니 집들이는 아닐 테고 필시 생일이거나 그 비슷하게 이름 붙은 날임이 틀림없었다. 오전 내내 신통한 생각이 떠오르지 않았다. 선물 주고받기나 인사치레가 생활습관이 되지 않은 탓도 있을 것이다. 견물생심이라고, 일단 나가서 물건들을 볼 마음으로 그중 가까운 백화점에 나가는 길이었다. 일층부터 오층까지 동동거리며 훑어보았으나 예정한 금액에 넘치지 않으면서도 그럴듯한 물건은 눈에 띄지 않았다. 60평 아파트에 사는 부자라는데 어지간한 물건이 눈에 차기나 하겠는가. 하지만 내 분수에 넘치게 비싼 선물을 한다는 건 자존심의 문제도 있었다. 결국 두어 시간 헛걸음만 한 채 빈손으로 돌아왔다. 앞서 돌아오신 시아버지는 보이지 않았다. 아이들은 요구르트도 우유도 없다고 불평했다.

"할아버지 어디 가셨니?"

"작업장에 나가셨어요."

초등학교 4학년짜리 큰아이가 손가락으로 천장을 가리키며 킥킥 웃었다. 나는 민이네 집 벨을 눌렀다. 우유배달 아줌마는 집에 사람이 없으면 늘 앞집에 맡겨놓곤 하는 터였다. 문을 열어준 민이 엄마의 얼굴을 보고 나는 깜짝 놀랐다. 왼쪽 눈두덩이부터 볼에 이르기까지 시퍼렇게 멍이 들어 있었고 손에는 계란이 한 알 쥐어져 있었다. 멍을 삭이는 데는 날계란으로 문지르는 게 약이라던가. 그래서 선글라스를 쓰고 다녔구나 하는 생각이 앞뒤 없이 떠올랐다.

"아니, 웬일이세요? 다치셨어요?"

"글쎄 말 한마디 잘못했다가 봉변을 당했지 뭐예요."

말인즉슨 그랬다. 어제 신문에서 과소비 관련 기사를 읽은 것이 발단이었다. 청담동 로데오 거리의 가게에서는 외제 여자 속옷 한 벌에 이백오십만 원이라던가 하는 기사를 읽으며 민이 엄마는 남편에게 한마디 했다. '당신 월급으로는 내 속옷 한 벌도 못 사겠구려.' 그러자 그녀의 말을 빌리면 '그 곰 같은 인간'이 다짜고짜 '그래, 논밭 팔아 대학 공부하고 취직해서 한 달 내내 뼈 빠지게 일해도 여편네 빤스 값밖에 못 번

다' 소리치며 주먹질을 했단다. 단 한 방에 눈이 이 꼴이 되었다고 연신 계란으로 문지르며 그녀는 덧붙였다.

"민이 아빠가 화가 나게도 생겼지요 뭐. 그저 이 입이 방정이라……."

신문마다 연일 기획기사로 다루어지는 일부 계층의 과소비 행태는 열심히 일하고 알뜰히 살아가는 대다수 보통 사람들에게 분노리기보다 허탈감과 패배감을 느끼게 하는 것이리라. 나 또한 그러하지 않았던가. 우유와 요구르트를 받아 들고 돌아오니 현관에는 반짝반짝 윤이 나는 갈색 하이힐이 놓여 있었다. 의아해서 거실로 들어서는 내게 시아버지가 함빡 웃으며 말씀하셨다.

"봐라, 훌륭하지? 멀쩡한 걸 쓰레기통에 버렸기에 주워와서 손 좀 봤지. 뒤축이 좀 닳았다고 버리다니. 굽을 갈고 약을 발라 닦으니 새것이 되었어. 에미 발에 맞으면 신고, 아니면 누구든 발 맞는 사람에게 줘라."

여태껏 시아버지는 '작업장'에서 구두 수선을 하셨던 모양이었다. 구두뿐인가, 공무원으로 정년퇴직하신 시아버지의 눈에는, 버려도 좋은, 버릴 만한 물건은 아무것도 없었다. 평소 라면봉지 하나 허투루 버리는 법이 없고, 평생 자전거로 출퇴근하는 근검절약이 몸에 배어 있는 분이긴 하지만 버린 물건 주워오는 것이 심해지신 것은 이태 전 아파트로 이사 오면서부터일 것이다. 살대 부러진 우산, 손잡이가 망가진 자전거, 손전지, 전기스탠드…… 등등. 새벽에 약수터로 물을 뜨러 다니시면서부터는 약수터 못 미쳐 부자촌으로 소문난 ㅎ아파트도 그대로 지나치지 못하시는 모양이었다. 그 물건들을 모두 아파트 안에 들여놓을 수는 없는 일이어서 시아버지는 관리실의 양해를 얻어 옥상 귀퉁이에 '작업장'을 차리고 틈틈이 수선 작업을 하셨다. 죄고, 틀고, 뽑고, 박고, 붙이는 연장까지 마련하신 터여서 솜씨는 일취월장, 이제는 자동 우산까지 고친다고 자랑을 하셨다. 시아버지의 손을 거친 자전거가 벌써 여덟 대라던가. 신문배달 소년에게도 주고 친척집의 어린애들에게도 나눠주었다. 그 많은 우산들 역시 마찬가지였다. 빗길을 맨몸으로 가는 사람을 보면 기어이 불러 세워 나눠주곤 하셨다. 주워온 운동화가 한 포대쯤이면 깨끗이 빨아 자전거에 실어 보육원에 다녀오시곤 했다.

여느 날보다 일찍 들어온 남편은 선물 걱정을 하는 내게 꽃바구니를 하는 게 어떤가 말했다. 아, 나는 이마를 탁 쳤다. 꽃바구니보다야 잘 키운 나무가 낫지 않은가. 그리고 베란다에는 시아버지가 주워와 정성껏 키운 고무나무, 벤저민, 관음죽, 동백 화분들이 즐비한 것이다. 모두 아파트 주민들이 키우다 실패했거나 싫증이 나서 버린 것들이었다. 나는 그중에서 가장 볼품 있고, 싱싱한 관음죽을 골랐다. 청회색의 화분도 모양이 특이하고 큼직하여 장중한 멋을 풍겼다.

김 이사 댁의 만찬은 특별히 영업부 사원들을 위한 것인 듯 남편의 직속 상사인 박 부장과 한 차장 등 안면이 익은 사람들이 부부동반으로 와 있었다. 화분을 맞들어 거실 입구에 내려놓자 김 이사 부인이 뜻밖의 선물이라는 듯 반색을 하며 거실 안으로 들여갔다.

"어머, 이 귀한 걸……. 안 그래도 아파트 생활이 삭막해서 화분을 들여놓을 참이었는데……. 정말 고마워요."

나무가 기품이 있다느니, 기르기가 까다롭지 않아 좋다느니 의례적인 찬사들을 늘어놓는데 유독 박 부장 부인의 눈길이 집요하게 화분에서 떠나지 않았다. 뭔가 미심쩍다는 듯 고개를 갸웃거리고, 유심히 살피다가 마침내 결심한 듯 김 이사의 부인을 향해 입을 열었다.

"저, 사모님, 혹시 기억나세요? 작년 집들이하실 때 제가 관음죽을 가져왔는데…… 화분에 몽리夢利라고 쓰여 있지요? 제 동생이 도자기 굽는 가마가 몽리도원이에요. 동생이 직접 만들어 굽고 이름을 넣어 제게 준 작품이라 관음죽을 옮겨 심어 가져왔었지요. 그런데, 지금 신 대리가 가져왔으니 어떻게 된 영문인지 알 수가 없어요."

벌겋게 달아오르다가 굳어지는 김 이사 부인의 얼굴을 보며 나는 하릴없이 '낭패구나'라는 말만을 떠올리고 있었다.

4

서
정
시
대

이런 날도 있었구나. 자신의 미래를 누군들 알 수 있을까.
사진에 찍힌 세 사람 모두 자신들의 앞날을 알지 못하던
때였다. […] '오늘'은 언제나 과거가 되고 추억이 되고
우리는 모두 조그만 흔적들 빛바랜 몇 장의 사진으로,
인연 맺은 사람들의 가슴에 남을 뿐인 것이다.

돼지꿈

자리를 찾아 앉자 순옥은 코트를 벗어 걸며 이번 서울 가는 길에 코트를 하나 새로 장만하리라고 마음먹었다. 유행이 지나도 한참이 지나 모양이 구닥다리가 된 것은 차치하고도 우선 망토식으로 폭을 한껏 잡은 코트 자락이 몸을 휘감고 펄럭이는 것이 거추장스럽기 짝이 없었다.

벌써 십 년 전, 그때는 몸이 지금보다 훨씬 뚱뚱하기도 했지만 제 몸 둘쯤은 들어가게 풍덩한 옷이 유행이었다. 남들은 순옥이 워낙 돈쓰기를 무서워해 옷 한 벌 안 해 입는다고 말하지만 그 옷을 쉽게 없애지 못하고 겨울마다 찾아 입는 것은, 그것이 죽은 남편의 선물이었다는 애틋한 의미가 있기도 했기 때문이었다. 생일 선물로 코트를 사주었던 남편은 그해 겨울 교통사고로 세상을 떠났다.

　기차가 발차 신호를 울릴 즈음 그녀의 앞자리에 젊은 여자가 와 앉았다. 작은 여행용 가방을 선반에 얹고 보따리를 내려놓으며 입고 있던 커다란 파카의 지퍼를 내렸다. 놀랍게도 그 여자의 가슴팍 앞으로 늘어뜨린 걸빵 띠 안에 아기가 캥거루 새끼처럼 매달려 있었다. 파카가 워낙 큰 데다가 여자의 몸피 또한 유난히 가늘어 표시가 나지 않았던 모양이었다. 눈발까지 성깃성깃 날리는 매운 날씨임에도 아기는 두 뺨이 붉게 익어 잠들어 있었다. 여자는 아기를 빈 옆자리에 뉘고, 아기가 깨지 않을 만큼 부드럽고 재빠른 손놀림으로 기저귀를 갈아 채웠다.

　“사내구랴. 첫돌이나 지냈수?”

　순옥이 인사치레로 넌지시 물었다. 아직 소녀티를 못 벗은, 몹시도 젊은 여자인지라 익숙하게 아기를 다루는 모습이 마치 인형놀이를 하는 계집애를 보듯 애처롭고 안쓰럽게 느껴졌던 것이다. 그것은 여자의 몹시 지치고 고달파 보이는 행색과, 스물도 채 되지 않았을 나이의 애잔함에 묻어 있는, 신산스러운 세상살이의 분위기에서 비롯된 느낌인지도 몰랐다.

　“아줌마는 여기, 춘천에 사세요?”

순옥의 말에 대꾸 없이 그 여자는 엉뚱하게 되물어왔다. 순옥이 춘천 토박이라고 말하자 낯빛이 와락 밝아졌다.

"그럼 김필식이라고 아세요? 한 십 년 전 효자동에 살았었는데, 스물두 살이에요. 그 사람 부모는 아직 여기에 살 거래요."

"그거야 한양에서 이 서방 찾기지. 춘천이 아무리 손바닥같이 빤하다 해도……. 혹시 부모님 함자를 알고 계시우?"

젊은 여자가 고개를 저었다.

"사람을 찾으러 왔던 길인가 보구면. 주소지의 동사무소로 가서 알아봐요."

"주소를 몰라요. 고향이 춘천이라는 것밖에는요. 열두 살 때 집에서 돈을 훔쳐 무작정 서울로 도망친 뒤로는 부모님을 뵌 적이 없지만 아직 춘천에 사실 거라는 말을 한 적이 있어요. 김필식이 애기아빠예요. 지난여름에 집을 나가 들어오지 않아요. 마냥 기다리고 있을 수만은 없어 애기 데리고 나선 길이에요. 먹고살 수가 있어야지요. 애가 딸리니 전처럼 직장 생활을 할 수도 없고. 그래서 그의 부모라도 만나 당분간 애를 맡겨볼까 하구요. 이제 젖도 떼었으니 누가 길러도 기를 수 있겠지요. 사흘을 여관잠을 자면서 춘천 구석구석을 뒤졌는데 허탕이에요. 이젠 정말 어찌해야 될지……."

여자의 눈길은 줄곧 아기를 향해 있었다. 눈은 빡빡하게 메말라 박제된 짐승을 연상시켰다. 자신이 처한 상황의 끔찍함을 느끼지 못하는 듯한 가면과도 같은 무표정이 실은 얼마나 깊은 절망에서 비롯된 것인가를 순옥은 알고 있었다. 삶의 소망이나 희망 따위는 잊은 지 오래라고 생각하는 이즈음에도 밤마다 가슴으로 내려앉는 시커먼 천장을 바라보는 자신의 얼굴이 그러하리라.

또한 그녀가 꾸려가는 전자오락실의 셔터를 내리는 한밤중 유령처럼 혼자 앉아 짜그락짜그락 동전을 세거나 게임을 하러 오는 아이들이 그러하듯 한 움큼의 동전을 쥐고 '마성전설'이니 '암마군단'이니 하는 게임의 키를 미친 듯 조종하는 자신의 얼굴이 그러하리라.

사흘간의 행려가 몹시 고달팠던가, 자신의 말대로 삶에 지쳐버렸던가, 그 젊은 여자는 입을 벌리고 가볍게 코까지 골며 이내 잠에 빠져들었다. 순옥은 핸드백에서 착착 접어 간직한 쪽지를 꺼내 펴들었다. 철산동, 철산시장. 그곳까지 가는 전철노선과 내려야 할 역 이름이 적혀 있었다. 순옥은 지금 그녀의 생살점 같은 돈 삼백만 원을 떼어먹고 달아난 육촌 시누이를 찾아가는 길이었다.

이름도 처음 들어보는 철산시장이란 곳에서 떡볶이와 오

뎅 솥을 걸어놓고 장사를 하더라고 했다. 철산동에 시집가서 사는 딸의 산구완을 하러 갔던 당숙모가 시누이를 그곳에서 본 것이 열흘 전이라니 그사이에 제가 가면 어디 가리 싶었다. 당숙모는 시누이의 소재지를 알리면서 '영판 남도 아닌 터, 죽을 사람 살려준 셈 쳐도 되잖나. 자식도 남편도 없는 혼잣몸의 올케가 그 돈 없어 죽는 것은 아니잖는가. 게다가 올케는 소문난 알부자가 아닌가'라고 하더란 말까지 전했다.

평소 친척, 특히 살림 궁색한 친척들 간에 순옥이 인색하고 몰인정하다는 소문이 나 있다는 것을 스스로도 모르고 있지 않았다. 심지어 순옥이 자식을 수태해보지 못한 것도 일찍 혼잣몸이 되어 사는 것도, 그녀의 유난히 인색한 성품 탓이나 죄과라고 뒷손가락질을 했다. 제까짓 것들이 뭐라든 돈이 있으면 개도 멍첨지가 되는 세상이야. 순옥은 흥, 코웃음을 쳤다.

전자오락실을 열고 있는 터라 마음과는 달리 당장 시누이에게 쫓아가는 것은 쉽지 않았다. 오락실은 겨울방학이 대목이었다. 발 디딜 틈 없이 종일 어린 꼬마로부터 청년에 이르기까지 손님이 들끓었다. 그런 중에도 오늘 열 일 제치고 집을 나선 것은 지난밤의 꿈 탓이었다. 집채만 한 수퇘지가 문을 부수고 뛰어 들어와 가슴을 치받는 꿈을 꾸었던 것이다. 필시 횡재수이니 삼백만 원까지는 아니라도 삼십만 원은 못 받으리 싶었다.

젊은 여자는 정신없이 잠에 빠져 있는데 옆자리에 누인 아기가 먼저 깨어 칭얼거리기 시작했다. 순옥은 얼른 아기를 안았다. 방한복을 든든히 입은 아기가 제법 묵직하게 안겼다. 아기를 길러본 경험이 없는 순옥에게는 생소하지만 신기한 느낌이었다. 마침 지나가는 판매원의 수레에서 우유와 요구르트를 샀다. 젖을 떼었다는 말을 떠올리며 카스텔라도 하나 샀다.

빨대를 꽂아 입에 대어주자 아기는 칭얼거리기를 그치고 두어 번 빠는 시늉을 했다. 순옥은 아기의 크고 검은 눈동자에 비치는 자신의 시들고 굳은 얼굴을 오래오래 바라보았다.

아기가 손을 뻗쳐 순옥이의 손가락을 만지작거렸다. 처음 맛보는 듯한 기이하게 따뜻하고 연한 감촉이었다. 겹겹이 두껍게 옷을 입고 있었는데도 아기의 체온이 무릎과 배 언저리에 따스하게 전해졌다. 사람끼리의 체온이 이렇게 쉽게 따뜻하게 전달된다는 것도 처음 깨닫게 된 사실인 듯싶었다.

"애기를 참 좋아하시나 봐요."

아기를 정신없이 들여다보며 이상한 감동에 빠져 있던 순옥이 놀라 고개를 들었다. 자고 있다고 생각했던 젊은 여자가 언제부터인가 이켠을 뚫어지게 바라보고 있었다.

"신통하게도 낯을 안 가리네."

순옥은 멋쩍게 중얼거리며 떼어놓기 싫은 아기를 그네에게 건넸다. 무릎이 금세 허전하고 썰렁했다. 그 여자는 아이를 도로 순옥에게 건네주며 자리에서 일어났다.

"잠깐만요. 화장실엘 다녀올게요."

스피커에서는 곧 닿게 될 다음 정거장을 알리는 안내 방송이 흘러나왔다. 종착역인 청량리까지의 중간 지점이었다. 배가 고팠던가. 우유를 반 남아 먹고 난 아기는 다시금 잠이 들었다. 이마가 훤하고 콧날이 오똑한 게 볼수록 좋은 인물이었다. 순옥은 취한 듯 아기를 바라보고 고사리손을 매만지며 오지랖 넓게도 아이의 앞날을 생각하며 한숨을 쉬었다.

아기 엄마가 너무 오래 자리를 비웠다는 데 생각이 미친 것은 종착역을 알리는 안내 방송을 듣고서였다. 근 한 시간이 지나도록 돌아오지 않고 있는 것이다. 사람들이 바삐 내리고 객실이 텅 비었지만 순옥은 아이를 안은 채 어찌할 바를 몰랐다. 화장실을 기웃거리고 칸마다 휘둘러 보아도 여자의 모습은 보이지 않았다. 빗자루를 들고 올라온 청소원이 그녀에게 빨리 내리기를 채근했다.

비로소 순옥은 어렴풋이 상황이 짐작되었다. 서너 차례 채근을 받고서 그녀는 서툴게 걸빵 띠를 메고 가슴팍에 아기를 매달았다. 젊은 여자가 했듯이 그 위에 코트를 입고 단추를 여몄다. 유행 지난 구닥다리 코트는 아기를 깊숙이 따뜻하게 품기에는 안성맞춤이었다. 코트 밖으로 동그랗게 팔을 맞잡아 아이를 묵직이 안으며 순옥은 문득 가슴을 치받고 달려들던 지난밤 꿈속의 돼지를 떠올렸다.

치통

아내는 열어보나마나 내용물이 뻔한 옷장을 또다시 여닫으며 한숨을 쉬었다. 저녁 설거지를 마친 뒤 벌써 서너 번째이니 내가 퇴근해서 돌아올 때까지 종일 어떠했을지 짐작이 가고도 남았다.

"까짓 거, 눈 딱 감고 한 벌 사 입지그래. 할부로 끊어내면 되잖아."

보다 못해 내가 한마디 했다.

"말이 한 벌이지 요새 옷값이 얼마나 하는지 아세요? 만 원짜리부터 몇백만 원짜리까지 천차만별인데, 나이들수록 옷은 제대로 갖춰 입으랬다고. 싸구려는 금방 티가 나요. 젊은 애들이야 아무걸 걸쳐도 어울리지만……."

"당신에게 이제 젊음의 빛은 사라졌다 해도 푹 익은 중년의 맛, 인품의 빛이 있잖소. 재작년엔가 명옥이 결혼식 때 입었던 한복이 점잖고 품위 있더구면."

슬며시 미안해지는 마음에 농담으로 눙치려는데 아내가 즉각 응사했다.

"막내 아씨 결혼식은 사 년 전 일이에요. 그 한복은 벌써 유행이 지나 노인네들 옷 꼴이 되어버렸어. 요즘엔 아래위를 다른 색으로 맞춰 입는다고요. 한복은 거추장스럽고, 잘못하면 촌스러워. 모피 숄을 둘러야 모양이 나지."

"한복도 유행이 있나? 모를 일이군."

하긴 남의 결혼식에서, 치마저고리 색깔을 달리한 짝짝이 한복으로 입은 여자들을 흔히 보았던 기억이 있었다. 옛날 기생들이나 입는 것으로 알았던 울긋불긋한 옷들이 내 눈에 조금 기이해 보이긴 했다.

사주社主가 베푸는 송년회 겸 신년맞이 부부동반 파티는 사흘 남았다. 친목과 단합을 위해, 또 일 년간의 노고를 위로한다는 취지의 모임이었다. 간부급 이하 말단까지 전 사원이 부부동반으로 참석해야 한다는 특별지시가 내려왔다. 나는 아내에게 '이건 왕자님의 무도회가 아니고 가족적 분위기의 평범한 저녁 식사 자리일 뿐'이라고 역설했건만 아내는 입고 갈 옷이 없다는 이유로 한숨을 치쉬고 내리쉬고 걱정이 태산이었다.

"좀 해 입으라고. 주변머리 없긴……."

나는 혀를 찼지만 그것 역시 헛선심 말놀음이란 것을 누구보다도 나 자신이 잘 알고 있었다. 아내가 꼼꼼히 적는 가계부에는 물론 '피복비' 난이 있지만 그것은 속내의나 아이들 옷, 양말 따위를 위한 것이시 아내의 나들이옷 구입을 위한 것은 아니었다.

집 사고 삼 년은 다리를 못 편다더니 우리 집 사정이 딱 그랬다. 지난봄, 비록 도심지까지 전철로 한 시간 가까이 걸리는 곳이긴 하지만 당당히 특별시 주민으로 공인되는 변두리에 대지 쉰 평, 건평 스물세 평의 집을 마련했다. 결혼 십 년 만의 일이었다.

다달이 꺼나가야 하는 은행 융자금, 빚을 갚기 위한 적금 붓기, 미리 탄 곗돈의 불입 등 당연히 앞으로 많은 세월, 나와 아내의 피나는 근검절약을 요구하는 것들이었지만 이사 온 첫날 이 방 저 방 열어보고 발을 쿵쿵 구르다가 종내 마루에 발랑 누워보며 이게 '진짜 우리 집이지? 개도 기르고 고양이도 기를 테야'라던 아이들처럼 나 역시 큰 대자로 드러누워 한바탕 큰소리로 허허 웃고 싶지 않았던가.

"아무래도 언니한테 부탁해야 할까 봐."

아내가 한숨을 쉬며 장롱 문을 닫았다. 나는 불현듯 입맛이 써서,

"관둬. 송년회 안 가면 그만이지. 난 그날 이가 아플 예정이야."

퉁명스럽게 내뱉었다. 아내는 내 말을 들은 체하지 않고 고시랑고시랑 혼잣말처럼 중얼거렸다.

"이젠 뚱뚱해져서 언니 옷 빌려 입기도 쉽지 않아요. 언니는 적절히 다이어트하고 헬스클럽도 다녀서 처녀처럼 날씬해지는데 난 식구들이 남긴 음식 아까워 죄다 거둬 먹고 궁상살 찌우지. 허구한 날 빨랫거리 치대느라 팔뚝은 레슬링 선수 같고…… 난들 옷 빌려 입는 게 좋아서 그러는 줄 알아요? 언니네 시어머니나 다 큰 조카들 보기도 민망하고…… 나이들어가니 자꾸 구차한 생각만 들어. 먼젓번 동창회 가느라고 언니 투피스를 빌려 입고 나오는데 언니네 시어머니가 '예전엔 남의 옷 입으면 억울한 누명 쓴다는 말이 있었지만 지금 세상에서야 무에 어떻겠느냐'고 하시는데 낯이 뜨거워 혼났어. 어떤 사람들은 다급할 땐 세탁소에서 남이 맡긴 옷을 빌려 입는다지만 그런 짓이야……."

말은 그래도 아내는 외출할 일이 있을 때마다 종종 처형의

옷 신세를 지는 눈치였다. 오래전, 허름한 코르덴바지 차림으로 아이를 업고 나갔던 시내에서 여고 동창을 만났고, 뒤에 그녀가 동창 모임에서 했다는 말―그 멋쟁이가 글쎄……생활이라는 게 무섭구나라는 생각이 들더라는―을 전해 들은 뒤로 아내는 절대 허술하고 초라한 차림으로 나서려 하지 않았다. 대학 시절 소문난 멋쟁이였던 아내의 자존심과 숨은 허영심에 치명타를 입었던 깃일까.

이런 아내를 두고, 남의 것으로 자신을 꾸미려는 일은 천박한 짓이라거나, 생활에 정직해야 한다거나, 중요한 것은 외면보다 내면의 빛이라는 말로 비난할 생각은 없다. 보다 아름답게 보이고 싶은 것은 비난받을 수 없는 본능이고, 아내와 엄마라는 이름과 역할에 묶여 속절없이 팍팍한 살림꾼으로 나이들어가는 그녀가 누릴 수 있는 아주 작은 몫의 기쁨인 것이다.

나 자신은 좋은 옷 입는 일을 그다지 중요하다고 생각지도 않고 설사 형편이 훨씬 나아진다고 해도 터무니없이 비싼 옷을 아내에게 사줄 리 없다. 또한 돼지 발톱처럼 야물고 생활에 밝은 아내가 분수에 넘친 사치와 낭비를 할 리 없다는 계산이 아내의 안쓰러운 욕망을 긍정적으로 보게 하는 건지도 몰랐다.

결국 아내는 처형에게서 옷을 빌리기로 해서 나는 치통 앓을 예정을 취소하고 송년 모임에 가게 되었다. 미리 옷을 갖다놓았으면 좋으련만 굳이 자기 손으로 입히고 모양을 보아야 한다는 처형의 주장으로 초저녁에 집을 나서서 그녀의 집으로 갔다. 생활이 부유한 처형은 '옷 입는 것'이 취미라고 스스로 말하듯 옷이 많고 패션 감각이 까다로웠다. 엊그제 크리스마스 파티에 딱 한 번 입었던 옷을 빌려주겠노라고 큰 마음을 썼다. 처형보다 한 치수쯤 허리가 굵은 아내는 아침부터 굶어 허리가 접힐 듯하다고 퀭한 눈으로 내내 즐거운 푸념을 늘어놓았다.

아내는 옷을 갈아입기 위해 처형과 함께 2층으로 올라가고 나는 사돈어른(처형의 시어머니)과 수인사를 나누면서 낯이 뜨거웠다. 마누라 옷 한 벌도 못해주는 변변찮은 사내가 되어버린 민망함과 면구스러움에 나는 애꿎은 시계만 들여다보았다.

근 삼십 분이 지나서야 아내는 모습을 나타내었다. 아내는 층계의 난간을 잡고 한 손으로는 흐를 듯 찬란한 흰 빛의 긴 실크 드레스 자락을 살짝 들어 올리며 한 단씩 천천히 내려왔다. 게다가 마치 보이지 않는 객석을 향하듯 시선을 멀리 두고 부르는 노래라니. 한참 후에야 나는 그것이 〈라보엠〉

에 나오는 유명한 아리아 '내 이름은 미미'라는 걸 알았다. 그리고 아내가 음대 성악과 출신이라는 걸 기억해냈다. 졸업 연주회를 끝으로 한 번도 자신의 무대를 가져보지 못한 아내가 자신의 모습에 취해 어두운 층계참에서 잊어버렸던 노래를 부르는 것이다.

그런데 이상한 일이었다. 내키지 않는 일을 거부할 때마다 언제나 내가 아내에게 협박용으로 내뱉는 '치통을 앓을 예정'이 실제로 발동하기 시작한 것은 바로 그때부터였다. 원래 풍치기가 있는 왼쪽 어금니가 지릿지릿 통증의 신호를 보내왔다.

아내가 흰 드레스 위에, 입고 온 캐시미어 반코트를 걸치자 에그, 이 쇠덕석 같은 것 왜 입니? 하며 처형이 자신의 모피 코트를 입혀주고 허전한 목에 진주 목걸이를 걸어줄 즈음에는 욱신욱신 쑤셔대는 아픔이 머리 쪽으로 솟구치려 하고 있었다. 승호 아빠 넥타이가 칙칙해서 못쓰겠다며 처형이 동서의 붉은빛 넥타이로 바꿔주었다. 현관에서 구두를 신을 때, 역시 함께 허리를 굽히고 볼이 좁고 뾰족한 남의 구두에 발을 집어넣느라 낑낑대는 아내의 텅 빈 위장에서 들리는 꼬르륵 소리가 맹렬히, 커다랗게 귓전을 때리고, 나는 그예 털썩 주저앉고 말았다.

"왜 그래요. 어디 아파요?"

아내의 다급한 물음도 들리지 않을 만큼 턱이 떨어져 나가는 듯한 아픔이 극심해졌던 것이다.

독립선언

마흔이라는 나이를 코앞에 둔, 그래서 필연적으로 오기 마련인 인생의 중간 결산 내지 점검 시기에 다다른 우리 사이에서 그것은 '독립선언'이라고 일컬어지곤 했다. 자유로움과 거칠 것 없는 삶에 대한 막연한 선망, 자기 자신과 생활이 조금은 달라지고 싶다는 욕구, 새로운 생활에의 충동적인 열정에 시달리면서도 정작 그러한 것을 위한 노력에도, 방법의 모색에도 게으른 자신에 대한 비아냥거림, 냉소가 뒤섞인 복잡한 감정으로.

여자라는 생래적 요건, 인습의 요구, 아내 노릇, 주부 노릇, 발전도 눈에 뜨이는 변화도 없는 나날의 생활에 항상 뭔가 억울해하며 자기 성장은커녕 생명활동조차 정지된 듯한 위기감을 느낄 때, 나는 무엇인가, 나의 생이 무슨 의미를 갖는 것일까 따위 존재론적 회의에 사로잡힐 때 우리는 문득 아, 독립선언을 해버릴까 보다, 하고 감히 저지르지도 못할 탄식을 내뱉곤 하는 것이다. 확실히 중년이란 사도바울의 고백처럼 '눈에서 비늘이 떨어져 나가는 듯한' 그래서 일시에 심신이 새로워지는 충격 요법이 요구되는 때인 모양이다.

8월 말 늦더위가 한참 기승을 부려대는 한낮임에도 '한빛회' 모임은 시끌벅적했다. 고작 예닐곱 명 참석하기 예사였던 모임에 회원 열두 명이 거의 다 나와 경양식집 '가람'의 한 귀퉁이를 점령하고 앉았으니 그럴 법도 했다. 대체로 바쁘다거나 시부모를 모시고 사는 핑계를 대며 날이 갈수록 발길이 뜸해지던 윤자, 혜경, 숙희 들까지 나오게 한 것은 필히 연락책인 성숙이의 공로로 돌려야 할 것이다. 매달 마지막 토요일 오후 한 시 경양식집 '가람'으로 붙박여진 모임이었지만 출석률이 시원치 않은 터라 매번 성숙이가 전화 연락을 맡고 있었다. 전화 끝에 지나가는 말처럼 민주의 '독립선언' 건을 흘렸더니, 내내 이불 빨래를 해야 된다거나 손님이 올 예정이라 못 나갈 듯하다고 시큰둥하게 대꾸하던 친구들이 단박 놀랄 만한 반응을 보이더라고 성숙은 혀를 날름 내밀며 말했다. 얘, 나이들수록 그 칩칩한 호기심은 더 기승을 떠는

거 있지. 하긴 남의 집 불구경이 그렇게 재미있는 거라며? 나
는 안전지대에 피신해 있으면서도 항상 무언가 일어나기를
기다리고 있는 거 아냐?

약국을 하는 선자는 '급한 용무로 오후 세 시까지 문을 닫
는다'는 쪽지를 붙이고 나왔다고 했고 잡지사 기자인 영진이
는 필자 만난다는 구실을 댔다고 킬킬거렸다.

"민주가 드디어 독립선언을 했데."

"그게 무슨 말이니?"

"쩍하면 입맛이라고, 말 그대로 독립선언, 즉 남편에게서
떨어져 나와 독자 노선을 걷겠다는 이혼선언 아니겠어?"

그 말 한마디의 위력으로 회원 전원이 참석해 성황을 이루
었으나 정작 당사자인 민주는 한 시간이 지나도록 나타나지
않았다.

"오늘은 기대를 했는데 역시 열두 사도의 회동은 실패구
나."

오렌지주스를 한 모금 마시며 은자가 영탄조로 내뱉었다.
열두 사도. 고등학교 동기 동창 중에서 비교적 친분이 두터
웠던 우리가 월 1회의 정기적인 모임을 갖게 된 것은 막내
아이까지 겨우 유치원에 넣은 다음인 서너 해 전부터였다.
결혼과 동시에 약속이나 한 듯 바깥세상과 담을 쌓고 살림하

랴, 아이 낳으랴, 생활 기반 잡으랴 근검절약 알뜰 주부로 십
년 남짓 보낸 뒤 외출 때마다 핸드백에 넣고 다닐 수 있는 내
집 열쇠 마련하고 초라해 보이지 않을 정도의 외출복도 두어
벌쯤 장만한 형편이 되어 비로소 앞뒤 좌우를 둘러보며 잊었
던 옛 친구들을 찾아볼 여유가 생겼던 거였다. 적당히 살림
때 붙고 중년 살이 오르기 시작한 모습으로, 그러나 마음만
은 여전히 말보다 웃음이 많았던 소녀 시절인 채로 만난 우
리들은 애초 모임을 주동한, 목사 부인이 된 인성이의 제안
이 아니더라도 세상의 빛과 소금이 되라는 얘기를 귀에 젖도
록 들어온 미션계 여고 출신들답게 '한빛회'라는 명칭에 이
의를 달 까닭이 없었다. 인생살이의 어려움이나 쓸쓸함을 어
렴풋이나마 느끼게 되는 나이에 이르러 친구 역시 귀중한 재
산이요, 쉬 얻지 못한 위안과 힘이라고, 기왕에 맺은 관계를
아름답게 지켜나가자는 것이 모임의 뜻이었다. 그러니 하릴
없이 잡담이나 하고 헤어지는 낭비적이고 소모적인 시간이
되어서는 안 될 일이었다. 좋은 책을 선정해서 읽고 토론하
는 교양 독서회로 하되 인성의 주도로 성경공부를 하고 식사
대와 찻값을 아껴 기금을 모아 장래 모교에 장학회쯤 하나
만들어도 좋고, 우선은 자원봉사대를 조직해서 뭔가 사회와
이웃에 도움이 되는 일을 하자는, 최초의 의도는 거창하고

267

갸륵한 것이었다.

그러나 그것은 어디까지나 처음의 청사진이었을 뿐이었
다. 뜻 있고 보람 있는, 또한 사회적으로도 명분이 서는 일에
자신의 힘과 시간을 나누고 싶었으나 가정에서 항상 대기조
組로 존재하는 주부로서 돈 벌어오는 것도 아닌 일에 규칙적
으로 시간을 낸다는 것도 쉽지 않았고 모두 대학 졸업의 고
학력임에도 불구하고 어느 한 분야에 종사하기에는 전문성
이 모자랐다. 그리고 무엇보다도 우리들 자신이 가정 밖의
일에 규칙적, 지속적으로 힘과 정신을 쏟는 데 길들여져 있
지 않았다. 십 년 세월이 우리의 의식을 내 가정과 그것에 연
계된 자잘한 친척 관계, 일상적으로 수행하는 일들의 좁은
울타리 안에 철저히 가두어버린 것이다. 일 년이 채 안 되어
인성이가 선교이민을 떠나는 바람에 성경공부도 중단되고,
때문에 우리는 발의만 거창한 채 용두사미 꼴이 되어버린
'한빛회' 모임에 대한 자조를 열세 명의 회원 중 일찍 손 뗀
인성이를 가룻 유다로, 나머지 열두 명을 열두 사도로 지칭
하는 것으로 나타내곤 했다. 모임 명칭을 굳이 무언가 목적
이 대단한 듯한 '한빛회'로 할 게 뭐냐. 차라리 '토요회' 따위
평범한 이름으로 고치고 서로 얼굴이나 보는 가벼운 모임으
로 하자는 다수의 의견에 따라 명실공히 스트레스 해소를 위

한 월 1회의 외출이 되어버렸다.

지식과 지혜를 구하는 안타까움이 없다면 짐승이 되어버리고 말 거라는 위기감에도 불구하고, 카프카 소설의 한 주인공인 '잠자'는 어느 날 아침 벌레로 변신했는데 그것은 무슨 의미인가, 성전에서 채찍을 휘두른 예수님의 행적을 현대 사회에서 어떻게 해석해야 하는가 등의 토론보다는 남편과 아이들, 시댁 식구 얘기, 아파트 매매 현황에서부터 백화점 재고 정리 세일 등에 이르는 각종 생활 정보, 정계 재계 연예계 인사들의 뒷이야기, 친구들 가정사의 숨은 문제들이 훨씬 흥미 있고 활기 띤 화제가 되곤 했다. 유행하는 옷을 찾아 입고 화려한 액세서리로 치장을 해도 거칠고 투박해진 손은 감출 수 없듯 맘껏 허리띠 풀고 앉아 있는 대로 삼키고 쏟아내곤 하여 '가람'을 나설 즈음 종내 밝은 햇빛 아래 화장이 지워진 얼굴의 주름살과 기미, 듬성듬성 돋아나는 흰 머리칼들을 서로 발견하고는 얼마쯤 처연하고 쓸쓸한 기분이 되어 헤어지는 것이다.

"아직 마음 정리도 안 되었을 텐데 친구들 앞에 나타나고 싶겠어? 여자는 아무리 자신이 원한 이혼일 경우에도 일단 법적으로 성립되고 나면 패배감을 느낀다는데."

"하여튼 용기가 좋아. 이 나이에 이혼을 생각하다니. 여자 나이 마흔이면 지나가던 개도 안 돌아본다는데."

"어머, 얘 말하는 것 좀 봐. 이혼을 또 다른 예속 상태를 위한 것으로 생각하니? 결혼은 한 번만으로 족해. 민주는 이제야 자유와 해방을 쟁취한 거야. 한 번뿐인 인생인데 원수처럼 으르렁대며 한집에서 살 게 뭐 있어?"

"솔직히 말해 원수처럼 산 건 아니지 뭐. 제 몸은 고달파도 무능한 남편을 금 간 사기그릇 위하듯 하더라. 난 사실 개가 이혼했다니 뒤통수 맞은 기분이야."

"그건 모르는 소리야. 민주, 개가 워낙 야무져서 속 썩는 것 내색 안 해서 그렇지 오죽 곪았겠어? 생각해 봐. 십 년을 하루같이 뜬구름 잡고 알건달로 마누라한테 얹혀사는 판인데. 난 오히려 여태껏 민주가 참고 산 게 이상해."

"세상살이라는 게 참…… 민주 남편 말야. 인물 좋고 매너 좋고 기분파였는데…… 이런 끝을 보려고 약을 몇 번씩 먹었나……."

우리는 모두 민주의 연애 사건을 기억하고 있었다. 중소도시 운수회사 사장을 아버지로 둔 민주 남편은 유학길 떠나려는 민주를 잡기 위해 두 번이나 약을 먹고 자살극을 벌였다. 결국 민주는 티파니 커팅의 다이아반지를 받고, 등이 여든 개나 된다는 대저택으로 시집을 갔다. 물론 사랑과 부에 대한 우리들의 선망과 질시도 한몸에 받으며. 그러나 얼마 되지 않아 운수회사가 남의 손에 넘어가고 집이 차압당하는 등 불운이 잇따랐다. 거기에는 사업을 벌인다고 허황하게 돈을 뽑아 날린 민주 남편도 단단히 한몫했다고 했다. 결국 민주는 친척 언니와 동업으로 작은 양품점을 내어 가게에 딸린 단칸방에서 아이들 셋을 기르며 생활을 해오던 터였다.

"위자료는 얼마나 받았다니? 남편은 돈이 없어도 시댁은 아직 시골에 부동산이 꽤 있다던데 아이들은 누가 맡는대? 민주는 앞으로 어떻게 살 거래?"

그중 민주와 가깝고 독립선언 소식도 직접 들었다는 성숙에게로 질문이 쏟아졌다.

"글쎄, 구체적인 건 몰라. 만나지도 못했고. 달포 전인가 양품점으로 전화를 했었지. 이런저런 얘기를 하는데 영 침울한 기색이야. 무슨 일 있느냐고 물으니 대뜸 치사하고 아니꼬워서 못 견디겠어, 이참에 독립선언 해버렸어, 하는 거야. 내가 그만 뻥해졌지. 간신히 정신을 수습하고 되물으니 별반 대꾸도 없이 나가볼 데가 있으니 전화 끊자고 하더라. 그리고 엊그제 양품점에 전화했더니 엉뚱한 데가 나와. 번호가 바뀐 거야."

"하지만 아이들 생각을 해봐. 가정이 깨지면 아이들은 어

떻게 되지? 비행 청소년의 70퍼센트가 결손 가정 아이들이
란 통계도 나와 있어."

"우리나라 가족법이 얼마나 여자한테 불리한지 알아? 위
자료라야 기껏해야 재산의 20퍼센트밖에 못 받아. 친권은
물론 아버지한테 있고, 여자 혼자만 빈 몸으로 떨어져 나가
라는 거야. 여자는 그저 집안을 위한 소모품일 뿐이라는 의
식이 지배하고……."

화제는 민주의 이혼 건, 나아가 여성의 인권 주위에서 맴
돌며 갈수록 싱싱하고 풍성해졌다. 민주가 나타난 것은 스
테이크 접시를 말끔히 비우고 후식으로 아이스크림을 먹을
때였다. 누구의 눈에도 막 부엌에서 고무장갑 벗어놓고 나
온 듯 보이는 후줄근한 차림의 민주는 우리가 집에서부터
준비하고 나온 말과 표정을 채 짓기도 전에 활짝 웃으며 말
했다.

"혹시나 하고 왔는데 역시나구나. 니들 엉덩이 무거운 건
알아줘야 해. 빤히 보이는 데서 못 오니 얼마나 애가 타는지.
점심때라 손님이 좀 밀려야지. 참 나 요 앞에 분식집 냈어.
말이 좋아 동업이지 영 신경 쓰이고 치사한 일 많아 못해먹
겠어. 그래서 양품점 그만두고 독립선언 해버렸어. 죽이 되
든 밥이 되든 내 장사를 해보자고. 애들 아빠는 주방장 하고

나는 카운터야. 하지만 온갖 잡일이 다 내 몫이지 뭐. 다음부
터는 우리 식당에서 모이자. 서비스 잘할게 매상 좀 올려줘."

자라

3박 4일의 낚시에서 돌아오는 재석 씨를 맞이하는 희옥의 표정이 여느 때와 달리 싸늘했다.

"아, 가장이 오랜만에 돌아오는데 버선발로 뛰어나와 얼싸안지는 못할망정, 잘 다녀오셨느냐는 인사도 안 해?"

애초의 예정보다 하루가 더 늦어진 데 대한 항변이려니, 슬며시 미안하고 눈치 보는 기분이 되어 재석 씨가 지레 큰 소리를 쳤다.

"얼마나 고생하셨어요? 피땀 흘리느라 얼마나 힘드셨어요, 하고 물을까요? 애 낳고 사는 남편이라도 하 오랜만에 보니 부끄럽고 영 어려워 인사가 안 나오네. 신혼여행도 3박 4일까지는 지겹다는 사람도 있던데…… 낚시질이 도대체 뭔데 그렇게 물리지도 않우?"

희옥은 사나흘 낚시가 아니라 노동품을 팔고 온 듯 머슴 중의 상머슴 꼴인 재석 씨를 흘겨보며 팩 내쏘았다. 사설이 길어진 건 화가 풀렸다는 뜻인지라 재석 씨는 안심하고 낚시 바구니며 뻘흙이 개발려진 짐 보따리들을 마루에 내려놓은 후 호기 탕탕 낚시 바구니의 뚜껑을 열었다.

"산에 가야 범을 잡고 물에 가야 고기를 잡는다는 건 삼척 동자라도 알지."

필시 고기를 많이 잡았다는 자랑이려니, 이걸 또 어떻게 처치한담. 속으로 중얼거리며 바구니 안을 들여다본 희옥이 맙소사, 이게 뭐예요? 소리치며 한 걸음 물러났다. 엄마 아빠 사이에 오가는 큰소리 때문에 행여 싸움이라도 하는 걸까, 겁을 먹고 무추룸히 물러서 있던 두 아들 녀석이 바구니 속을 보며 와아, 함성을 질렀다. 낚시 바구니 속에는 손바닥 세 배 넓이쯤은 될 만한 자라가 들어 있는 게 아닌가.

"아빠, 이거 거북이예요? 자라예요? 어떻게 잡으셨어요? 학교 연못에 가져가도 돼요?"

"안 돼. 집에서 길러. 큰 어항을 사다 기를 거야."

두 아이의 티격태격을 재석 씨가 한마디로 점잖게 잘랐다.

"이건 약으로 쓸 거야. 기가 막힌 보양제라고. 피는 피대로

받고 살은 폭 고아서 엄마 잡수셔야지. 잉어나 가물치에 댈
게 아니라는군. 글쎄 이놈이 얼마나 힘이 좋은지 낚싯줄에
끌려오는데 난 꼭 잠수함 한 척 걸려 나오는 줄 알았다니깐.
미끼는 말할 것도 없고 바늘도 수없이 떼어 먹혔다구."

　어른이나 애나 똑같애. 바구니 속에 머리를 박고 비명인지
환성인지 분간되지 않게 질러대는 두 아이나, 목욕탕 안에서
좍좍 물을 끼얹으며 큰소리로 무훈담을 늘어놓는 제석 씨에
대해 희옥은 혀를 찼다. 아무리 목숨이 경각에 달렸다 한들
물에서 살던 산목숨이 오죽 갈증이 심할까 싶어 희옥은 큰
함지에 물을 채우고 바구니째 들어 그것을 거꾸로 털어 넣었
다. 물 만난 고기라, 자라는 곧 네 다리를 휘저으며 기운차게
움직였다. 이 단단하고 흉측하고 더구나 저토록 기운찬 것을
처치해야 할 일이 끔찍하기만 했다.

　거기 비하면 희옥이 그토록 싫어하는, 펄떡거리는 붕어나
잉어, 피라미의 비늘을 긁고 밸을 따서 손질하는 일쯤이야
아무것도 아닌 것 같았다. 낚시는 제석 씨의 유일한 도락이
고, 그가 잡아오는 고기를 처리해야 하는 것은 그의 아내 희
옥의 으뜸가는 고역이요, 고통이었다. 그리고 제석 씨가 생
각하고 있듯 희옥은 민물고기의 맛을 즐기는 것도 아니었다.
문제는 이러한 사정을 드러내놓고 제석 씨에게 말할 수 없다

는 데 있었다. 일요과부니 뭐니 해도 낚시 취미가, 패가망신의 첩경이라는 주색잡기보다야 백번 천번 나으려니, 그만한 즐거움마저 빼앗을 수 있겠는가. 게다가 재석 씨는 몇 해 전 미친 회오리처럼 불어닥친 숙정 바람으로 까닭도 모르게 십 년 가까이 봉직해온 대학에서 쫓겨난 후 다만 낚시질에 의지해서 복직되기까지의 사 년을 버텼던 것이다. 날마다 강물에 낚싯대를 드리우고 앉아 분노와 절망과 불안을 삭이며 스스로 또 하나의 미치광이가 될 위험을 이겨냈던 것이다.

그러한 재석 씨에 대한 감사와 연민과 애정으로, 희옥은 그가 잡아오는 물고기들이 얼마나 맛있고 식탁을 즐겁게, 풍성하게 만드는가를 사실 이상으로 과장해서 호들갑을 떨곤 했다.

그러나…… 참으로 '그러나'였다. 불교도는 아니건만 살아 있는 것을 죽이는 일은 항상 언짢고 꺼림칙했다. 싱싱하게 비늘을 번득이며 튀어 오르는 물고기의 몸에 칼을 댈 때마다 손끝을 타고 올라오는 단말마의 몸부림에 그만 희옥은 고개를 돌리고, 나무관세음보살, 이것이 내가 원하는 바도, 즐기는 바도 아니라고 되뇌지 않았던가. 재석 씨가 낚시질은 다니되 잡은 고기 놓아주고 다시 잡고…….

종내는 그냥 빈 바구니로 돌아왔으면 했다. 불필요한 살생은 피하고 싶었다. 때문에 재석 씨가 바구니 가득한 고기를 쏟아놓으며 어린애처럼 의기양양할 때면 '잘 먹지도 않는 고기를 뭣 하러 잡아와요?'라고 말하진 못하고 대신 울고 싶게 난감해지기만 하는 것이었다. 때로 희옥은 돌아가신 시어머니가 꿈에 현몽을 해서, 잡은 고기는 반드시 제 물에 놓아주랬다거나, 잉어 나라에 잡혀가서 곤욕을 치르는 꿈을 꾸었다거나 하는 만화 같은 얘기를 꾸며서 남편에게 해볼까 하다가 객쩍게 혼자 웃기도 하였다.

그러나저러나 저걸 어쩐다? 샤워를 마치고 나온 재석 씨 역시 '다 내게 맡겨. 잡는 방법을 배워왔다구' 하며 큰소리치던 것과는 달리 도통 대책이 서지 않는지 이제는 머리와 다리를 빈틈없이 등껍질 아래 숨긴 채 바위처럼 미동도 않는 자라를 심각한 낯빛으로 들여다보고만 있었다.

그날 밤 희옥은 이상한 기척에 잠이 깨었다. 무언가 둔탁하게 긁어대는 소리 같기도 하고 물살에 느리게 움직이는 냇돌 소리 같기도 했다. 마침 보름이라 굳이 불을 켜지 않아도 창으로 비쳐든 달빛이 열린 방문을 통해 마루까지 뻗쳐 있었다. 더위 때문에 방문을 열고 잠이 들었던 것이다.

도둑인가?

순간적으로 쿵쿵 뛰기 시작하는 가슴을 누르고 귀를 세웠다. 바닥을 긁으며 움직이는 소리는 점점 가까워졌다. 희옥은 곤히 잠든 재석 씨를 흔들어 깨웠다.

군입맛을 다시며 귀찮다는 듯 반쯤 몸을 일으키던 재석 씨가 어, 억눌린 비명을 내뱉었다. 환한 달빛 속에 드러난 것은 재석 씨가 자랑스럽게 잠수함이라 명명했던 전리품, 예의 그 자라였다. 마루 귀퉁이에 놓인 함지에서 튀어나와 밤새 집 안을 어슬렁대며 정찰했던 모양이었다. 정찰 중인 잠수함처럼 목을 길게 빼고 느리고 유연한 몸짓으로 태연히 방문턱을 향해 오고 있었다. 낮은 문턱쯤이야 얼마든지 넘을 것이었다. 잔뜩 겁을 집어먹고 방구석으로 피해 가는 재석 씨를 향해 희옥 역시 떨리는 목소리로 소곤거렸다. 당신 이제 용궁행이유. 애꿎은 물고기를 그렇게 많이 죽였으니 혼이 나는 거라구요.

서정시대

채 물러가지 않은 어둠과 새벽의 여명이 뒤섞여 방 안은 푸르스름한 빛으로 떠오르는 듯 보였다. 근래 들어 새벽잠이 없어진 인철 씨는 다섯 시만 되면 누가 흔들어 깨우기라도 하듯 어김없이 눈이 떠졌다. 소쩍새 소리를 들으며 스산하게 돌아눕던 것이 꿈결이었는지, 아니면 어렴풋이 잠에서 깨어나던 때였는지는 확실치 않았다. 인철 씨는 완전히 잠이 깬 뒤에도 귀를 열고 가만히 누워 있었다. 소쩍새 소리를 들으려는 것이었다. 갱년기를 겪느라 안 쑤시고 안 저린 데가 없다는 아내는 잠귀가 밝았다. 휴일인데 좀 더 누워 있으라고, 새벽잠이 없어진 걸 보니 당신도 이젠 늙었나 보다고 몇 마디 웅얼거리고는 돌아누웠다. 새벽밥을 짓지 않아도 되는 모처럼의 휴일이니 달고 느긋한 잠을 훼방하지 말라는 소리로 들렸다.

한참을 기다려도 소쩍새 소리는 더 이상 들려오지 않았다. 대신 집 뒤편 언덕에 자리 잡은 전투 경찰대에서 아침훈련을 하는 듯 '아으웃, 으아악' 하는 기성과 비명 같은 구령이 들려오기 시작했다. 인철 씨는 혀를 차며 잠자리에서 일어났다. 추리닝으로 갈아입고 마당으로 나왔다. 그새 어둠은 완전히 벗겨졌지만 먼 하늘가에는 동틀 무렵의 붉은 기운이 스러지지 않고 있었다. 아무리 둘러보아도 조금 멀리에는 고층 아파트가, 인철 씨의 동네에는 고만고만한 낮은 집들이 빼곡 들어차 있을 뿐 소쩍새가 깃들 만한 산이나 숲은 없었다.

성긴 갈나무와 잡초뿐인 야산도 집터를 닦노라 벌겋게 속살을 보이며 반 남아 깎아 뭉개지는 중이었다. 세월이 바뀌고 시절이 하 수상하니 철새도 갈 곳을 잊어 텃새가 되어 인가의 처마 밑에 둥지를 트는 것일까.

까마득히 오래전 고등학교 국어시간에 '일지춘심一枝春心을 자규子規야 알랴마는'이라는 옛 시를 배운 적이 있고, 국어선생님으로부터 자규란 소쩍새를 뜻한다는 것, 옛날 중국 촉나라 망제望帝의 죽은 넋이 깃들었다는 전설이 있다는 것, 그 새의 입속이 핏빛으로 붉기 때문에 예로부터 문인들의 글에

'밤새 피를 토하며 운다'라는 표현으로 자주 애용된다는 말을 듣기도 했지만 인철 씨는 이제껏 그 애원, 절통, 지극하다는 울음에 귀 기울여본 기억이 없었다. 자연을 접할 수 없는 도시 생활이기도 했지만 그럴 심신의 여유 없이 바삐 살았던 때문일 것이다.

그런데 이 봄 들어 새삼 귓가를 어지럽히는 소쩍새 울음소리라니. 그 소리에 연상되는 애틋한 사연도 없긴만 한없이 적막하고 가슴 아프지 않았던가. 나이 탓인가. 늙어간다는 자각이 펄펄한 기氣를 꺾고 소년 시절의 치기와 감상벽으로 몰아가는 것일까. 살아온 반생의 경험이 만사 크게 기쁠 것도 슬플 것도 없다는, 이른바 '새옹지마'의 지혜를 가르치지만 문득문득 가슴을 후비는 우수, 비애라는 내부의 적은 다스리기 어려웠다. 문학적 감수성도 보잘것없고 더군다나 문학에 뜻을 두어본 적도 없었건만 문득 눈을 들어 하늘을 보면 짝사랑의 열병을 앓던 시절, 절절한 그리움으로 혼자 읊조리던 '눈이 부시게 푸르른 날은 그리운 사람을 그리워하자'라는 시구가 망각 속에서 떠오르고 대학 교양영어 책 속에서 배운 영시의 '젊은 날 함부로 쏘아버린 화살을 찾아 풀숲을 헤맨다'라는 구절이 느닷없이 튀어나와 쓸쓸해지기도 했다.

건망증이 심해져 근자의 일은 깜박깜박 잊기 일쑤인데 완전히 잊어버리고 있던 옛날의 시와 노래들이 생생하게 떠오르는 건 무슨 연유일까. 그것은 비단 인철 씨에게만 나타나는 현상은 아닌 듯 오십 나이를 밑자리에 깐 그의 고교 동창 모임에서, 허물없는 술자리와 흘러간 노래에 젖어들던 친구들 중 몇몇은 왕년의 연애시들을 줄줄 읊어대며 고전적 스타일로 돌아가는 걸 보니 우리도 사추기思秋期라거니 로맨스 그레이라거니 말했었다. 그러자 한 친구가 고개를 저었다. '나라의 새싹'으로 자라나 '화약고'를 거쳐 '질풍노도'를 겪고 '산문의 시대'를 마감하여 드디어 '서정시대'로 접어들었다고 말했다. '서정시대'. 다분히 통속적 의미를 풍기는 사추기나 로맨스 그레이보다 얼마나 격이 있는 말인가. 서정시대가 지나면 웅혼하고 도도한 '서사시대'가 오리라고 하였다. 세상만사 보고 듣고 겪는 일 모두가 일말의 가슴 아픔과 연민을 깔고 닿아오는 것이 나이 탓이라고도 하지만 사람 일생의 내면적 변화란 그리 갑작스러운 것은 아닌 것이었다. 풍상에 바위가 닳아가듯, 변화라기보다 풍화라는 것이 맞는 말일 게다.

맨손체조와 줄넘기를 마치고도 소쩍새 울음에서 비롯된 상념으로 우두커니 마당가에 앉아 있던 인철 씨가 집 안으로 들어갔을 때 아내는 벌써 아침상을 차리고 있었다.

"노는 입에 염불이라는데 마당의 잡초나 뽑아주지 그랬어요?"

아내의 말에 그는 '지금은 꽃이 아니라도 좋아라'라는 구절을 떠올리며, 꽃이나 풀을 가려서 뭐 하느냐고 조금 퉁명스럽게 대꾸했다. 된장국에 밥 말아 한 그릇 후딱 비운 대학생 아들은 알록달록한 점퍼를 입고, 귀에 이어폰을 꽂고는 건들대며 나갔다. 등산을 간다는 것이다. 도서관에 간다는 고교 3학년 딸은 화장실에서 헤어드라이어 소리를 삼십 분이나 왱왱대더니 앞머리를 닭벼슬처럼 세우고 나와 '자존심 좀 세웠지요'라고 배시시 웃었다. 아이들이 빠져나간 집은 삽시간에 물속처럼 조용해졌다. 그는 신문을 들고 거실 의자에 앉았다. 아내는 엎드려 마룻바닥을 걸레질하고 있었다. 인철 씨의 눈이 아내의 희끗희끗 센 머리와 딸이 입다가 작아져 아내의 차지가 되어버린, 미키 마우스가 그려진 분홍빛 낡은 추리닝, 그리고 허옇게 굳은살 박인 맨발에 차례로 가 닿았다. 누구의 시였더라. '아무렇지도 않고 예쁠 것도 없는, 사철 발 벗은 아내'라는 구절이 들어 있는 것이었는데……

사철 발 벗은 아내. 더욱이 예쁠 것도 없고 아무렇지도 않은 아내의 삶이란 얼마나 고달프고 눈물겨운 것이랴. 생각나

284

지 않는 시의 제목을 아내에게 물으려던 인철 씨는 말머리를 잊고 귀를 크게 열었다. 집을 향해 가까워지는 소쩍새 울음소리 때문이었다. 아내가 걸레를 던지고 벌떡 일어났다.

"쓰레기차가 이제야 오네. 여보, 쓰레기통 좀 골목 밖으로 내다놔줘요. 저쪽 산동네부터 돌아오느라 매일 이렇게 늦어. 전에는 서양 음악을 틀어주더니 지난달부터는 새 울음소리로 바뀌었어. 첨엔 진짜 소쩍새가 우는 줄 알고 깜박 속았지 뭐유."

휴가

아무리 휴가철이라고 하지만 사무실을 완전히 비울 수는 없는 일이어서 순번 정하기 제비뽑기를 했다. 3박 4일의 휴가를 7월 중순부터 8월 하순까지 다섯 차례로 나누기로 한 것이다. 복불복이라곤 해도 더위가 한창 기승을 부리는 중복을 끼고 휴가를 얻게 된 것은 행운이라 할 만했다. 프리미엄을 얹어줄 테니 바꿔달라는 제의도 여럿 들어왔으나 일언지하에 거절했다. 개선장군처럼 아내에게 휴가 일정을 말했으나 아내는 시큰둥한 대꾸로 딴청을 피웠다.

"복더위에 뭣 하러 집을 나서요? 대한민국의 뚫린 길마다 꽉꽉 메인다는데 그럴 때 집에 들앉아 있는 것도 애국이고 봉사 아니겠수? 어이구, 피서길이 고생길이지. 집보다 편한 데가 어디 있어요? 에어컨이나 달아주구려. 찬물 뒤집어쓰고 수박이나 쪼개면서 지내지 뭘. 내 팔자에 무슨 호강을 하겠다고…….”

끝엣말은 분명 어머니를 겨냥한 것이려니 싶어 나는 눈살을 세웠으나 아내는 얼마든지 할 말이 있다는 표정이었다. 마침 잠깐 들렀던 이모님이 아내의 표정을 슬쩍 보고는 어머니에게 말씀하셨다.

“젊은 사람들끼리 놀러가라고 하고 우린 한증막에 다닙시다. 이 더위에 그 먼 데까지 고생하며 바다에 갈 거 뭐 있수? 늙은이들한텐 복더위에 한증보다 더 좋은 약이 없답디다.”

어머니는 고개를 흔드셨다.

“우리 애들하고 동해바다에 갈란다. 모래찜질도 하고 싱싱한 해물도 먹어야지. 다 산 늙은이, 생전에 언제 또 가보겠어?”

흰 머리칼이 돋기 시작하는 나이가 되었어도 해수욕이니 피서니 하는 말 대신 ‘바다가 부른다’, ‘바다를 만나러 간다’라고 굳이 수사학적인 멋 부리기를 좋아하는 아내였다. 경제적 여유가 없고 애들이 어려 휴가를 즐길 엄두를 내지 못하던 시절에도 지치지 않고 ‘겨울 바다’, ‘눈 내리는 포구’, ‘가을의 숲길’을 보채곤 했었다. 나와는 달랐어도 나는 그러한

아내의 '소녀적 취향'이나 '낭만적 기질'을 사랑스럽게 생각
해왔다. 그런데 몇 해 전부터인가, 아니 정확히 어머니가 우
리 집에 오신 때부터 아내는 달라졌다. 수족이 있는 한 자식
의 짐이 되지 않겠노라고 시골에서 농사를 짓고 지내시던 어
머니는 아버지가 돌아가시자 우리 집으로 오시게 되었다. 아
버지는 일흔다섯에 돌아가셨으니 천수를 누리셨다고는 해
도 사람 삶의 끝은 언제나 허망하고, 자식 된 사람에겐 회한
과 죄책감을 남기기 마련인 모양이었다. 한 분 남은 어머님
의 여생이나마 편안히 모시리라고 결심했다. 게다가 '내가
살면 얼마나 살겠냐. 오늘이 그날일지 내일이 그날일지……'
하는 어머니의 비감 어린 탄식도 예사롭지 않아 나는 자주
어머니를 모시고 집 밖 나들이를 했다. 마침 승용차를 마련
한 때여서 나는 별반 수고로움 없이 효자 노릇을 할 수 있었
다. 자연농원, 어린이 대공원, 내장산의 단풍 등등. 아이들은
'우리 차' 타고 여행하는 일에 신이 났고 땅에 엎드려 산 칠
십 평생 처음 보는, 편리하고 화려한 세상에 어머니는 놀라
고 감탄하셨다. 그런데 어느 날부터인가 아이들은 4인용 소
형 승용차가 좁다고 불평하기 시작하였고 어머니가 카세트
로 즐겨 듣는 '회심곡'이나 '판소리' 가락에 귀를 막았다. 아
내는 주말이나 연휴 때면 배앓이와 두통이 생기는 일이 잦았

다. 아내의 두통이나 배앓이도 이해할 수 있었다. 노인네 시중이 생각만큼 쉽지 않았다. 차멀미를 한다거나, 고속도로에 진입했는데 초입부터 소변이 마려워 얼굴이 샛노래진다거나 하는 사정은 안쓰러운 마음으로 헤아릴 수 있었다. 달리는 차 안에서, 너무 빨리 달리지 마라, 사고 날 뻔하지 않았느냐, 씽씽 달리는 다른 차들이 다 앞질러 갈 때까지 길가에 차를 세워두었다가 나중에 천천히 가자거니 하실 때에는 나도 모르게 짜증스러운 핀잔이 나오기 마련이었다. 어머니에게 나는 아직도 물가에서 노는 어린아이였다. 집을 나서면 으레 햄버거나 돈가스를 찾는 아이들과는 달리 어머니는 밥과 된장찌개가 없으면 식사를 못 하셨다. 화학조미료가 든 음식은 어머니에게 두드러기를 일으켜 매식을 할 수 없었다. 때문에 여관방에 들 때는 작은 전기밥솥을 옷 꾸러미에 감추고 들어가는 궁상을 떨고 방 안에서 버너로 찌개를 끓이다가 종업원의 눈총을 받은 것도 여러 번이었다. 외식을 좋아하는 아이들은 끼니때마다 불만이었다. 집 떠나는 것이, 매일의 살림살이에서 해방되는 의미도 컸던 아내는 지난여름 동해바다에서 뙤약볕 아래 바닷물 속에도 한번 못 들어가보고 노인네의 식사 시중, 빨래 시중, 말벗 시중으로 녹초가 되어 다시는 어딜 가나 봐라, 이를 악물었다.

나는 아내를 달랬다.

"노인네 잘 모시면 복 받는다는 옛말이 괜히 있는 줄 알아? 그만큼 힘들다는 거야. 어머니가 사시면 얼마나 사시겠어? 사시는 날까지 즐겁게 해드리자구."

아내를 설득시키자 이번에는 아이들이 뚱그러졌다. 보충수업을 받는다느니 친구들과 캠핑 약속이 있다느니 하지만 실은 구속과 긴섭이 많고 새미없는 부모와의 여행이 싫다는 뜻이렷다. 휴가 떠나는 전날 밤 아내는 그때까지 버티는 아이들에게 위협인지 하소연인지 분간이 안 가는 말을 늘어놓고 있었다.

"얘들아, 너희들이 부모와 함께 살아온 날보다 이제부터 떠나야 할 때까지의 시간이 더 짧다는 것을 왜 모르니? 함께 다닐 수 있을 때 다니고 함께 사는 날들을 아껴야지. 몇 해 안 되어 부모 곁을 떠나게 된다는 걸, 이런 날들이 다시 오지 않는다는 걸 왜 모르니?"

아이들을 타이르는 아내의 목소리가 서글프게 젖어들어 '곡조 슬프게 뽑는구나'라고 피식 웃다가 그만 가슴이 찡해졌다. 비가 안 와야 할 텐데, 장마는 걷힌 거지야? 내일 날씨는 어떻다던? 일기예보는 들었니 등등 들어주는 이 없는 어머니의 웅얼거림 역시 필사적으로 아이들을 놓지 않으려는 아내의 하소연과 마찬가지로 우리가 함께할 수 있는 시간에의 아쉬움, 짧고 덧없는 시간에의 안타까움이라는 깨달음이 왔던 것이다.

골동품

자정이 넘은 시각에 남편은 얼근히 취해서 귀가했다. 사람 좋아하고 대화의 분위기를 좋아하여 술자리를 애써 피하는 편은 아니었지만 체질적으로 술에 약한 그였다. 기분이 좋을 때는 별문제가 없지만 혹 언짢은 상태에서 한두 잔이라도 마신 끝이면 밤새 위경련을 일으키고 토해대기 일쑤여서 늦은 귀가에 불평을 늘어놓을 겨를도 없이 나는 조심스레 남편의 기색을 살폈다. 흥얼흥얼 콧노래까지 부르는 것을 보니 기분은 만점이었다.

"얼음물 해올까? 토할 것 같지 않아?"

"아냐, 오늘 좋은 술 먹었어. 아까운 술을 왜 토해?"

식탁에 차려두었던 그의 저녁밥을 치우려는데 우렁우렁

한 목소리가 뒤통수를 끌어당겼다.

"모두들 양심이 썩었어. 정신상태가 돼먹지 않았다구. 내가 좀 가르쳐야겠어."

이건 또 무슨 소린가 싶었다. 그러고 보니 아침 식탁에서 신문을 훑어보던 남편이 똑같은 소리를 했다는 기억이 났다. 남편이 들고 있던 신문의 사회면에는 국보급 자기와 불상을 해외로 밀반출하려다 적발된 사건이 톱기사로 보도되어 있었다.

"냉수 좀, 아니 그보다 우리 집 가보님들이 잘 있나 봐야지."

잠옷으로 갈아입은 남편이 거실로 나와 소파에 앉으며 말했다.

나는 픽 웃으며 거실 장식장 위에 놓인, 손바닥만 한 대접 두 개와 철제 코끼리 향로를 탁자 위로 옮겨놓았다.

"자기가 벌었으니 자기 돈이다, 자기가 가졌으니 자기 물건이다 하고 생각하는 풍조가 만연해 있으니 큰일이야. 당신도 이건 내 물건이거니 하고 함부로 다루지 말라구."

"그게 왜 내 꺼유? 대대손손 물릴 우리 집 가보님들이지."

나는 그저 농담으로 말했으나 남편은 정색을 했다.

"지난번 이사 때도 그렇게 조심하라고 했는데 다른 그릇들과 뒤섞어 마구 넣는 바람에 쪽이 떨어졌잖아. 이건 국가적으로 큰 손실이고 귀한 문화유산을 훼손한 큰 죄를 지은 거라구."

도청의 위생과 주사급 지위에 있는 남편의 청백리 기질은 곧잘 이런 식의 일장연설로 드러나는 것이니 한 귀로 듣고 한 귀로 흘려버리면 그만이었다.

전문적인 용어로는 계룡산이라고 한다던가. 결이 곱지 않은 흰회색 바탕에 철사문양이 든 대접은 결혼 전, 도요지의 파물이나 조악품을 파는 리어카 장수에게서 오백 원에 산 것이고 청잣빛을 흉내 낸 푸른 대접은 줄담배를 피우시는 친정 아버지가 급한 대로 재를 털던, 제대로 된 재떨이 구실도 못하고 굴러다니던 물건이었다. 코끼리 향로로 말하자면 왜정때 것일 게다. 일본 사람들의 풍습에 따라 집 안에 설치한 불단 위에 놓여 있던 것이리라 짐작되는 것으로 제법 묵직하여 고철 값으로만 쳐도 엿 한 목판은 실히 받겠다고, 누구 눈치볼 것도 없이 친정에서 들고 온 것이었다. 모두 사채업을 하던 아버지가 중앙시장 뒤편에서 고물상을 하던 김 씨에게 빌려주었던 돈을 몽땅 떼이게 되자 리어카로 실어온 물건들이었다. 그러나 돈 될 만한 짭짤한 물건들이 빚쟁이의 손에 넘겨지기를 기다리고 있을 리 없었다. 물건들을 마당에 쌓아놓고 골동품 감정가라는 사람을 불러대었으나 별 값어치 없다는 그의 말에 더 망설일 것도 없이 푼돈이라도 될 만한 물건은 다시 실려 나갔다. 말하자면, 우리 집에 있는 대접과 향로는 엿 값에도 못 미치는 물건이었던 것이다. 시집올 때 가져온 내 짐 속에 섞인 그것들을 보고 남편이 신기해하며 골동품이냐고 묻는 것을, 아버지가 빚 대신 끌어온 것이라고 이실직고하기가 거북해 고개를 끄덕인 것이 이 사단이 되었다. 오래전부터 집안에 내려오던 것인데 푸른 대접은 고려자기, 회색 대접은 고려자기에서 조선백자로 넘어오는 과도기에 만들어진 분청사기라고 얄팍한 지식을 설파하자 나와 마찬가지로 실생활에 이용도가 없는 것은 무조건 사치품으로 치부해버리는 사고방식으로 자란 그는 새삼 놀라는 눈으로 그것들을 바라보며 덧붙였다.

"이 코끼리는 우리나라 것이 아닐 거야. 한반도에는 코끼리가 원래 없었잖아. 신라 때 혜초가 인도에 갔었지? 인도에서 온 것이 아닐까? 아무튼 아주 오래된 게 틀림없어. 어림잡아도 천 년은 되었을걸?"

남편은 찾아오는 손님들에게마다 그것들을 내보이며 설명하곤 했다.

"이건 우리 집 가보야. 누대로 내려오는 거지. 가세가 기우

는 통에 그 많던 진품 명품들이 산지사방으로 흩어지긴 했지
만⋯⋯."

내 말을 고스란히 옮기는 것이었다. 나는 낯간지럽기도 하
고, 누가 보아도 서툰 모조품이나 조악품이 분명할 그것을
정말 진품이라고 믿고 하는 소리일까 의아했으나 굳이 그 물
건의 내력을 밝히지는 않았다. 골동품을 소유하거나 즐기는
일에 작은 관심조차 돌릴 여지도 없이 살기에 급급한 서민들
이 갖는 문화적 선망이 그런 식으로 해소된다면 그런대로 괜
찮을 것이었다.

"우리 부서의 이 주사, 이근식이 알지? 그 친구 처삼촌이
태백산 골짜기에서 화전을 일궈먹고 산다는군. 그런데 얼마
전에 밭에서 놋수저, 놋그릇, 흙으로 빚은 항아리를 몇 점 찾
아냈대. 이 주사가 우연찮게 그 소리를 얻어듣고는 그 길로
달려가 스테인리스 그릇, 플라스틱 그릇들을 한 보따리 사주
고 실어왔다나. 그 친구, 횡재 꿈에 부풀어 있어. 노다지라는
거지. 오늘 신문에 났던 그 녀석들처럼 해외로 빼돌리려는
꿍꿍이속인지도 몰라. 그래서 내가 본때를 보여주려고 우리
집 골동품들을 시립박물관에 기증하겠다고 그랬지. 박물관
에 연락했더니 단박 그쪽 사람들이 찾아왔더군. 장한 일이라
고 치하가 대단해. 우리가 가졌다고 우리 건가? 우리 민족 전

체의, 아니 크게 보면 인류의 문화유산이지. 남들에게 보아란 듯 솔선수범하는 거야."

"여보, 그건······."

"아마 삼사 일 후에 ㄱ대학교 ㅎ교수가 찾아올 거야. 그 방면에는 귀신같은 감정 안을 가졌다더군. 내가 들고 나가겠다고 해도 굳이 자기가 집으로 오겠대. 그 귀중한 걸 들고 다니다가 파손이라도 되면 큰일이라는 거지. 아무리 진품이 확실하다 해도 형식적으로나마 감정 절차는 필요할 거야."

"여보, 내 말 좀 들어봐요."

나는 눈을 크게 뜨고 남편을 불렀다.

"당신이 서운해할 걸 내가 왜 모르나. 당신 집안의 조상 대대로 아끼면서 간직해온 것인데······. 하지만 좀 더 크고 넓게 생각해보자구. 집에 두면 우리 가족 세 사람이 보지만 박물관에 있으면 온 겨레가 보는 거야. 당신 마음을 생각해서 내가 기증자 이름을 밝혀달라고 했더니 쾌히 응낙하더군. 기증자로 당신 이름을 올렸어."

나는 할 말을 잃고 멍하니 남편을 바라보았다. 남편의 얼굴은 크게 칭찬받아 마땅한 일을 해낸 소년처럼 자랑스럽게 빛나고 있었다. 그렇다. 금반지 하나 해줄 재력도 없는, 있다면 펄펄 뛰는 혈기뿐인 그와의 결혼을 결심하게 한 것은 그

영원히 늙지 않을 소년 같은 얼굴이었다.

"이 순진한 양반, 그게 정말 진짜 골동품인 줄 알았단 말예
요?"

나는 대번에 술기가 걷히는 남편의 얼굴을 차마 바라보지
못하고 입속말로 웅얼거렸다.

보약

|

"언제 서울 안 오니? 일간 다녀가려무나."

"왜, 또 죽은 사람도 살려낸다는 약을 구하셨어요?"

오랜만에 듣는 친정어머니 음성에 반가운 나머지 나는 핑 내쏘았다. 작년엔가 어머니의, 불문곡직하고 급히 올라오라는 전화에 서울에 갔다가 그 길로 까닭도 모르고 눕혀져, 간호사 출신이라는 옆집 여자에게 주사를 맞은 적이 있었다. 어머니는 약 이름을 묻는 내게 시종 희색이 만면해서 그저 '죽은 사람도 살린다는 좋은 약'이라고만 말했다. 그런데 사실은 그것이 알부민 주사약으로, 언니가 어머니에게 드리기 위해 외국에서 온 사람에게 특별히 산, 십만 원이 훨씬 웃도는 금액의 것이라는 것을 나중에야 알고 나는 화를 버럭버럭

내었던 것이다. 죽을병에 걸린 것도 아닌 터, 잘 먹고 잘 자고, 움직일 만큼 움직여주는 몸에 그런 거액의 주사를 찔러 넣는다는 게 내 생활철학에 물론 어긋나는 것이기도 했지만 자식 도리를 못하고 있다는 자격지심과 짜증이 더 컸다.

"네 주변머리에 돈이 천만금이 있대도 그런 주사 구해 맞겠니? 그래서 그런 거니까 아예 언니한테는 네가 맞았다는 소리하지 말아라. 들으면 섭섭해할라. 한창 필 나이에 호박 오가리처럼 쪼그라드는 네 꼴이 마음에 걸려 너부터 맞혀야겠다는 생각이 들더라."

어머니의 당부가 내 처지를 더욱 초라하게 만드는 것 같았다. '가난한 서생書生에게 시집와서'라는, 자조보다는 오히려 자부심과 자존심이 더 많이 깃든 내 말버릇에 스스로 콧방귀가 나올 지경이었다.

산중턱의 시민 아파트 꼭대기 층을 전세 얻어 결혼 생활을 시작한 지 반년 만에 남편은 다니던 잡지사를 그만두고 대학원 공부를 시작했다. 조실부모하고 어렵게 사는 형 밑에서 겨우 대학을 마친 남편 쪽은 도움을 바라기는커녕, 서 발 막대 휘둘러도 걸릴 데 없는 그야말로 적막강산이었지만 그때 우리는 용기백배했다. 한 번 태어나 사는 건데 이 젊은 나이에 단지 먹고사는 일에 매여 자기 꿈을 포기하다니요. 당신

하고 싶은 일을 하세요. 나는 겁 없이 부추겼다.

대학원 공부를 마치고 고달프고 기약 없는 시간 강사 노릇을 이 년 만에 청산하고 지방 대학의 전임 발령을 받았을 때 이제는 살겠구나 싶었지만 그것도 잠깐이었다. 그동안 사노라고 진 빚이며 무리해서 집 장만을 하느라 진 빚으로 앞으로 한 삼 년은 남편의 월급에서 거의 반 가까이를 또박또박 떼어야 할 판이었다. 게다가 남편은 월급봉투만 고스란히 가져다주면 그뿐, 집에서 밥이 끓는지, 죽이 끓는지 몰랐다. 이런 형편인지라 내가 어머니에게 이제껏 해드린 것이라곤 남편의 전임강사 첫 봉급을 받아 선물한 내의 한 벌이 다였다. 살림 같은 건 나 몰라라 하고 허황한 사업으로 밖으로만 돌던 아버지 대신 당신 혼자 많은 자식 키우고 거두노라 평생 심신이 아프고 성한 데가 없었지만 나는 그 흔한 신경통약 한 번 사드린 적이 없었다.

"주사 맞으란 소린 안 할 테니 올라오너라. 하도 본 지 오래돼서 그런다."

마침 서울에 한번 가보아야지 하던 참이어서 다음 날 나는 두 아이를 이끌고 집을 나섰다. 두 시간 남짓의 기차 여행에 지치고 지루해진 아이들은 지하철을 타면서 곧 잠이 들었다.

잠든 아이를 업고, 선잠 깨어 칭얼거리는 아이의 손을 잡고 친정집 문을 들어서자마자, 만사 귀찮다는 얼굴로 드러누워버리는 나를 어머니는 늙고 정기 없는 눈으로 물끄러미 바라보았다.

"왜 그런 눈으로 쳐다봐요?"

나는 핑 내쏘고 돌아누웠다.

"어이구, 한창 좋은 나이에 나날이 쪼그라드는 게 기가 막혀 그런다."

"나이를 속이나요? 쪼그라들 때도 됐지요."

"그게 에미 앞에서 할 소리냐? 네 언니들 좀 봐라. 볼 때마다 처녀처럼 팽팽해지더라. 여자와 집은 가꾸고 위하기 달렸다는데, 애 낳고 기르는 게 다 에미 살 말리고 피 말리는 짓인 줄 모르고 사내들은 그저 저만 위하라고 그러지. 잘난 인물이 따로 없더라. 여자란 그저 남편 위함 받고 잘 먹고 잘 입고 좋은 거 바르면 젊어지고 예뻐지는 법이야. 윤 서방, 마누라 위하긴 애저녁에 틀렸으니 부디 네 몸 네가 위해야 한다. 남편 자식 수발에 허리띠 졸라매고 뼈 빠지게 일하다가 병이나 덜컥 나봐라. 어느 사내가 앓고 누운 마누라 곱다고 하겠니. 남편 고기 한 점 줄 때 넌 두 점 먹고 애들 달걀 한 알 먹일 때 넌 두 알 먹고…… 그게 다 식구들 위하는 길이야."

또 녹음기를 트는구나, 한없이 이어지는 어머니의 설교에 나는 속으로 쿡 웃었다. 언젠가 이사하는 걸 봐주러 오셨다가 짐도 풀기 전 낚싯대를 챙겨 들고 나가는 남편을 보고 어머니는 체머리를 흔들었다. 그 뒤로 나를 볼 때마다 매양 하는 소리였다. 그리고 그것은 곧장 아버지에 대한 원망으로 이어지곤 했다.

"늬 아버지가 평생 빗자루 들고 마당 한 번 쓸어보신 적 있는 줄 아니? 나만큼 늙어보면 죽어지낸 세월이 억울해지는 법이야. 요즘에는 여자들은 애를 낳기만 하고 남자들이 다 기른단다라. 우유도 때맞춰 먹이고 기저귀도 갈아주고 빨래도 설거지도 다 해준단다라. 시어른들 모시고 사는 살림도 아닌데 젊은 사람들이 힘 덜어주며 사이좋게 살면 보기에도 좀 좋으냐?"

"남자가 집안일에 잔신경 쓰다 보면 큰일을 못 해요."

"그래서 늬 아버지는 나라를 세우셨니, 정승판서를 하셨니? 그것도 다 옛말이다. 안에서 잘하는 사람이 바깥에서도 유능하더라. 남남끼리 만나 사는 데 잔정이 있어야지."

이쯤에서 어머니는 스스로 역정을 이기지 못해 버럭 소리를 지르기 마련이었다.

이튿날 아침 채 일어나지도 않은 내 머리맡에 어머니는 한약 한 뭉치를 놓으며 말했다.

"보약 한 제다. 시베리아산 녹용이 있다기에 부탁해서 지은 거야. 제 손으로 제 약 달이기 힘들다만 아무 소리 말고 성심껏 다 먹어야 한다. 내 몸 위하는 길이 바로 식구들 위하는 길이야."

"미쳤어요? 내가 이런 걸 왜 먹어요?"

퉁명스레 대꾸하고 돌아누워버렸다. 녹용 든 약 한 제면 값이 얼마쯤이라는 것은 나도 귀동냥으로 들어 알고 있었고 그것이 따로 사는 오빠네에게서 빠듯하게 생활비를 타 쓰는 어머니로서 얼마만 한 출혈이라는 것이 짐작되었기 때문이었다. 돈이란 항상 주는 쪽에서는 벅차고 받는 쪽에서는 옹색한 법이니까. 우격다짐으로 들려주는 보약을 챙겨 집으로 오면서 나는 생각이 많았다. 기관지가 약해 겨울이면 사흘거리로 병원 출입을 하는 아이들이 걸리고, 술 마신 이튿날은 종일 일어나지도 못하고 환절기마다 감기몸살을 호되게 치르는 남편도 걸렸다. 또 보잘것없이 빈한한 우리의 밥상이 떠올랐다. 그래, 이번엔 남편을 먹이자. 반 제씩 나눠 먹을까. 아니, 보약은 나눠 먹으면 효과가 없다는데. 첫 탕은 남편 주고 나는 재탕을 먹기로 하자.

약을 달여 남편에게 주며 나는 그때마다 생색을 내었다.

"보약 먹으면서 술 마시면 효과 없는 거 알죠? 어머니가 당신 생각해서 지어 보낸 거니 명심하세요."

내막 모르는 남편은 사위 사랑은 역시 장모라면서 그저 희희낙락이었다.

여섯 달 후, 남편 모르게 조금씩 부어오던 계를 타게 되자 나는 그 돈으로 용하다는 한의원을 찾아 녹용 든 보약을 한 제 지어 소포로 부쳤다. 그러고는 어머니에게 전화를 걸어, 아버지는 아직 기운이 좋으시니 꼭 어머니가 드셔야 한다고 신신당부를 했다. 모처럼 큰 효도를 한 듯 뿌듯한 기분이었다. 그리고 스무 날쯤 지난 후 다니러 갔을 때였다. 한약 달이는 냄새가 온 집 안에 기득했다.

"약 달이시나 봐요?"

"그래, 네 덕에 내가 아주 소도 잡을 것처럼 기운이 나는구나."

어머니가 조금 송구한 표정을 지으며 웃었다. 돈으로 보내느니 약을 지어드리기 천만 잘했다는 생각이 들었다. 그런데 저녁 밥상머리에서였다. 연세치고는 젊은이 못지않게 건강하고 근력이 좋은 아버지의 얼굴이 그날따라 더욱 불그레 홍조가 도는 듯했다.

"아버지, 신색이 좋으시네요."

"어쩌 약을 다 지어 보냈냐. 그걸 먹으니 한결 기운이 나는

305

것 같구나."

아버지의 대답에 나는 숟갈을 놓고 힐끗 어머니를 바라보았다.

어머니는 슬며시 내 눈길을 피하며 민망한 표정을 지었다.

"나야 아직 괜찮다. 요즘 늬 아버지 근력이 안 좋으셔서 그렇지."

그러고는 변명하듯 큰 소리로 말을 이었다.

"늬 아버지 병나시면 병수발로 녹아나는 건 나지. 안 그러냐? 재탕은 내가 먹는다. 녹용은 삼탕, 사탕까지 약효가 있다더라."

필설로 형용할 수 없는

이 시대를 살아가는 보통 사람들의 정서 함양과 교양을 목표로 발간한다는 취지를 가진 포켓용 월간지 《한빛》 편집부 직원들은 출근 시간을 훨씬 넘긴 열 시가 되기까지 비어 있는 나임수 편집부장의 자리를 보며 논의가 분분했다.

"자신을 몰아내려는 분위기를 눈치채고 스스로 명예롭게 물러나려는 게 아닐까."

"절대적으로 몰리니까 겁이 나서 그러겠지."

"그 필설로 형용키 어렵게 노회한 늙은이가 스스로 물러난다구? 어림없어. 시간을 벌어 뒤통수를 치려는 거야. '자 여러분들, 서랍 정리하시오. 사람은 얼마든지 있습니다'라고 의기양양하게 말할 텐데 뭘."

여러 사람이 모여 일하는 곳이라면 대개 집중적으로 미움이나 비난을 받는 인물이 있기 십상이다. 심리학자들은 인간본성 속에 속죄양을 만들고 싶어 하는 속성이 있다거나 가학적 보상 심리가 있기 때문이라고 분석하기도 하는 모양이지만 부장인 나임수 씨에 대한 집중적 비난과 성토에는 충분히 그럴 만한 이유가 있었다. 우선 그는 하루가 다르게끔 변화하는 정보화시대에 최첨단을 걷는 잡지 편집장 노릇을 하기에는 너무 늙고 낡았다. 이십 대 중반에서 삼십 대 초반인 젊은 사원들이 보기에 이미 오십 대 중반인 그는 완고한 보수주의자(그것은 새로움과 변화를 감당할 능력이 없는 자의 고집을 이름에 다름 아니지 않던가)이며 썩은 나무둥치에 지나지 않았다.

물론 그는 그의 말대로 일생 종이밥을 먹고 산 전문 편집인이지만 머릿속의 교과서와 참고서란《주부의 벗》이니《생활과 교양》따위 일본 책들뿐이었다. 그가 처음 잡지 일을 배우던 초창기에 견본이자 귀감이 될 만한 것이 일본 잡지들뿐이었을 테니 그럴 법도 하겠다 싶지만, 말끝마다 "일본 잡지들은……" 하고 내세우는 그의 의식적, 정서적 친일이 4.19 이후에 태어난 젊은 사원들에게 유난히 거부감을 일으키는 것 역시 당연했다. 공식적으로 부르는 그의 별명은 '필설로 형용할 수 없는'이었지만 기실 진짜 별명은 그 문장 뒤에 따라오게 되는 '목불인견目不忍見'이었다. 그것은 그가 글을 쓸 때나 말할 때 애매하거나 힘들면 으레 구사하는 구태의연한 문장이었고 한편 원고를 검토할 때의 태도에 기인하는 것이기도 했다. 펜을 들면 그는 입 밖으로 혀를 내밀어 움직이거나 입술을 빠는 습관이 있었다. 펜과 혀가 동시에, 즉 필설이 한가지로 열심히 작동을 하는 것이다. 여하튼 그는 마지막 직장이 되기 십상인 이곳에서 누구에게나 무해무득, 편안하고 교훈적인 토막글이나 쓰면서 의욕적인 젊은 사원들을 등 두드려 독려하는 것으로 족할 듯한데 필설을 다하여 편집 계획부터 기사의 토씨 하나까지 전권을 장악하려 들었다. 애써 써온 기사에 붉은 줄을 박박 그으며. "이게 어느 나라 식 문장인가. 순 번역투라 어색하기 짝이 없군. 도대체 문장을 모른다구. 기자 채용해서 문장부터 가르쳐야 하니." 따위의 핀잔을 주어 탄탄한 문장력과 예리한 시각에 은근한 자부심을 갖고 있는 사원들의 반감을 사고 분개하게 만들었다. 대체 대한민국 교육이 어떻기에 대학 졸업자 글씨가 이 모양이며 한자도 제대로 못 쓰느냐 하며 대놓고 핀잔을 주기도 했고. 젊은 사원들은 기능과 능률이 우선인 이 시대에 필경사, 대서장이 노릇을 요구하느냐고 반발했다. 게다가 그는 인품

면에서도 별반 신뢰를 받는 편이 못 되었다. 자판기가 설치되어 있음에도 불구하고 손님이 찾아오면 접객용 의자에 앉아, "어이, 미스 리! 여기 커피 두 잔 타오지." 하고 명령을 내리거나 수시로 '여자다움이 바로 여자의 생명이며 아름다움'임을 강조하는 통에 당당히 공채 시험을 거쳐 들어온 여기자에게 전문 직업인으로서의 자존심에 상처를 주거나 직장인으로서의 장래에 회의를 느끼고, 나이기 여자로 태어나고 살아가야 하는 조건에 절망감까지 느끼게 했다. 그런가 하면 "이것을 할 땐 침대에 눕는다. 조금 아플 수도 있다. 조금 피가 난다는데 이게 뭘까. 미스 김?" 하는 따위 퀴즈를 내고 얼굴이 홍당무가 된 미스 김에게 "미스 김은 무슨 엉뚱한 생각을 하는 모양인데 수혈이지, 뭐야." 하며 빙글대곤 했다. 휴가 기간 중 쌍꺼풀 수술을 하고 출근한 미스 주에게 "치마가너무 길어 한 단 접어 올렸나?" 하고 이죽거리기도 했다.

각 사원마다 그에게 개인적 원한을 가질 이유가 다 있는 셈이었다. 하여 어제 퇴근길에 나임수 씨를 뺀 부원 여섯 명이 부근 음식점에 회동, 무능과 무품위에 대한 성토대회를 갖게 되었던 것이다. 새 술은 새 부대에! 그의 권한을 대폭 축소시키든가 아니면 그 밑에서 더 이상 일할 수 없다는 것이 그들의 결의였다.

임수 씨의 부인으로부터 그의 교통사고 소식을 알리는 전화가 온 것은 열두 시 가까이 되어서였다. 엊저녁 퇴근길에 동네 어귀에서 트럭에 치였다는 것이었다.

편집부 직원들이 점심시간에 임수 씨가 살고 있는 변두리 동네의 병원으로 찾아갔을 때 그는 머리에 붕대를 감고, 왼쪽 팔과 다리에 깁스를 한 채 누워 그들을 맞았다. 어디를 다쳤으며 얼마나 아픈가 묻자 그는 "어떻게 아프냐 하면……" 하며 아픔을 참노라 잔뜩 낯을 찡그리고 잠시 생각하는 기색이더니, "필설로 형용할 수 없이……"라고 대꾸했다. 그러나 아무도 뒤이어 마음속으로 '목불인견'이라고 비아냥댈 수 없었다.

"글쎄 그 어린 게 트럭 밑에서 꼬물꼬물 놀고 있는데 트럭 운전사인 애비는 그것도 모르고 부릉부릉 시동을 거는 거야."

발차하는 트럭 밑에 뛰어들어 아이를 끌어내고 미처 몸을 빼지 못해 다쳤노라고 띄엄띄엄 상황 설명을 하는 그의 말을 들으며 그들은 필설로 형용키 어려운 느낌을 받았던 것이다.

한밤의 불청객

소리치거나 서툰 짓 하면 가만두지 않겠노라는 협박이 아니더라도, 어둠 속에서 낯선 자의 침입을 알아챈 순간 벌써 굳어버린 혀는 반벙어리처럼 욱욱 치밀어 오르는 비명을 누르고 목구멍을 막아 호흡조차 어려운 지경이니 언감생심, 소리쳐서 도둑을 쫓겠다거나 기지를 발휘해 잡아보겠다는 엄두나 낼 수 있으랴. 익숙한 몸놀림으로 양복장 안의 넥타이를 꺼내 남편의 손발을 묶던 사내가 "좀 가만있잖고 왜 이렇게 떨어대는 거야?"라고 핀잔조로 내뱉는 것으로 보아 남편의 정황 역시, 의지와는 무관하게 와들와들 떨고 있는 내 쪽과 다를 바 없는 모양이었다.

"누, 누구요? 왜 이러는 거요?"

무력하고 가냘픈 항변을 더듬대는 것으로 간신히 가장으로서의, 남자로서의 존재증명을 하고 있는 것이다. '뭣이든 다 가져가도 좋으니 목숨만 살려주시오'라는 사정을 하지 않는 것은 최소한의 품위, 자존심을 지키려는 안간힘이리라. 남편을 묶고 입에 넓적한 테이프까지 붙인 사내는 서두는 기색 없이 내 손발을 묶었다. 밤손님은 두 명이었다. 창문으로 들어오는 희미한 바깥 빛을 통해, 한 걸음 떨어진 곳에서 길고 비죽한 쇠붙이를 우리 부부에게로 향해 겨누고 선 사내와 쪼그리고 앉아 열심히 나를 묶고 있는 또 다른 사내의 모습을 보며 나는 참으로 멍청한 생각만을 반추하고 있었다. 이게 꿈이 아닐까. 폭력배와 강도가 제 세상을 만난 무법천지가 되었다고 신문이나 텔레비전에서 쉴 짬 없이 떠들어대도, 또한 새집 짓고 이사하면 으레 신고식을 치르기 마련이라는 사람들의 말도 남의 일로 치부하지 않았던가. 어떻게 내 집 안방에서 이런 일이 일어날 수 있단 말인가. 그러나 잠자리에서 도둑이 들었다는 것을 깨달았을 때 반사적으로 나를 지배한 것은 폭행 살인 따위 대중매체로 길들여진 상상력이었다. 모르는 결에 잠옷 단추부터 단단히 여미고 옷자락을 끌어당겨 드러난 다리를 가렸다. 살인이란 말 그대로 사람을 죽이는 것이지만 폭행이란 단순히 '구타'를 뜻하는 것만은 아니게 포괄적인 의미를 갖는다는 것을 알고 있었다.

　어둠 속에서의 행동거지가 거칠 바 없이 익숙한 것으로 보아 그들은 우리 부부의 목에 흉기를 들이대고 잠을 깨우기 훨씬 전부터 들어와 있어 방 안의 어둠을 익히고 있었음이 틀림없었다. 목전의 위험을 모른 채 흉기와 폭력과 음험한 음모 앞에서 무방비 상태로 잠든 우리의 얼굴을 잔인하게 비웃으며 지켜보았으리라는 상상은 또 다른, 보다 근원적인 공포를 불러일으켰다. 어찌 비단 한밤의 침입자 앞에서뿐이랴. 토대와 울타리가 든든하고 안전하다고 믿는 나날의 생활, 우리의 생이란 거친 삶과 운명 앞에서 얼마나 불안하고 허약한 것인가.

　"좀 답답하겠지만 싸우지 말고 사이좋게 얌전히 있으라구."

　사내는 우리 부부를 방 한구석에 몰아붙이고 얇은 누비이불을 덮어씌웠다. 전등 스위치 올리는 소리가 들리고 이불 속으로 희미한 빛이 새어들었다. 입을 막힌 남편의 거친 콧소리에 섞여 함부로 장롱 문, 서랍장 열어젖히는 소리, 옷가지들을 들쑤셔대는 소리들이 눈에 보이듯 환히 들려왔다.

　"이거 뭐, 아무것도 없잖아. 겉만 고대광실로 버지르르하지 속은 텅텅 비었어. 에이 재수 옴 붙었어. 공쳤잖아."

잔뜩 볼멘소리로 투덜대는 사내의 소리에 나는 부르르 몸을 떨었다. 손발 묶여 꼼짝 못 하는 남편이 자꾸 내게 어깨를 비벼대며 입안엣소리를 내려고 애쓰고 있었다. 필시 뭣이든 스스로 다 내주어야 무사할 테니 그렇게 하라는 뜻이렸다. 한밤중 부들부들 떨며 기척 없이 숨어들어 은수저나 라디오 따위, 혹은 빨랫줄의 옷가지 등을 걷어가고 꼬리를 잡힐까 두려워 비방으로 대변을 누어놓고 황황히 달아나던 옛 도둑의 풍습이 차라리 낭만적으로 생각되는 이즈음의 험한 세태였다. 예상한 만큼의 금품이 나오지 않으면 무슨 짓이든 끔찍한 화풀이를 하고 간다지 않는가.

　"그까짓 구닥다리 카메라는 왜 챙겨? 뭐든 돈 될 걸 찾아보라구. 휴지통 쏟아봐. 장롱 밑에 걸레 뭉치 같은 거 있는지 잘 살피고 액자 뒤에 수표 숨기는 건 옛날식이야. 요새 부자들이 현금, 패물 감추는 데 얼마나 지능적이라구. 귀중품일수록 눈속임으로 허술하게 두더라니까."

　아무리 뒤져도 그들이 원하는 건 가져갈 수 없으리라는 것이 새로운 두려움과 절망감으로 엄습했다. 이미 그들 눈에는 '물건'으로 보이지도 않을 탁상시계, 국산 카세트, 십 년이나 쓴 캐논 카메라, 그리고 아이들 교육보험증서와 노후대책보험증서……. 패물을 가질 만한 여유도 취미도 없어 그 흔한

315

진주 목걸이도 하나 없었다.

"아줌마, 돈, 보석 죄다 어디 뒀어요? 성질 돋우지 말고 순순히 내놓는 게 좋을 거유. 이런 부잣집에 돈이 없다니."

"양복장 윗선반 구석에 구슬백 있어요. 그 속에 애들 돌반지 네댓 개 있고 화장대 서랍 속 지갑에 찬거리 사고 남은 돈 칠천 원인가 있고……. 내일이 봉급날이라 정말 돈이 없어요. 댁들 말했디시피 속 빈 상정이고 빛 좋은 개살구라구요. 은행융자, 사채 끌어대어 간신히 집 뼈대만 세워놓고 지하실, 위층 미리 셋돈 빼서 지었다구요. 정말이에요."

"우릴 너무 욕하지 마쇼. 세상에 도둑놈 되려고 나온 놈들이 어디 있답디까?"

"인간적으로 충분히 이해해요. 다 세상이 고르지 못한 탓이지요. 차후라도 도와드릴 일이 있으면 돕고 싶어요."

"그럼 낼 저녁 다시 올 테니 봉급봉투째 넘겨주겠소? 맘에 없는 말 관두쇼. 어쭈, 아줌마 사진 보니 예쁜데? 몸매도 아담하고."

온 방 안을 이 잡듯 뒤지며 여유작작 뻔뻔스럽게 이죽거리던 사내들의 눈길이 화장대 위에 놓인, 남편과 나란히 지난여름 해수욕장에서 찍은 사진에 가닿은 모양이었다. 어떻게든 '인간적으로' 대화를 터서 무사히 위기를 넘겨보려던 나는 대번에 몸이 얼어붙는 것 같았다. 이불 속에서 필사적으로 말했다.

"사진이 잘 나온 거지 실제로는 정떨어지게 못생겼다구요. 뚱뚱하고 늘어빠지고……. 그건 옛날 사진이에요. 제발 점잖게 가세요. 절대 신고도 안 하고 소문도 안 낼 테니 믿고 가시라구요."

"오늘 밤 완전히 공쳤어. 울화통 터지는데 불이나 확 싸지르고 토낄까?"

그들은 마지막 위협을 던지고는 방을 나갔다. 발소리가 마루로 이어지다가 현관문 밖으로 사라지자 남편이 들쓰고 있던 이불을 발로 걷어차며 우우 막힌 소리를 질렀다. 손이 묶인 터라 나는 입으로 남편의 입을 봉한 테이프를 뜯었다.

"여편네가 그 경황에 너스레라니. 안녕히 가세요, 또 오세요 소리는 안 해?"

입이 열린 남편의 일갈이었다. 무사히 위기를 넘겼다는 안도감의 다른 표현이리라.

"태권도 검도 유단자면 뭘 해? 이불 속에서 꼼짝도 못 했잖아."

나도 지지 않고 대거리를 하며 몸을 기우뚱 일으키려다 폭삭 주저앉았다. 나를 무너뜨린 것, 그것은 극심한 긴장 뒤의 이완이나 파렴치한 불청객에 대한 뒤늦은 분노라기보다 소심하고 비겁한 우리 자신에 대한 부끄러움, 모멸감 등등이 뒤섞인 복잡한 감정이었다. 밝은 달빛 아래 드러난, 이불 위에 찍힌 더러운 구두 자국들 그리고 짐승처럼 묶여 끙끙대는 우리의 모습은 바로 이 시대를 살아가는 소시민적 삶의 한 표상인지도 모를 일이었다.

긴 오후

　"주말이면 기차든 버스든 굉장히 붐빌 테니 금요일에 떠나시는 게 좋을 거예요. 먹고살 만해졌다는 얘긴지 토요일, 일요일에는 너나없이 행락 길에 나서는 판이니까요. 더욱이 이런 철에야……."

　남편과 큰아이가 서둘러 식사를 마치고 떠난 식탁에서, 텔레비전의 유치원 프로그램에 정신이 팔려 있는 철이에게 밥을 먹이는 한편 국에 만 밥을 부지런히 삼키며 은자는 말했다. 시가 쪽 작은아버지의 딸 결혼식은 월요일이었다. 아직은 시가의 일가친척들이 그대로 눌러살고 있는, 공주公州에서 삼십 리를 들어가는 작은 면소재지에서 예식이 올려진다고 했다. 그곳은 남편의 안태安胎 고향이기도 했다. 시모는 남

편이 서울에 있는 대학에 진학하자 곧 그곳 살림을 정리하여
서울 생활을 해왔기에 은자는 결혼 후 일가 시어른들에게 인
사차 한 번 그곳에 내려가보았을 뿐이었다.

"일요일 낮차로 내려갈란다."

에이그 딱딱하긴, 이빨 부러지겠네, 하고 웅얼거리며 장조
림 고기를 씹던 시모가 입에 가득 밥을 문 채 내뱉었다.

은자는 순간적으로 또다시 좁혀지는 미간을 애써 펴며 되
물었다.

"여기서 공주까지 가시고, 또 소하면까지 가시려면 바쁘
지 않겠어요? 공주에서 때맞춰 곧장 버스를 못 타면 자칫 저
물어서야 들어가시게 될지도 모르구요."

"다 빤한 길인 걸 저물었다고 집 못 찾겠냐. 차가 붐빌 거
라지만 혹 입석표를 끊더라도 다 앉아 가게 되더구면. 늙은
이 세워두고 젊은것들이 뻗질러 앉아 있는 꼴 나 못 봐. 시장
초입 양품점 있지? 거기 바바리코트가 걸렸더라. 그 분홍색
이 봄새에 복사꽃마냥 어찌나 곱던지 들어가 한번 입어보았
지. 색깔이 그럴 수 없이 어울린다고 점원도 장삿속으로만은
아니게 감탄하더라만 품이 좀 작을 싸해. 값도 삼만 원이면
헐하다 싶고 해서 한 치수 큰 걸로 갖다 달랬다. 그게 일요일
오전에나 온다는 거야. 그걸 찾아 입고 떠날란다. 여러 사람

모이는데 축에 빠져 보이면 되겠냐."

시모는 수저를 놓고, 부엌과 휑하니 통한 거실 소파에 앉아 신문을 펴들었다. 구운 갈치 가운데 토막과 장조림 서너 조각만으로 비운 밥그릇에, 긁으면 한 숟갈 폭이나 되게 밥티를 붙이고서였다.

죄받지, 죄받아. 낟알을 우습게 알다니.

모를 심어 그것이 밥이 되기까지 여든여덟 번 손질이 가는 거라며, 어쩌다 밥알을 흘리면 천벌을 받는다고 호통치던 친정 부모의 말이 떠올라 은자는 시모에 대해 버럭 역정이 치솟았다. 게다가 고양이처럼 비린 것, 누린 것만 밝히고. 어떻게 사람이 제 입맛에 맞게만, 좋은 것만 가리며 산담. 김에 싼 밥을 입에 넣어주자 싫다고 도리질하는 철이의 머리를 쥐어박으며 은자는 그예 바락 소리를 질렀다.

"어디다 대고 벌써부터 반찬 투정이야? 바로 앉아 네 손으로 먹지 못해? 옛말 그른 거 하나 없어. 세 살 버릇 여든까지 가는 거야. 꼭 고양이 새끼처럼 비린 거, 누린 게 있어야 밥이 목구멍에 넘어가니? 못된 녀석, 너까지 내 속을 긁어야 되겠니? 배고픈 꼴을 안 당해봐서 그래. 좀 굶어봐라. 그래도 반찬 투정이 나오나."

얼결에 머리를 쥐어박히고 혼이 나게 된 철이는 으앙 울음을 터뜨렸다.

"어린 게 뭘 안다고 야단이냐. 입 까다롭고 짧은 건 집안 내력인 걸 어쩌냐. 철이 아범은 여덟 살이 넘도록 내가 밥주발 들고 동네방네 쫓아다니며 한 숟갈씩 떠먹였다. 오냐, 철이 이리 온. 할미가 먹여주마."

올곧잖은 눈길로 은자를 바라보던 시모가 철이를 안고 건넌방으로 들어가고 난 후 은자는 밥이 목에 넘어가지 않았다. 제 성미 못 이겨 아이에게 화풀이를 해댔으나 속이 편할 리 없었다. 폭발은 엉뚱하게 아이에게 했으나 실은 시모를 향한 화살이었다.

'이 나이에 새삼 무슨 모양을 내자는 게 아니라, 늙은이 차림이 추레하면 자손들이 뒷손가락질을 당하는 게야. 고향에선 출세한 자식 덕에 후분後分이 좋아 서울사람 되고 무엇 하나 그리울 것 없이 산다고 소문이 자자한데 추레한 꼴로 나타나봐라. 느이들이 욕을 먹지.'

평소에도 유난하다 싶을 만치 옷 탐이 많은 시모였으나 어쩌다가 고향 나들이라도 나설라치면 으레 입에 달고 나오는 소리였다. 걸칠 게 없다고 노랫가락처럼 읊어대더니 이번에는 덜컥 외상으로까지 옷을 샀다는 것이다. 분명 내일 받아올 남편의 월급을 염두에 두고서일 것이다. 게다가 결혼식

축의금과 왕복 교통비를 최소한 십오만 원 정도는 예산해야 할 것이다. 또한 매달 시모에게 용돈 조로 이십만 원씩 드리는 돈의 액수도, 형편을 설명하며 깎기도 거북한 노릇이었다. 시골에서 농사짓는 사람들이야 서울서 월급생활 한다면 세상에 그리울 것 없이 호의호식하며 편히 사는 줄 안다지만 월급이 아니라 갈급渴給이라는 당사자들의 한탄처럼, 먹고살기에도 빠듯하게 주는 게 월급인지라 삼십만 원이 넘는 돈을 떼어내고 한 달 살길이 막막했다. 비록 넉넉지 않으나 남편이 한 달 내내 등이 휘게 일한 대가려니 생각하면 월급봉투를 받을 때마다 매양 감사함과 묘한 비애를 느끼곤 하는 은자였으나 한 달 이십만 원의 용돈으로 써볼 게 없다는 시모의 불평을 들으면 당장 남편의 월급을 식구 수대로 십만 원씩 나눠 갖고 각자 한 달 동안 살아보자고, 손 털어버리고 싶은 심정이 간절해지는 것이다.

"정말 이해할 수 없어. 환갑 지낸 노인네가 분홍 바바리라니. 애들 같아야 철딱서니 없다고 하지."

은자는 수돗물을 세게 틀어 와릉와릉 요란하게 설거지를 하며 끓어대는 부아를 삭이려 애썼다. 도대체 무슨 살煞이 낀 건지 눈에 가시가 들었는지 하는 일마다 거슬리고 보는 눈마다 밉상이었다. 주말에는 차편이 붐비느니 어쩌니 하는 건 구실에 불과했고 이삼 일 앞서 시모를 떠나보내면 한 일 주일 정도는 시모 없이 홀가분하게 지낼 수 있다는 계산속이 자신에게 있었음을 은자는 부인하지 않았다. 그런 속셈에 별다른 가책도 느끼지 않았다.

스물다섯에 결혼해서 십오 년, 은자는 마흔 살이 되었다. 결혼한 지 이태 만에 남편과 사별하고 청상의 몸이 되었다는 시모의 처지가 눈물겨워 성심껏 살 모셔보리라던 결심은 신혼 시절에 진작 깨져버렸다. 남편이 결혼 후 첫 월급봉투를 시모가 아닌 은자에게 건넨 것이 화근이었다.

'아이고. 내 참 별일 다 겪네. 청상과부로 외동아들, 하늘 아래 둘 없는 줄 알고 끔찍이 길렀건만 늘그막에 이 설움을 받다니. 뼈 빠지게 기른 에미 은공 모르고 제 여편네 치마폭에서 노는구나. 첫 세 살 때 왜 못 만났나아. 다 필요 없다. 하나밖에 없는 자식, 제 어미 뒷방에 몰아넣고 신다 버린 헌 짚신짝 취급하는구나.'

출근길의 남편을 옭아매듯 낭자한 울음소리와 손바닥으로 방바닥을 치는 시모의 모습은 어처구니없다거나 화가 난다기에 앞서 섬뜩하고 사위스러운 느낌을 주었다. 보도, 듣도, 예상치도 못했던 광경 앞에서 은자는 홀어머니에 외아들 자리의 시집살이 운운 등 주위의 우려 따위가 두서없이 떠오르고 이 사람과 평생을 살아야 한다는 일이 끔찍하고 암담하기만 해서 '아니다, 내가 생각했던 결혼 생활은 결코 이런 게 아니다'라고 내심 격렬히 도리머리질을 했던 것이다.

'네 시아버님이 내게 늘 오뉴월 풀쐐기 같다고 그랬었지.' 언젠가 시모는 은자에게 말한 적이 있었다. 시모로서야 문득 젊은 시절이 생각나 무심히 내뱉은 추억담이겠으나 은자는 속으로 '오뉴월 풀쐐기가 좀 독하고 따가운가. 예나 지금이나 성질이 얼마나 못됐으면 그런 소리를 들었을까' 잔뜩 빈정대는 마음이 되었다. 평소 성미 까다롭고 식성 까다롭고 입 짧은 것이 시모의 자랑이었고 부잣집 마나님 행세였다. 집 안에 무엇 하나 그럴듯해 뵈는 물건 없고 사는 것이 초라해 남 보기 부끄럽다고 입버릇처럼 뇌면서 끼니가 어려운 가난한 친척 앞에서는 '우린 고기를 워낙 많이 먹어 꼭 야채를 먹어야 한다우. 그러니 아침마다 생즙을 내어 식구대로 한 컵씩 먹지요'라는 말로 허세를 부려 은자의 얼굴에 모닥불을 끼얹기도 했다. 서로 성격이 다른 사람끼리 오히려 잘 맞는다는데 그것도 정도 문제인지 시모와 은자는 달라도 너무 달라 사사건건 불꽃이 튀거나 서릿발이 내리는 듯했다. 이미 '같이 늙어가는 처지에'라는 말이 무리 없이 나올 형편임에도 은자는 시모의 허영심, 과시욕, '물속에서 소금가마니를 끌라 해도 끌어야지' 따위 무조건 복종의 요구와 하늘같이 떠받들라는 횡포에는 조금도 익숙해질 수 없는 것이다.

익숙해지기는커녕 한평생을 마주 보며 미워하는 일로 한 번뿐인 인생을 낭비하고 타락시키다니 억울해서 미칠 지경이었다. 사람의 일생이란 사랑하며 살기에도 너무 짧다거나, 사람은 서로 미워하기 위해서 태어난 것이 아니라 사랑하기 위해 태어났다는 글귀를 수십 번씩 읊조리며 자신을 반성하고 다스리려 해도 무슨 살이 그리도 깊을까, 시모의 낯을 대하면 자신도 모르게 순간적으로 얼굴이 굳어지고 냉랭한 서릿발이 도는 것이었다.

기차 시간에 대이기 위해 때 이른 점심 식사를 마친 시모가 분홍빛 바바리코트를 걸치고, 봄볕에 얼굴 그을린다면서 철 아닌 양산까지 챙겨 집을 떠난 후 은자는 우선 남편과 아이들을 밖으로 내몰았다.

"나가서 뛰어놀아. 이 좋은 날씨에 왜 집 안에서 뒹구니? 당신도 애들 데리고 뒷산에라도 올라가봐요. 일요일이라고 집 안에서 텔레비전만 보면 더 늘어지잖우. 바람도 쐬고 운동도 좀 하라고요."

은자는 문이란 문은 모조리 열어젖히고 요란히 청소를 하는 한편 긴하지도 않은 빨랫거리들을 모아 세탁기에 던져 넣고 비누를 풀었다. 무엇이든 활활 해치우지 않으면 못 견딜 듯한 다급함과 거의 흥분에 가까운 기분은 단지 해방감 때문일까. 은자는 딱히 알 수 없었다. 먼지를 털고 쓸고 닦아내고, 내친김에 거실의 의자와 탁자도 위치를 바꾸기로 했다. 긴 소파를 옮기는 것은 혼자 힘으로 될 일이 아니었다. 은자는, 마침 열린 현관문 안을 비긋이 들여다보며 올라가는 위층 숙이 엄마를 불렀다.

"숙이 엄마. 잠깐 힘 좀 빌려줘요. 의자를 옮기려고 하는데 혼자선 못하겠어."

"웬일이우. 철이 할머니는 안 계셔요?"

"낮차로 시골 가셨어요. 한 사날 후에나 오실 거야."

"옳지. 그 통에 분위기 바꾸고 새 기분 낼려는 거지?"

숙이 엄마는 알 만하다는 듯 고개를 끄덕이며 뱅글뱅글 웃었다. 아래위층으로 격하여 근 오 년을 사는 사이 허물없고 부담 없는 처지가 되어 서로의 가정 사정을 속속들이 아는 한편 특히나 은자의 경우 시모가 퍼부어대는, 경위 모를 심술과 불평에 반응하는 감정은 몇 배로 부풀어 올라 곧장 숙이 엄마에게로 전달되곤 하던 터였다. '글쎄 남들 같으면 시집도 안 갔을 나이에 젖먹이 품에 안고 혼잣몸 되었다고 걸핏하면 푸념이니, 청상 과부된 설움풀이를 몽땅 내게 다 하시는 모양이야. 아들이 공부만 마치면 은방석 금방석에 앉을 줄 알았다나. 원 기가 막혀' 따위 은자의 하소연에 숙이 엄마는 '그러게 말이우. 당신께서 어른 대접을 그렇게도 원하시면 먼저 어른 노릇을 하셔야지'라든가. '남남끼리 살아간다는 게 쉬운 일이겠어요? 누울 자리 보고 뻗는다고, 그만해도 철이 엄마가 푸근하고 가까워서 그러시는 게지. 그 도도하고 자존심 강한 양반이 누구한테 그러겠어요'라고 어르고 달래는 것이다.

의자를 옮겨주고 숙이 엄마가 돌아간 뒤 은자는 무엇을 달리 옮겨놓을까, 팔짱을 끼고 선 채 궁리했다. 아파트촌에서는 한물간 유행이지만 볕 바른 창가에 아프리칸 바이올렛도 기르고 싶고 그 흔한 아이비 화분이라도 몇 개 사다 걸어 덩굴을 늘이면 훨씬 덜 삭막할 듯했다. 타성에 젖어 언제나 목젖까지 차올라 있는 짜증기로 마지못해 꾸려나가던 일상, 그리고 오직 쓸모와 실용성으로만 가치 지어지던 생활의 자리는 이제 그녀에게 안주인의 창조적 능력을 요구하는 작품으로서의 공간이기를 주장하는 것 같았다.

은자는 오갈 데 없어 거실 귀퉁이를 차지하고 있는 재봉틀을 끙끙대며 끌어내었다. 시모가 새댁 시절 장만했다는 구닥다리 일제 싱거 재봉틀이었다. 일 년에 두어 차례나 쓸까 말까 한 그것은 무엇 하나 남부러울 게 없었다는 시모의 자존심의 근거, 과거의 유물로서 의미를 지닌 것이기도 했다. 두어 차례나 은자는 자리만 차지하는 그것을 없애고 간단한 손재봉틀을 마련하자고 말했었으나 시모는 그때마다 펄쩍 뛰었다. 그게 얼마짜린 줄 아니? 그 시절엔 웬만큼 잘살지 않으면 못 가졌던 물건이야, 읍내에서 싱거 재봉틀 가진 집이 두어 집밖에 없었단다, 그랬다. 시모는 과거, 그것도 호남벌 천석꾼의 외동딸로 커서 바리바리 열두 바리 혼수를 싣고 부잣집 새아씨로 시집오던 까마득한 옛날에 사는 사람이었다. 세상이 변하고 세태가 달라진 것을 받아들이려 하지 않았다.

막상 재봉틀을 끌어내긴 했으나 마땅히 갈 데가 없었다. 은자 부부가 쓰는 안방은 장롱과 서랍장, 화장대 따위로 포화 상태였고 시모의 방 역시 마찬가지였다. 그러나 이왕지사 작정한 일, 그 눈에 거슬리고 품격 떨어뜨리는 구닥다리를 도로 제자리에 갖다놓을 생각은 없었다. 혹 나중에 시모가 무어라고 하면, 어머니 물건이니 어머니 방에 놓은 것이요, 하고 맞설 각오를 하고 재봉틀을 시모의 방으로 끌어들였다. 마침 장롱과 벽 사이에 한 자만큼의 틈이 있어 그쪽으로 밀어 넣을 작정이었다.

방은 서둘러 나간 흔적이 역력했다. 평소 아이들이 드나드

는 것조차 싫어하던 시모인지라 은자 역시 청소할 때 외에는
들어오지 않는 방이었다. 장롱 문이 덜 닫힌 사이로 옷자락
이 비죽 나와 있어 그것을 밀어 넣고 다시 닫으려다 불현듯
호기심이 생긴 것은 무슨 까닭이었을까.

　은자는 장롱 문을 열어 촘촘히 걸린 옷가지들을 훑어보고
이어 작은 서랍을 열어보았다. 스타킹, 손수건, 모조루비, 진
주 따위 반지며 브로치들이 들어 있어 은자는 쓴웃음을 지었
다. '어린 계집애들도 아니고 참, 이해할 수가 없다구.' 그건
아무리 남의 취미나 생활 방식을 그런대로 존중해준다 해도
은자 자신 섬세하고 자잘한 액세서리 취미가 전혀 없는 탓이
기도 했다. 주인 없는 방에서 남의 물건을 뒤져보는 자신이
부끄럽고 천박하여, 게다가 왜 이런 따위 행동을 하는지 스
스로 어이가 없어, 맨 아래 서랍을 더듬던 손을 거두다가 은
자는 문득 긴장했다. 여느 옷가지와는 다른 매끄럽고 생소한
감촉의 천과, 뭔가 딱딱하게 만져지는 느낌 때문이었다.

　그것은 붉은색과 푸른색의 비단이 안팎을 이룬 보자기였
다. 그리고 그 안에, 누렇게 빛바래고 세월의 때에 전 한지
한 묶음. 차곡차곡 접힌 자리가 나실나실 해진, 청홍의 수실
이 얽혀 묶인 종이를 펴자 아직은 선명한 먹물 빛으로 날아
갈 듯 달필로 쓰인 한자 글씨가 나타났다. 아, 은자는 낮게

소리쳤다. 그것은 필시 6.25 전쟁 때 돌아갔다는 시부의 사주단자일 것이라는 짐작이 들었던 것이다. 시부는 돌아간 지 오래건만 사주단자는 신부에게 오던 그날 설렘과 꿈과 얼마쯤의 불안으로 받아들여진 그때 그대로 간직되어 있는 것이다.

그뿐만 아니었다. 와이셔츠 상자보다 조금 작은, 붉은 나무함에는 입대 직전이거나 휴가 때의 것인 듯 군복 차림의, 소년처럼 애젊은 시부와 역시 수줍은 눈빛의 시모가 갓난아이를 안고 찍은 빛바랜 사진이 있었다. 은자는 가슴에 미미한 둔통을 느끼며 오래 그 사진을 들여다보았다. 이런 날도 있었구나. 자신의 미래를 누군들 알 수 있을까. 사진에 찍힌 세 사람 모두 자신들의 앞날을 알지 못하던 때였다. 더욱이 시모는 자신 앞에 놓인, 젖먹이 하나에 의지해 혼잣몸으로 살아갈 외롭고 긴 날들을 생각하기엔 너무도 젊었다. 그리고 몇 장의 사진이 더 있었다. 은자 부부의 결혼사진. 아이들의 돌 사진. 첫아이를 안고 창경원 호랑이 우리 앞에서 활짝 웃는 은자의 사진. 남편의 초등학교, 중학교 졸업사진이 한 장씩. 뒷면에는 꼼꼼히 찍은 날짜와 장소까지 적혀 있었다. 남편의 사진이야 진작부터 시모가 갖고 있던 것이라 해도 은자 자신이나 아이들 사진은 시모에게 건네준 적이 없었다. 필시 시모가 사진첩에서 빼낸 것이리라.

은자가 가슴이 섬뜩해지며 눈시울이 더워진 것은 작은 비로드 상자 속의 시계를 보았을 때였다. 남자용치고는 작다 싶은 금딱지의 손목시계. 언젠가 은자는 남편으로부터 '아버지의 유품으로 전사할 당시에 차고 있던 시계가 있다. 사람은 포탄에 찢겨 숨을 거두었는데 이상하게도 시계는 유리판에 금만 갔을 뿐 죽은 이의 손목에서 여전히 놀아가고 있었다. 전우의 죽음이 애달프기도 했지만 그 살아 있는 시계를 필히 유가족에게 돌려주지 않으면 죄받을 듯한 느낌이 들었다는 말과 함께, 같이 전투에 참가했던 소대원이 전해주었다'라는 내용의 얘기를 들은 적이 있었다. 아마 결혼식을 앞두고 예물을 보러 다닐 무렵이었을 것이다.

스물네 시간마다 한 번씩 태엽을 감아주게 되어 있는 시계는 유리판에 금이 간 채로 째깍째깍 초침이 돌고 있었다. 시모는 매일매일 충실히 망부亡夫의 시간을 감고 있었던 것일까.

시모의 가슴속 깊이 자리 잡은 망부의 추억. 그리고 몇 장의 사진 속에 존재하는 은자 부부와 그 아이들의 의미. 시모로서는 그것이 현세에서 그녀의 정들임, 관계의 모든 것을 뜻하는 것이리라. '오늘'은 언제나 과거가 되고 추억이 되고 우리는 모두 조그만 흔적들 빛바랜 몇 장의 사진으로, 인연 맺은 사람들의 가슴에 남을 뿐인 것이다.

"어? 아주 딴 집이 되어버렸네. 난 또 엉뚱한 남의 집에 들어온 줄 알았잖아? 무슨 바람이 불어 이렇게 집 안을 뒤집어놨지?"

떠들썩하게 들어서는 남편과 아이들의 기척을 듣고도 은자는 시모의 방에서 나올 수가 없었다. 흐트러진 물건들을 추스를 생각도 없이, 무심히 영원의 시간을 흐르는 듯한 시계의 초침 소리에 귀 기울이며 앉아 있었다. 흘러가는 시간의 소리, 그것은 어쩌면 찰나에 지나지 않는 인생, 오욕칠정의 덫이 얼마나 부질없는가를 말하고 있는 듯도 했다.

작품 해설

개척자였던 오정희

장정일(소설가)

　홍길동인가? 작가론을 쓸 때 짧은소설(콩트)은 분석의 자리에 초대되지 못한다. 홍길동처럼 서자 취급을 받는 것이다. 분량이 적다고 해서 날림으로 쓰거나 일부로 못 쓴 것도 아니요, 다른 사람의 이름으로 발표되는 것도 아닌데 말이다. 미리 말하자면 『활란』에 실린 마흔한 편의 짧은소설은 오정희의 비밀스러운 개성을 드러내고 있으며, 작가의 이름난 단편소설이 쌓아올린 세계관의 조각을 간직하고 있다(마흔두 편의 작품을 실은 이 작품집의 마지막에 수록된 「긴 오후」는 분량상 단편소설에 해당된다).

　손바닥 전체에 적을 수 있는 정도의 길이라고 하여 손바닥 소설 또는 장편소설掌篇小說이라고 불리는 원고지 40매 안

폭의 콩트conte는 신문이 유일한 언론 매체였던 시절, 지면을 메우고 독자들에게 여흥을 제공하기 위하여 프랑스에서 처음 나타났다. 발자크 · 플로베르 · 모파상 · 도데 같은 프랑스의 문호들이 수많은 콩트를 남겼으며, 러시아에서는 투르게네프와 체호프의 콩트가 유명하다. 일반 독자를 위해 신문에 작품을 싣는 관행 때문에 콩트는 해학적인 면이 강하고 반전에 묘미가 실리는 부담 없는 읽을거리로 발달했다. 하지만 카프카처럼 문학사에 남을 본격소설을 쓰면서도 그것에 필적하는 손바닥 소설을 쓴 경우도 있고, 아예 긴 작품은 쓸 줄 몰랐던 보르헤스나 피터 빅셀처럼 콩트만 쓴 전문작가도 있다. 따지자면 보르헤스의 단편소설도 우리가 알고 있는 단편소설(원고지 80~100매 분량의 소설)에 속하지 않는다.

한국에서 콩트가 가장 활발하게 쓰인 때는 1980년대다. 프랑스에서 콩트가 생겨나게 된 것이 신문 · 잡지의 대중적 확산과 연관되어 있듯이, 한국의 대표 작가들이 너도나도 콩트를 청탁받게 된 것은 기업들이 경쟁하듯이 펴낸 사보社報와 관련 있다. 한국의 기업들은 80년대에 들어서면서 그동안 중시했던 생산 · 판매뿐 아니라 기업의 이미지와 가치를 선전하는 일의 중요성도 알게 되었다. 소비 자본주의를 예비하는 이런 동향은 기업들의 사보 붐을 일으켰으며, 프랑스의 작가들이 그랬듯이 한국의 작가들도 사보의 지면을 메우고 읽을거리를 제공하기 위해 초빙되었다. 사보 붐과 함께 이름 난 작가들에 의해 활발하게 창작되던 콩트의 전성기는 1997년 11월, 한국이 구제금융사태(IMF)를 맞으면서 막을 내렸다. 오정희 콩트의 일부도 한국 콩트의 전성기였던 그 시절의 결과물이다.

무릇 사보에 실리는 글이란 장르 불문하고 긍정적이면서 교양이나 교훈을 전달해야만 하는 특징이 있다. 이런 때문에 사보에 콩트를 쓰는 작가는 이중의 굴레를 쓰지 않을 수 없다. ①해학과 반전이라는 콩트 고유의 양식을 지키면서, ②반사회적이거나 부정적이지 않을 것. 생의 비극적인 근원을 탐구하면서 사회적 관습을 일탈하지 않는 주인공이 드물었던 오정희에게 이런 임무가 수행 가능한 것일까?

먼저, 빼어난 단편소설로 여러 여성 작가들에게 영향을 주었던 오정희는 콩트에서도 모범을 보였다. 「고장 난 브레이크」·「한낮의 산책」·「낭패」·「독립선언」·「서정시대」 같은 작품은 콩트가 요구하는 해학과 반전의 묘미를 완벽하게 구사한다. 이런 작품군 가운데서 가장 재미있는 작품을 고르라면 단연 「어떤 자원봉사」를 꼽아야 할 것이다. 이 작품에 나오는 욱현(초등학교 3학년생)과 동현(유치원생)의 엄마는 시 산하 여성단체에서 자원봉사자로 활동하고 있다. 남편은 유수한 전자회사의 부장이라는데 일 년 내내 집에서 식사하는 법 없이 오밤중에만 집에 들어오는 모양이고, 아내는 아내대로 자원봉사에만 몰입하여 두 아이는 거의 고아처럼 지낸다.

이 작품의 화자인 명우(초등학교 1학년생)의 엄마는 외동아들에게 친구를 만들어주겠다는 약은 계산으로 새로 이사 온 아파트의 위층에 사는 욱현·동현 형제를 집 안에 들였다가, 결국 시도 때도 없이 찾아오는 두 형제의 엄마 역할을 떠맡게 된다. 그러던 어느 휴일, 욱현 형이 가지 않으면 자신도 가지 않겠다고 뻗대는 아들 때문에 명우의 부모는 욱현·동현 형제를 데리고 어린이대공원에 가게 되는데, 인파 속에서 그만 동현을 잃어버리고 만다. 명우의 아빠가 공원 사무실로 아이를 찾는 방송을 부탁하러 달려가고 잠시 뒤 "도곡동에서 온 박동현 어린이"를 찾는 방송이 나오는데, 명우의 엄마와 함께 있던 욱현이 "우리 엄마 목소리"라고 깜짝 놀란다. "……혼잡하오니 특히 어린이들을 잘 보호하시어 잃는 일이 없도록 각별히……"라고 이어지는 자원봉사자의 안내 방송을 들으며 명우의 아빠는 쓰디쓰게 웃는다. "저 여자, 자기가 지금 뭘 하는지, 누굴 찾는지 알기나 할까."

얼핏 보기에 이 작품은 해학과 함께, 사보의 특성상 어떤 교훈을 전달하고 있는 것처럼 보인다. 작중 화자인 명우의 엄마가 이렇게 말하고 있기 때문이다. "제집, 제 아이 단속도 못 하면서 자원봉사라니. 구실이 좋고 이름이 좋아 사회활동이지. 결국 살림하기, 아이들 치다꺼리가 싫어서 차려입고 나돌아다니자는 거지 뭐야. 자기 성장이라구? 남에게 봉사라구? 수신제가치국평천하. 성인 말씀에 그른 게 없어."

「어떤 자원봉사」의 두 어머니는 아직 사십 대가 되지 않은 듯 보이지만, 『활란』에 나오는 여주인공들 대다수는 막 사십 대가 되었거나 사십 대를 넘은 전업주부다. 거의 중산층에 속하는 이들의 남편은 회사원·교사·공무원 등의 직업을 갖고 있으며, 이들 부부에게는 중학생에서 대학생에 이르는 두세 명의 아들딸이 있다. 현모양처로 아이들을 탈 없이 키우고, 남편을 도와 자기 집과 자가용까지 마련했으니 행복해야 할 텐데, 『활란』에 나오는 여주인공들은 전혀 그런 기색이 아니다. 이들은 「나는 누구일까」에 나오는 전업주부처럼 집안일을 하면서 불현듯 "설명하기 힘든 굴욕감"을 느끼거나, "권태와 무의미와 우울"에 사로잡힌다.

미국의 여성학자 베티 프리단은 고등교육을 받은 중산층 전업주부들이 사십 대에 이르러 겪게 되는 이런 무기력증과

울분에 '이름 붙일 수 없는 병'이라는 아이러니한 명칭을 붙였다. 많은 여성들이 학교와 여성지에서 가르쳐준 대로 여성만이 누릴 수 있다는 '여성의 신비'를 향유하기 위해, 집과 남편과 아이밖에 모르는 현모양처가 되었으나, 여성의 신비를 누리기는커녕 이중의 혼란에 휩싸였다. 하나, 집과 남편과 아이에 지워져버린 나는 어디에 있는가? 둘, 집과 남편과 아이에게서 여성의 신비스러운 경험을 하지 못하는 나는 나쁜 여자가 아닌가? '이름 붙일 수 없는 병'은 결혼 전에 진취적이고 독립적이었던 여성일수록 더욱 가혹하게 전업주부를 덮쳤다.

「사십 세」에 나오는 여주인공의 이름은 무려 '활란'인데, 그녀의 부모님은 딸이 김활란(金活蘭, 1899~1970. 교육가, 사회운동가, 이화여자대학교 초대 총장) 박사를 본받으라는 뜻으로 이름을 지어주었다. 여주인공 활란에게는 그와 같이 되고 싶은 꿈이 있었다. 결혼 혼수로 화장대 대신 남들과 달리 책상을 해왔던 그녀였다. 하지만 "어느 순간, 가던 길이 뚝 끊기듯 중단"되었다. 아이들의 성적 지수에 따라 자신의 기분과 의욕이 달라지고, 도시락 걱정, 끼니때의 반찬 걱정, 아파트 평수 늘릴 궁리가 그녀의 꿈을 흡수해버렸다. 그녀는 「나는 누구일까」에 나오는 전업주부와 똑같이 "막연한 권태와 회의"에 빠지게 되며, "이것이 '나'인가"라고 묻게 된다. 작가 지망생으로 보이는 활란이 그랬듯이, 『활란』에는 대학교 때 언어학자(「간접화법의 사랑」)·화가(「아내의 외출」)·발레리나(「아내의 삼십 대」)·성악가(「치통」)가 되려던 여주인공들이 있지만, 아무도 꿈을 이루지 못했다.

한국 문학사에 오정희의 이름을 각인시킨 단편소설에는 도벽·불륜·낙태·가출·동성애를 감행하거나 광기에 빠진 여주인공이 무수하게 등장한다. 남근 중심주의Phallocentrism에 젖은 남근 중심 비평은 여주인공들의 이런 일탈을 존재론적이라거나 실존적인 고뇌로 설명하거나 원체험이나 원초적인 트라우마에서 비롯된 것으로 해석한다. 이는 여성의 사회적 경험을 남성의 언어로 추상화시킨 것에 지나지 않는다. 오정희의 작품을 해석하는 보다 섬세하고 포괄적인 페미니즘 문학비평이 요청되는 이유다.

사보에 게재된 작품이 일부 수록된 『활란』에는 도벽·불륜·낙태·가출·동성애를 감행하거나 광기에 빠진 여주인공이 나오지 않는다. 「506호 여자」가 유일한 예외이기는 하지만, 이 작품은 여성의 순애보를 강조하는 것이어서 오히려 성 풍속이 흐트러져가는 오늘의 세태를 꼬집는 듯하다. 작가는 '이름 붙일 수 없는 병'에 걸린 여성의 일탈을 노골적으로 드러내기보다, '사십 대 여성의 성찰'이라는 교묘한 도구를 통해 우회적으로 드러낸다.

단 한 번 광기에 근접했던 작품이 앞서 언급한 「어떤 자원봉사」다. 이 작품은 '자원봉사도 수신제가치국평천하 후에 하라'는 교훈을 전달하는 작품이 아니다. 여성이라면 당연히 만끽해야 할 여성의 신비를 거부하고 집 바깥으로 나돌고 있는 욱현·동현 형제의 엄마는 문자 그대로 발광을 한 것이다. 내가 있어야 할 자리, 나를 실현해야 할 자리는 집과 남편과 아이밖에 없느냐면서! 그런데도 어떤 독자들은 '역시 여성은 집에 있어야 해!'라며 자신의 이해를 작가의 의도로 오도했을 것이다.

오정희가 개척했던 '이름 붙일 수 없는 병'에 걸린 여성들에 대한 탐구는 이후로 젊은 여성 작가들에게 깊고 지속적으로 영향을 끼쳤으며, 조남주의 『82년생 김지영』(2016)에 이르러 대중적인 폭발을 일으켰다. 김지영을 상담한 의사는 처음에는 "산후우울증에서 육아우울증으로 이어진 매우 전형적인 사례"라는 생각이 들었으나 상담이 이어질수록 "확신이 옅어졌다"라고 말한다. 이 남자 정신과 의사는 고등학생인 두 아들을 둔 「소음공해」의 여주인공이 왜 이런 상념에 자주 빠져드는지 그 이유를 알 수 없을 것이다. "몽상과 시와

꿈과 불투명한 미래가 약간은 불안하게, 그러나 기대와 신비
한 예감으로 존재하던 시절, 내가 이러한 모습으로 살아가리
라는 것은 상상할 수도 없었던 시절로" 빠져드는 이유를.

활
란

초판 1쇄 인쇄일 2022년 8월 5일
초판 1쇄 발행일 2022년 8월 31일

지은이 오정희

발행인 윤호권
사업총괄 정유한

편집 박은경   디자인 전지나
발행처 ㈜시공사 주소 서울시 성동구 상원1길 22, 6-8층(우편번호 04779)
대표전화 02-3486-6877 팩스(주문) 02-585-1755
홈페이지 www.sigongsa.com / www.sigongjunior.com

글 ⓒ 오정희, 2022

ISBN 979-11-6925-072-6 03810

*시공사는 시공간을 넘는 무한한 콘텐츠 세상을 만듭니다.
*시공사는 더 나은 내일을 함께 만들 여러분의 소중한 의견을 기다립니다.
*잘못 만들어진 책은 구입하신 곳에서 바꾸어 드립니다.